Garlieb Merkel

Über Deutschland zur Schiller-Goethe-Zeit

Garlieb Merkel

Über Deutschland zur Schiller-Goethe-Zeit

ISBN/EAN: 9783741123825

Hergestellt in Europa, USA, Kanada, Australien, Japan

Cover: Foto ©Andreas Hilbeck / pixelio.de

Manufactured and distributed by brebook publishing software
(www.brebook.com)

Garlieb Merkel

Über Deutschland zur Schiller-Goethe-Zeit

Garlieb Merkel

über

Deutschland zur Schiller=Goethe=Zeit.

(1797 bis 1806.)

Nach des Verfassers gedruckten und handschriftlichen Aufzeichnungen
zusammengestellt und mit einer biographischen Einleitung versehen

von

Julius Eckardt.

Berlin.
Verlag von Gebrüder Paetel.
1887.

Einleitung.

Unter den literarischen Freischärlern, welche zu Ende des vorigen und zu Anfang des laufenden Jahrhunderts die Siege der klassischen und der romantischen Schule unserer Literatur über das Schriftthum der Aufklärungsperiode aufzuhalten versuchten, ist der Livländer Garlieb Merkel einer der bekanntesten und verrufensten gewesen. Weil er die Mehrzahl Gleichgesinnter an Keckheit und Unermüdlichkeit übertraf, nahm der Verfasser der „Briefe an ein Frauen= zimmer" und Herausgeber des „Freimüthigen" neben Kotzebue die sichtbarste Stellung unter den Oppositionsführern unserer goldenen Literaturperiode ein. In diesem Sinne hat Merkel verdient, daß die Nachwelt seinem Namen nur noch in den „Invectiven" und in den erläuternden Notizen begegnet, mit welchen die Commentatoren die kritischen Goethe=Aus= gaben [1]) begleitet haben. Für die Beurtheilung der Merkel und Genossen wird Goethe's Scherzwort

> „Wollt', ich lebt' noch hundert Jahr'
> Gesund und froh, wie meist ich war,
> Merkel, Spazier und Kotzebue
> Hätten auch so lang' keine Ruh',
> Müßten's collegialisch treiben,
> Täglich ein Pasquill auf mich schreiben."

---

[1]) Vgl. v. Loeper, „Goethe's Werke", Bd. 3, p. 317, 320, 327, 330.

immerdar schwerer wiegen als die Summe aller mildernden
Umstände, die zu Gunsten des Mannes geltend gemacht
werden können, der den Kampf gegen Napoleon fortsetzte,
als die große Mehrzahl der Deutschen vor dem Sieger von
Jena auf den Knieen lag[1]) und von dem actenmäßig fest=
steht, daß er zu den schlimmsten seiner kritischen Excesse
durch die Vertrauten seiner Freunde Herder und Wieland
angestiftet worden[2]). Wer fragte heute darnach, daß Merkel's
Parteinahme für die Berliner und gegen die Weimarer
„Schule" wesentlich darauf zurück zu führen war, daß dieser
Prediger des altväterlichen „Aut prodesse volunt aut de-
lectare poetae" die providentielle Bedeutung Preußens ebenso
deutlich vorahnte, wie die Ueberlebtheit der Kleinstaaterei,
und daß er in einer Zeit der Vorherrschaft ästhetischer
Gesichtspunkte immer wieder darauf zurückkam, daß es
für die Beurtheilung deutscher Gesellschaftszustände einen
andern als den literarischen Maßstab geben müsse. Unter
den Genossen unserer Zeit ist Keiner, der nicht der Meinung
wäre, „daß die Grundsteinlegung des Hauses, in welchem
ein Volk wohnen soll, wichtiger ist, als seine Bemalung",
und daß der Publicist, der über der sittlichen und staat=
lichen Gesundheit eines Staatswesens wacht, wichtigere
Pflichten erfüllt, als der Richter über die Reinheit des
ästhetischen Geschmacks: vor achtzig Jahren, wo dieser Stand=
punkt gleichbedeutend erschien mit einer Mißtrauenserklärung
gegen die dem Wilhelm Meister zu Grunde liegenden Lebens=
auffassungen und mit einseitiger Parteinahme für das, was
von dem Staate Friedrich's des Großen übrig geblieben

[1]) Vgl. Eckardt, York und Paulucci. Leipzig 1865.
[2]) Vgl. die Unzufriedenen in der Schiller=Goethe=Zeit (Grenz=
boten).

war, – vor achtzig Jahren setzte sich ins Unrecht, wer seiner Zeit vorauseilen und einen Standpunkt einnehmen wollte, den er nicht zu fundamentiren vermochte. Von einem Schriftsteller, der den Besten seiner Zeit feindlich gegenüber gestanden, versteht sich von selbst, daß er vergessen ist. So weit diese Vergessenheit Merkel's kritische Thätigkeit und literarische Production betrifft, soll und wird es bei derselben unverändertes Bewenden behalten — ein Gedächtniß dürften dagegen diejenigen Aufzeichnungen des „Freimüthigen" verdienen, in welchen derselbe als Genosse einer der merkwürdigsten Abschnitte deutscher Geschichte von seinen Wahrnehmungen über Zeit und Zeitgenossen berichtet hat.

Bevor auf den Inhalt der in mehrfacher Rücksicht bemerkenswerthen Merkel'schen Denkwürdigkeiten aus den Jahren 1796 bis 1806 eingegangen wird, muß auseinandergesetzt werden, warum dieselben bisher völlig unbeachtet geblieben sind und warum die vorliegende Version derselben sich nicht als Wiederabdruck, sondern als Bearbeitung des Originals ankündigt.

Außer einer Anzahl ungedruckt gebliebener Memorabilien hatte Merkel zwei Druckschriften autobiographischen Inhalts hinterlassen: die im Jahre 1812 bei Meinshausen in Riga erschienenen „Skizzen" und die siebenundzwanzig Jahre später gedruckten „Darstellungen und Charakteristiken aus meinem Leben" (2 Bände, Leipzig bei K. F. Köhler 1839 und 1840). Die Skizzen, deren Erscheinen in das Kriegsjahr 1812 fiel, blieben der Zeitumstände wegen so völlig unbeachtet, daß (nach des Verfassers eigener Angabe) kaum ein Dutzend Exemplare nach Deutschland gelangt ist, — die „Darstellungen" aber enthielten in ihrem ersten

1*

Bande livländische Local = Reminiscenzen, deren Inhalt deutschen Lesern keine Veranlassung bot, den zweiten Band überhaupt in die Hand zu nehmen. Dazu kam, daß beide Bücher außerordentlich ungeschickt disponirt sind, daß sie dieselben Personen und Gegenstände betreffen und dennoch auseinandergehen, daß die „Darstellungen" auf die „Skizzen" Bezug nehmen, ohne doch eine Ergänzung derselben zu bilden und daß weder den einen noch den andern ein be= stimmter Plan zu Grunde liegt. Mittheilungen von unzweifelhaftem Interesse wechseln mit Anekdoten und platten Ausfällen auf politische oder literarische Gegenstände, — Berichte über Männer von geschichtlicher Bedeutung mit breiten Charakteristiken zufälliger Bekannter des Verfassers. An mehr wie einer Stelle wird der Faden der Erzählung durch Einschaltungen zerrissen, in welchen der Verfasser seine Ansichten über zeitgenössische Personen und Ver= hältnisse breitestens auseinandersetzt oder uralte Lesefrüchte nutzbar macht. Den Schluß des bis zum Jahre 1796 reichenden, ausschließlich livländische Verhältnisse behandelnden ersten Bandes bildet eine Darstellung der preußischen Ereig= nisse von 1805 und 1806, während dem zweiten, auf die deutsche Literaturgeschichte bezüglichen Bande, Briefe gleichgültiger Jugendbekannter beigegeben sind, die aus der ersten Hälfte der neunziger Jahre datiren. Endlich macht die Selbst= gefälligkeit Merkel's sich häufig in so unerträglicher Weise breit, daß dem zeitgenössischen Publicum nicht verübelt werden konnte, wenn dasselbe den Publicationen des ohne= hin übel angeschriebenen Gegners seiner größten Dichter keine Beachtung schenken wollte.

Merkel selbst mag empfunden haben, daß er die Sache falsch angegriffen hatte. Die von ihm hinterlassenen Papiere

enthalten Entwürfe zu einer nach verändertem Plane an=
geordneten Darstellung der Hauptabschnitte seines Lebens, die
er in hohem Alter begonnen, aber nicht mehr zum Abschluß
gebracht hatte. Diese ihrer Zeit in der „Deutschen Rund=
schau" zum Abdruck gebrachten Ergänzungen von Merkel's
früheren Schriften enthielten neben einer Anzahl unvermeid=
licher Wiederholungen so bemerkenswerthe neue Mit=
theilungen, daß sie nicht übergangen werden durften.

So setzt die vorliegende Publication sich aus Einzel=
heiten zusammen, welche über drei verschiedene Schriften
zerstreut waren und dennoch in directem innerem Zusammen=
hang standen. Der Herausgeber hat sich wesentlich dem in
dem zweiten Bande der „Darstellungen" enthaltenen Berichte
über des Verfassers deutsche Erlebnisse angeschlossen, diesen
durch Auszüge aus den „Skizzen" und den erwähnten post=
humen Aufzeichnungen ergänzt und unter Weglassung des
Ueberflüssigen, Störenden und Veralteten einen einheitlichen
Text herzustellen versucht. Der Wortlaut der Merkel'schen
Niederschriften ist unverändert beibehalten, jede Hinzufügung
zu demselben vermieden und an dem Original überhaupt nur
so weit geändert worden, als im Interesse des Zusammen=
hanges und der Aufeinanderfolge unbedingt nothwendig war.

Im Uebrigen muß das Unternehmen, die Merkel'schen
Aufzeichnungen der Aufmerksamkeit unserer Generation zu
empfehlen, sich selbst rechtfertigen. Zu Gunsten derselben
soll nur noch geltend gemacht werden, daß Merkel als naher
Freund Herder's, Wieland's, J. J. Engel's, Seume's u. A.
Jahre lang in der Lage gewesen ist, gewisse auf die literarische
Bewegung seiner Zeit bezügliche Verhältnisse aus der Nähe zu
betrachten und Dinge in Erfahrung zu bringen, die der Mehrzahl
der Zeitgenossen unbekannt blieben. Wo seine Berichte all' zu

subjectiv gefärbt sind, verräth sich das auf den ersten Blick, weil der Verfasser naiv genug ist, den Leser überall in seine Karten sehen zu lassen, — bewußt ausgesprochene Unwahr= heiten aber werden dem bei aller Leidenschaftlichkeit und Selbstgefälligkeit ehrlichen Manne nicht nachgewiesen werden können. — Wichtiger noch erscheint es, daß die Stimme eines Zeugen zu öffentlichem Gehör gebracht werde, der die Weimarer Zustände seiner Zeit unter anderen als den da= mals maßgebenden Gesichtspunkten betrachtete, und der von den Böttiger und Kotzebue ebenso differirte, wie von Denjenigen, welche um die „gemeine Deutlichkeit" der Verhältnisse des alten Weimar den „goldenen Duft" poetischer Morgenröthe zu weben gewohnt waren. Derselbe Mann, der in ästhetischen Dingen den Standpunkt einer vergangenen Epoche vertrat und sich viel= fach als laudator temporis acti geberdete, besaß, wo es sich um Fragen des wirklichen, insbesondere des staatlichen Lebens handelte, unzweifelhaft eine ziemlich sichere Witterung der neuen Zeit. Sein Unvermögen, sich an der idealen Seite des Weimarer Kleinlebens genügen zu lassen und in die künst= lerischen Interessen desselben aufzugehen, verräth den mo = d e r n e n Menschen, der die ihn umgebenden Zustände vor Allem auf ihren realen Gehalt und ihre Entwicklungsfähigkeit prüft. Daß „allein die Künstler damals den echten Lebensgehalt, der den wirklichen Zuständen fehlte, besaßen, und daß sie dem bloßen gesunden Menschenverstande demgemäß Spott und Hohn entgegensetzen durften" (Jul. Schmidt, Geschichte der deutschen Literatur I. p. 9), hat Merkel allerdings nicht ver= standen, aber auch nicht verstehen d ü r f e n, wenn er als zeit= genössischer Publicist mit der Nation (oder, wie man damals sagte, „mit dem Publicum") in Zusammenhang bleiben und demselben sagen wollte, was die Weltuhr geschlagen habe.

Im Interesse der Vollständigkeit lassen wir die nachstehenden Bemerkungen über Merkel's äußern Lebensgang folgen.

Garlieb Hellwig Merkel wurde im Jahre 1769 in einem Pfarrhause des damals halb mittelalterlichen, erst fünfzig Jahre zuvor von Peter dem Großen der Krone Schweden abgewonnenen Livland geboren. Sein in Straßburg ausgebildeter, viele Jahre in Hamburg ansässig gewesener Vater war eingefleischter Voltairianer, als solcher Verächter der Lehre und des Amtes, dem er sein Leben gewidmet hatte, und so ausgemachter Freigeist, daß seine im Jahre 1770 ausgesprochene Remotion von der Stellung eines livländischen Landpfarrers auch die laxesten Zeitgenossen nicht Wunder nehmen konnte. Mit einem ziemlich reich bemessenen „Gratial" zur Ruhe gesetzt, widmete Merkel, der Vater, den Rest seiner Tage der Ausbildung seines in dritter Ehe geborenen Lieblingssohnes, der schon als Knabe mit dem „écrasez l'infame" besser Bescheid wußte, als mit dem lutherischen Katechismus, und der es nach dem Tode des Vaters (1782) als heiligste Pflicht ansah, dessen Traditionen fortzusetzen und Herrn von Bar's „Consolations dans l'infortune" ebenso auswendig zu lernen, wie die „Epitres diverses", die Horazischen Satiren und die Hauptcapitel des Bayle'schen Wörterbuchs. Drei Jahre verbrachte der vaterlose Knabe so ausschließlich in der väterlichen Bibliothek und mit dem Studium der römischen, französischen, englischen und italienischen Classiker und Pseudo-Classiker derselben, daß er für regelmäßigen Schulbesuch ebenso verdorben war, wie für den Confirmationsunterricht, den er von einem auf „halbem Wege" stehen gebliebenen Freunde seines Vaters erhielt. Da die mittellos hinterbliebene Familie des removirten Predigers nicht in der Lage war, den jungen

Autodidakten auf eine deutsche Hochschule zu senden, mußte derselbe als Beamter einer Rigaer Regierungskanzlei, und — als es damit nicht gehen wollte, als „Informator abliger Jugend" sein Heil versuchen.

Sechs Jahre seines Lebens (1789 bis 1795) verbrachte Merkel als Hauslehrer in der Familie eines fern ab von der großen Heerstraße vegetirenden livländischen Edelmannes. Ein in der Nachbarschaft ansässiger, frisch aus der Schule des Herrn Professor Kant heimgekehrter, in zeitgemäßer Auf= klärungsphilosophie schwelgender junger Baron und ein Paar in der Umgegend heimisch gewordene, aus Deutschland ein= gewanderte „Hofmeister" sorgten dafür, daß der humanitäre Eifer des zwanzigjährigen Voltairianers die gehörige Nahrung erhielt und daß demselben von den neueren deutschen Literatur=Errungenschaften (Wieland, Klopstock und Lessing) eine gewisse Kunde wurde. Die in diesem Kreise verhandelten literarischen und ästhetischen Interessen hielten indessen nur kurze Zeit vor: ungleich lebhafteren Antheil, als an Wie= land's Musarion und der Lessing'schen Dramaturgie nahm man an der „Encyklopädie", an Jean Jacques Rousseau's „Gesellschaftsvertrag" und an der Möglichkeit, die Ideen dieses Buchs auf die Verhältnisse der nächsten Umgebung anzuwenden. Besonderen Eindruck hatte es gemacht, daß Diderot einige Jahre zuvor nach St. Petersburg berufen und von der „Semiramis des Nordens" mit einer Aus= zeichnung behandelt worden war, die vermessene Hoffnungen auf praktische Anwendung derselben Grundsätze weckte, die eben damals das französische Leben bewegten. Merkel griff diese Gedanken zuerst und mit besonderer Lebhaftigkeit auf, um dieselben — soweit an ihm war — in Ausführung zu bringen.

In dem gesammten Osten Europas galt während
der zweiten Hälfte des 18. Jahrhunderts die Hörigkeit des
leibeigenen Landvolks für den allein möglichen Rechts= und
Wirthschaftszustand. Nirgend in der gebildeten Welt hatte
dieser Zustand sich so schroff entwickelt und erhalten, wie
in dem durch den nordischen Krieg und die Lotterwirth=
schaft der Nachfolger Peter's des Großen zu bettelhafter
Armuth herabgekommenen alten Livland. Umstände der
verschiedensten Art hatten sich dazu verbunden, die Kluft
zwischen den deutschen Herren und den lettisch=esthnischen
Bebauern des Landes über ihr früheres Maß hinaus zu
vertiefen und zu verbreitern, und einen wirthschaftlich, social
und politisch gleich widersinnigen Zustand herzustellen. Mit
dem Feuer der Jugend und mit der Begeisterung eines
Schülers der Voltaire und Bayle faßte Merkel den Ge=
danken, eine Beseitigung der auf seinem Vaterlande schwer
lastenden agrarischen Mißwirthschaft zu versuchen und die
Auswüchse derselben an den Pranger zu stellen. Im tiefsten
Geheimniß schrieb er während der Jahre 1795 und 1796
ein dreiundzwanzig Bogen starkes Buch „Die Letten, vor=
züglich in Livland, am Ende des philosophischen Jahr=
hunderts", in welchem er den unwürdigen Zustand des
livländischen Landvolks in glühenden Farben schilderte, den
grundbesitzenden Adel mit heftigen Vorwürfen überschüttete
und von der „gekrönten Philosophin" an der Newa die
sofortige Aufhebung der Leibeigenschaft forderte; nicht ohne
handgreifliche Nebenabsicht war die Schrift dem damaligen
General=Gouverneur von Livland, Feldmarschall Fürsten
Repnin, gewidmet worden. — Daß dieses Buch von Ein=
seitigkeiten und Uebertreibungen wimmelte, und daß der
eigentlich entscheidende Punkt, die Nothwendigkeit einer Reform

im Sinne wirthschaftlicher Selbständigkeit des Bauern=
standes, unklaren humanitären und „staatsbürgerlichen"
Gesichtspunkten zu Liebe in den Winkel gestellt worden
war, sei nur beiläufig erwähnt: das Verdienst Merkel's,
durch diesen Allarmruf den Anstoß zu einer Reform unleidlich
gewordener Zustände gegeben und das Gewissen des deutschen
Adels der russischen Ostseeprovinzen geweckt zu haben, war
und blieb ein großes und unbestreitbares. —

Um sein Buch drucken zu lassen, siedelte der in=
zwischen siebenundzwanzig Jahre alt gewordene Verfasser
im Frühjahr 1796 nach Deutschland über, wo er die fol=
genden zehn Jahre seines Lebens verbrachte.

Die Geschichte seiner deutschen Erlebnisse aus den Jahren
1796 bis 1799 hat Merkel auf den Blättern des vorliegenden
Buches ausführlich erzählt; das Schlußcapitel desselben be=
richtet über seinen Antheil an den Ereignissen des Jahres
1806 und über die Gründe, die ihn zur Rückkehr in seine
Heimath bestimmten. — Rücksichtlich der dazwischen liegenden
Jahre 1799 bis 1805 und der ferneren Schicksale des immerhin
merkwürdigen Mannes werden einige Andeutungen genügen.

Im Sommer 1800 war Merkel von Weimar nach
Berlin, dann für kurze Zeit nach Frankfurt a. d. O. über=
gesiedelt, wo er den Doctorgrad erwarb und eine Weile
Vorlesungen hielt. Um diese Zeit entstanden die berüchtigten
„Briefe an ein Frauenzimmer über die neuesten Producte
der schönen Literatur in Deutschland", in denen Herder,
Wieland und Engel auf Unkosten Schiller's und Goethe's
verherrlicht, insbesondere Wilhelm Meister und die Schiller=
schen „Weiberstücke" (Maria Stuart, Jungfrau von Orleans
und Braut von Messina) einer im eigentlichsten Sinne des
Wortes unverantwortlichen Kritik unterzogen und nebenbei

die aufstrebenden Romantiker als politische und ästhetische Reactionäre bitter angefeindet wurden. Auf den Antheil, welchen Frau Herder und andre Neider der beiden Unsterblichen an diesen Missethaten genommen, gehen wir hier nicht näher ein. In Berlin, dem Sitze der alten Schule und ihrer Feind= schaft gegen die beiden Heroen, fanden die in den Jahren 1801 bis 1803 veröffentlichten „Briefe" so viele Zustimmung, daß dem Verfasser die Leitung des literarischen Theils der „Spener'schen Zeitung", später auch die Theater=Chronik dieses einflußreichen Blattes übertragen wurde. 1803 begann derselbe die Herausgabe eines wöchentlich erscheinenden Unterhaltungsblattes „Ernst und Scherz", dessen Erfolge so glänzende waren, daß Merkel auf Kotzebue's Andrängen dessen „Freimüthigen" mit seinem Journal vereinigte. Ein= fluß und Verbreitung des „Freimüthigen" nahmen in dem= selben Maße zu, in welchem Merkel von dem literarischen auf das politische Gebiet überging, um seinem glühenden Hasse gegen Napoleon und die französische Herrschaft über Süd= und Westdeutschland Ausdruck zu geben und die Nation zur Sammlung um den Thron „Friedrich's des Einzigen" einzuladen. Die politische Rubrik des „Freimüthigen" (die den für die damaligen Verhältnisse bezeichnenden Titel „Nichtpolitische Zeitung" führte) wurde von Jahr zu Jahr, später von Nummer zu Nummer auf Unkosten der literarischen erweitert, jedes Ereigniß des Tages auf seine Bedeutung für die Zukunft Deutschlands und Preußens geprüft, und mit einer Entschiedenheit, die in den Berliner Regierungs= kreisen peinliches Mißfallen erregte, zu einer allgemeinen Volksbewaffnung aufgefordert. Daß der Schwerpunkt von Merkel's Anlagen und Neigungen auf diesem und nicht auf dem literarischen Gebiete lag, trat mit besonderer Deutlichkeit

bei Gelegenheit der Erschießung Palm's hervor, an welche
der „Freimüthige" Aufrufe zur Rache knüpfte, die in ganz
Europa abgedruckt und besprochen wurden und selbst in
Paris einigen Eindruck machten. Unter solchem Umstand verstand es sich von selbst, daß Merkel nach der Schlacht von
Jena die Stadt, die ihm zur zweiten Heimath geworden
war, verlassen mußte. Die Einzelheiten seiner Flucht hat
er in dem Schlußcapitel des vorliegenden Buchs ebenso
lebensvoll geschildert, wie die Geschichte der derselben vor-
hergegangenen Monate.

Gemeinsam mit seinem Verleger wandte er sich nach
Stettin, dann nach Königsberg — allenthalben begegnete
er der gleichen Muthlosigkeit, allenthalben wurde sein Vorschlag, die Bevölkerung durch die öffentlichen Blätter zu
den Waffen zu rufen, als unausführbar zurückgewiesen. So
blieb nichts als die Rückkehr in die zehn Jahre zuvor verlassene Heimath übrig. Im December 1806 traf Merkel
in Riga ein, wo er fortan seinen dauernden Wohnsitz aufschlug, um in „Supplementblättern zum Freimüthigen",
später in der von ihm begründeten Zeitung „Der Zuschauer"
den begonnenen Kampf gegen Frankreich fortzusetzen, soweit
das unter den durch den Tilsiter Frieden veränderten Umständen möglich war. Den Höhepunkt von Merkel's
Thätigkeit bildete der Winter 1812.13, wo der „Zuschauer"
heimlich nach Kurland geschmuggelt wurde, um die von
York befehligten preußischen Truppen über den Gang der
Kriegsereignisse im Innern Rußlands zu unterrichten und
auf die Solidarität russischer und preußischer Interessen
hinzuweisen.

Trotz der ihm anfangs in Riga beschieden gewesenen
journalistischen Erfolge vermochte der Herausgeber des „Zu-

schauer" in seinem Geburtslande nicht mehr heimisch zu
werden. Er fühlte sich aus der Welt weggesetzt, von dem
deutschen Publicum vergessen und in der Fortsetzung der
kritischen Arbeit gehemmt, durch welche er sich einen Namen
gemacht zu haben glaubte. Von den 1812 veröffentlichten
„Skizzen" waren nur wenige Exemplare auf den deutschen
Büchermarkt gelangt, der von dieser Schrift so gut wie gar
keine Notiz nahm. Dazu kam, daß Merkel auch in seiner
Heimath die dominirende Stellung nicht zu erwerben ver=
mochte, die er als „Freund Herder's, Wieland's und Engel's"
und als in der großen deutschen Welt berühmt gewordener
Tagesschriftsteller in Anspruch nahm. Goethe und Schiller
zählten auch in der weitabliegenden deutschen Colonie am
Riga'schen und Finnischen Meerbusen so zahlreiche und so
entschiedene Anhänger, daß der anspruchsvolle Gegner der
Weimarer Dioskuren alsbald von den eigenen Landsleuten
angefeindet und lächerlich gemacht wurde. Wie in Deutsch=
land, so lag auch in den baltischen Ländern der eigentliche
Schwerpunkt der Interessen auf dem literarischen Gebiete,
und wog der Vorwurf, „gegen Goethe geschrieben zu haben",
schwerer als das Verdienst, in Zeiten allgemeiner Ent=
muthigung mannhafter Franzosenfeind gewesen zu sein. Ein
im Winter 1812 zu Dorpat geschriebenes, höchst geistreiches
Puppenspiel „Die Prinzessin mit dem Schweinerüssel" gibt
über die damaligen Stimmungen und über das Verhältniß
der Gebildeten zu der ästhetischen Theorie des „Zuschauers"
so charakteristische Auskunft, daß ein paar kurze Anführungen
aus demselben gestattet sein mögen. — Der Hanswurst wird
nach den Rigaer Literaturzuständen gefragt und ertheilt
darauf die folgende Antwort:

Es treibt hier Garlieb, ein Halb=Literat,
Viel Unfugs, schreibt und schreit besparat.
Das Kerlchen hat die kritische Kaude,
Und wenn's ihn juckt, schreit er „Sapere aude" [1]),
Stolzirt umher wie ein Kakadu,
Und wo was geschieht, da schaut er zu.
Auch legt er Eier mit Sturm und Blitzen,
Und ist's gethan, sind's eben „Skizzen".

An einer andern Stelle heißt es von der seit dem An=
wachsen des Schweinerüssels zur Partei Merkel's über=
gegangenen „Prinzessin":

„Von Goethe will sie gar nichts mehr wissen,
Hat all' seine Werke ins Feuer geschmissen,
Behauptet, daß er „kein Deutsch" versteht [2])
Und „im Purpurtalare barfuß geht" [3]),
Der Schelling ihr nun keinen Schilling gilt,
(Beim bloßen Namen schon wird sie wild)
Aber Merkel und Kotzebue (Pagat und Skis) [4]),
Sind ihre Hausgötter und Urgenies [5])."

_____

[1]) „Sapere aude" lautete das aus dem „Freimüthigen" herüber
genommene Motto des „Zuschauers".

[2]) Eine ähnliche Phrase war im „Freimüthigen" gebraucht worden.

[3]) Vgl. die „Briefe an ein Frauenzimmer".

[4]) Zwei Hauptarten in dem damals weit verbreiteten Tarokspiele.

[5]) Nicht minder ergötzlich als dieser Ausfall gegen Merkel ist die
in derselben Burleske enthaltene Charakteristik Kotzebue's (von welchem
Merkel sich übrigens schon im ersten Jahre der Leitung des „Frei=
müthigen" in Unfrieden getrennt und der den ehemaligen Genossen in
der Posse „Herr Merz der Kritikus und Recensent" bitter verhöhnt hatte):
„Er frißt Anekdoten und zieht sie wie Bänder
Aus der Nase als bunte „Theaterkalender" —
Bald thut er Thalien, als wär's 'ne Thio (esthnische Bauerndirne),
Bald buhlt er gar mit der ernsten Klio,
Dann liest er den Voß (nämlich Julius)
Und blickt in den Spiegel und gibt sich 'nen Kuß."

In der Hoffnung, die Superklugen unter seinen Lands=
leuten widerlegen und seine frühere deutsche Stellung wieder=
erobern zu können, verließ Merkel zu Anfang des Jahres
1816 Riga, um sich nach zehnjähriger Abwesenheit aufs
Neue in Berlin niederzulassen. Daß der Zeitgeschmack sich
seit Abschüttelung des französischen Jochs unkenntlich ver=
ändert und nicht nur den Heroen des classischen Idealismus,
sondern auch den Romantikern zu einem vollständigen Siege
über die „alte Schule" verholfen hatte, wollte der starr=
köpfige Mann ebensowenig wahr haben, wie daß der „Frei=
müthige" von 1806 im Laufe der weltbewegenden Ereignisse,
die seitdem Preußen und Deutschland gewandelt und um=
gestaltet hatten, bis auf den Namen vergessen sei. Mit
Gubitz, dem bekannten Holzschneider, Kalenderschriftsteller
und Journalisten verband er sich alsbald nach seiner Rück=
kehr in die preußische Hauptstadt (Sommer 1816) zur
Herausgabe einer Zeitschrift, die er in Anknüpfung an die
Glanzzeit seiner schriftstellerischen Erfolge „Ernst und Scherz,
oder der alte Freimüthige, ein politisch=literarisches Zeit=
blatt" nannte. Gubitz, der die Verhältnisse und Stimmungen
des „neuen Deutschland" unbefangener beurtheilen mochte,
als sein zehn Jahre lang aus demselben entfernt gewesener,
aus Grundsatz rücksichtsloser College, zog sich nach dem Er=
scheinen der vier ersten Nummern von dem verfehlten Unter=
nehmen zurück, Merkel aber setzte dasselbe noch bis zum
April 1817 fort, um sodann einen Mitarbeiter aus
früherer Zeit, den unglücklichen, schließlich verhungerten
Julius von Voß (denselben, der bei Gelegenheit einer
Beurtheilung der Reichard'schen „Vertrauten Briefe" Kotze=
bue als Dramatiker über Shakespeare gestellt hatte) zum Nach=
folger zu bestellen. Bereits am 1. Juli 1817 wurde

der alte „Freimüthige" für immer zu Grabe getragen. Merkel
selbst kehrte, nachdem er eine längere Reise unternommen,
unverrichteter Sache in die verlassene Heimath zurück, in der
sein literarischer Mißerfolg natürlich kein Geheimniß geblieben war. Seine Reiseeindrücke legte er in der troß
mancher höchst zutreffender Bemerkungen über die damalige
politische Lage völlig unbemerkt gebliebenen Schrift „Teutschland, wie ich es nach einer zehnjährigen Abwesenheit wieder-
fand" (2 Bände, Riga 1818) nieder.

Die letzten zweiunddreißig Jahre seines Lebens hat
Garlieb Merkel ununterbrochen in und bei Riga (auf seinem
Landgute Depkinshof) zugebracht, abwechselnd als Landwirth
und Publicist thätig, glücklich verheirathet und im Genuß
eines bescheidenen, aber auskömmlichen Vermögens, dessen
Erträge seit dem Jahre 1820 durch eine Pension vermehrt
wurden, die Kaiser Alexander I. bei Gelegenheit der Aufhebung der Leibeigenschaft in Livland dem alten Vorkämpfer
für die Freiheit der „Letten" ausgesetzt hatte. An den An-
schauungen seiner Jugend zähe festhaltend, blieb der uner-
müdliche Mann noch viele Jahre lang mit der Feder thätig
— Erfolge sollten ihm aber nicht beschieden sein. Die von
ihm redigirten Zeitschriften (das Tageblatt „Der Zuschauer"
und die von 1827 bis 1838 herausgegebene Wochenschrift
„Provinzialblatt") bereiteten dem alten Liberalen so uner-
trägliche Censurschereien, daß er die Zeitung 1831 in
andere Hände übergehen ließ, und daß die Wochenschrift
1838 verboten wurde, — auf Merkel's Büchern aber lastete
der Bann, daß sie von einem Manne herrührten, „der
gegen Goethe geschrieben hatte", der eine Weile Kotzebue
nahe gestanden, und den die jüngere Welt höchstens aus
Varnhagen's „Testimonia auctorum de Merkelio, d. i.

Paradiesgärtlein für Garlieb Merkel", oder aus der erwähnten Kotzebueschen Posse kannte.

Auch nach dem Urtheil ihm nicht befreundeter Zeitgenossen war Merkel ein Mann von guten, gefälligen
Umgangsformen und (wie Fr. Laun in seinen Aufzeichnungen
sagt) „ein recht netter, zierlicher Mann von vieler geselliger
Bildung". Wenn Goethe ihn in seinen „Invectiven" den
„charmanten kleinen Merkel" nennt, so bestätigt das die
Schilderungen, welche Gubitz und Andere von der kaum
mittelgroßen, aber wohlproportionirten Figur und dem
feingeschnittenen Gesicht des beweglichen, formgewandten
Livländers entwerfen, der ein unterhaltender und liebens-
würdiger Gesellschafter sein konnte und namentlich in seinen
gebildeten Frauenkreisen gern gesehen wurde: auch in
diesem Stück das directe Gegentheil seines — ihm eigentlich
immer antipathisch gewesenen — Genossen Kotzebue, der
nach E. M. Arndt's unverwerflichem Zeugniß das Aussehen
und die Manieren eines „Altflickers" hatte. — Merkel's
Privatleben war durchaus achtbar, seine Hauptfehler, maß-
loses Selbstgefühl, kindische Eitelkeit und rücksichtslose Recht-
haberei, waren Producte des eigenthümlichen Bildungsganges
eines in der Einsamkeit aufgewachsenen, ausschließlich von
der Weisheit der Aufklärungsliteratur genährten Autodidakten.

Fast einunddachtzig Jahre alt geworden, starb Garlieb
Merkel am 9. Mai 1850 (27. April a. St.) auf seinem
Landgute Depkinshof bei Riga.

Erster Abschnitt.
1796 bis 1797.
Von Riga nach Lübeck.

Die Dichter versichern, die erste Liebe sei unvergeßbar.
Ich will ihnen nicht widersprechen; aber die erste Seereise
ist es auch, und tausend andere erste Eindrücke sind es eben=
falls; ja, indeß ich mich kaum erinnern kann, welches Frauen=
zimmer zuerst meine Phantasie reizte, steht das Bild immer
noch lebhaft vor meiner Seele, wie mein Schiff sich, unter
dem zehntausendfältigen Geschrei von Seevögeln, durch dichte
Eisschollen aus der Mündung der Düna in die offene See
hinausdrängte, und die ersten Wogen an ihm hinaufhüpften.
Jede trug mich weiter hinweg von Allem, was ich bisher
geliebt und gehofft hatte, was meine Erinnerung füllte, was
der Inhalt meines Lebens gewesen war, um mich in eine
Welt hinüber zu führen, die ich nicht kannte, wo mich
Niemand erwartete, und wo ich keinen Ersatz zu hoffen
wußte für das, wovon ich mich auf immer losgerissen. Tief=
schmerzlich fühlt' ich, daß ich nun allein stand, ganz allein,
— mit meinem Entschlusse. Wär' es möglich ge=
wesen, wer weiß, ob ich nicht ans Land gesprungen wäre,
um meinem Plane zu entsagen. Aber ich hoffe, ich hätte

bald einen Rücksprung gethan. Mich wenigstens haben dergleichen Stimmungen immer, wenn sie vorübergegangen, gestärkt und kräftiger zurückgelassen.

Nie war mir so poetisch zu Muthe, als an dem trüben Abende, da ich meine Reise antrat, und an dem herrlich heitern, sonnenwarmen Morgen, an dem ich darauf zuerst aus der Kajüte heraufstieg. Ich konnte mich meinen Gefühlen und Betrachtungen ungestört überlassen, da mich kein Uebelbefinden ergriff.

Die Ueberfahrt dauerte lange; zehn Tage, glaub' ich. Am 21. April 1796 (alten Stils) war das Schiff aus der Bolderaa abgesegelt. Als ich vor Travemünde ans Land stieg, rief ich mit einem ahnenden Frohgefühl aus: Heut ist der erste Mai! „Um Vergebung," antwortete Jemand; „wir schreiben heut den zwölften." Diese Bemerkung erinnerte mich so lebhaft daran, daß ich in der Fremde sei; ich sah mit einer Art Heimweh nach dem Schiffe zurück. Mir war es auf demselben gar nicht übel ergangen. Der Schiffer, der Steuermann und die drei oder vier Matrosen waren alle Lübecker, damals wenigstens ein treuherziger Menschenschlag. Noch dazu war der Steuermann, ein junger verständiger Mensch, nach Seemanns Weise von seinem Betragen, und Bräutigam der Tochter des Schiffers. So hatte denn das Leben auf dem Schiffe einen Anstrich von Häuslichkeit, in die ich, der einzige Kajüten = Passagier, mich gleichsam einlebte. So etwas ist leicht in einer abgeschlossenen Lage, wie die auf einem Schiffe. Ich hatte den Schiffer als Mensch hochachten gelernt und selbst so freundschaftliches Gefühl für ihn bekommen, daß ich es bedauerte, als wir uns zum Abschied die Hände schüttelten.

Es war ein schöner Maienmorgen im Jahre 1796, an

dem ich vor Travemünde ans Land trat. Ich wandte mich
um; da lag die Ostsee, von der eben aufgehenden Sonne
geröthet, mit einer ihrer größesten Breiten zwischen mir
und meinem Vaterlande. Ich glaubte auf immer von ihm
geschieden zu sein. — In dem Augenblicke schmetterte zehn
Schritte vor mir, auf dem Wipfel einer jungen Linde, ein
Fink sein fröhliches Lied. Mit den wohlbekannten Tönen
traten die Betrachtungen vor meine Seele, die ich so oft
auf Spaziergängen in den Livländischen Wäldern über den
Werth des Lebens und seiner Verhältnisse angestellt hatte.
— Ich nickte dem Vogel lächelnd meinen Dank und ging
ruhig ins Wirthshaus, mir ein Frühstück und ein Fuhrwerk
nach Lübeck zu bestellen.

Lübeck.

Die erste Stadt des alten Stammlandes, die ich be-
treten sollte, erfüllte mich mit mannigfachen Erwartungen.
Sie galt mir, wenn ich — navita de ventis! — eine schriftstellerische Vergleichung wagen darf, für das Titelblatt
Deutschlands. In gewissem Sinne irrte ich nicht; nur stand
auf dem Titel und in dem Werke selbst etwas ganz Anderes,
als ich zu lesen gehofft. Ich erinnerte mich auf der Fahrt
nach Travemünde, ich würde eine Republik besuchen, die
schon ihr sechstes Jahrhundert (seit 1182) überlebte, einst
hochberühmt durch ihren wichtigen Handel, einst mächtig im
Kriege gewesen, auch manchen großen Mann zu ihren
Söhnen zählte und ihn, nach hergebrachtem Rechte der
Kleinen, sobald ihn das Glück verließ, aufs Schaffot geschickt
hatte. — Ich dachte an Rom, dann an die Handels-Republiken
Tyrus, Corinth, Carthago. — Eben fuhren wir durch das
Stadtthor. Vor einem Häuschen, das einige hingelehnte

Flinten als eine Wachtstube bezeichneten, saß ein Officier und las; das Aeußere des Buches verrieth seinen Ursprung aus einer Leihbibliothek. Er stand auf und grüßte den Schiffer, der mit mir zur Stadt gefahren war, aber erhielt fast nur ein Kopfnicken zum Dank. Als ich später gegen einen Handwerker, der Etwas für mich zu thun hatte, über die geringe Aufmerksamkeit für das Militär meine Verwunderung äußerte, antwortete er: „Die Leute stehen ja in unserm Lohn und Brot." — Aber sie verbürgen doch die Existenz der Republik! rief ich aus. — „Republik!" wiederholte er langsam. — Der Republikaner schien das Wort nicht zu verstehen. — Ich meine, erklärte ich mich, sie bewachen die Stadt. — „Ih ja, bei Tage;" antwortete er. „Bei Nacht thun wir es selbst." — Am Abend sah ich ein Dutzend Kerle in alten, schmutzigen Friesröcken einzeln vorüber schlendern, von denen Jeder eine Flinte in der Hand neben sich herschleppte. Am andern Morgen wiederholte sich die Erscheinung. Ich fragte. „Es ist die Bürgerwache, die von der Bewachung der Thore kommt", antwortete man. Sind diese schmutzigen, zerlumpten Kerle Lübecker Bürger? — „Nicht doch", sagte man lachend. „Die schicken meistentheils ihre Hausknechte zur Wache." Diese spießbürgerliche Sorglosigkeit des kleinen Staates, indeß vielleicht kaum 50 Meilen entfernt das westliche Deutschland in blutigem Kriege um sein Dasein kämpfte, erfüllte mich mit einem fast schaudernden Erstaunen. Als ich zwei Jahre nachher Hamburg und Bremen besuchte, fand ich, obgleich diese Städte der indeß noch höher angewachsenen Gefahr noch viel näher lagen, eine ähnliche Versunkenheit und das Vertrauen auf das Herkommen, geschont zu werden; ja, sie betrachteten ihr Loos für so getrennt von dem Schicksale des übrigen Deutschlands,

daß die Franzosen, wie man laut erzählte, aus Hamburg
und Bremen Zufuhr an Munition und Kriegsbedürfnissen
zur Ueberwältigung der Deutschen erhielten. Freie Handels-
speculation, ohne politische Rücksicht auf das Schicksal des
deutschen Reiches, von dem doch zuletzt das Ihrige abhing!
Die Gleichgültigkeit der Hansestädte gegen das übrige
Deutschland hatte im Frieden wie im Kriege es vorbereitet,
daß sie endlich sehr bedrückte „gute Städte Frankreichs"
wurden. Lübeck büßte seine philiströse Zuversicht auf her-
kömmliche Sicherheit zuerst im Jahre 1806. Eine reiche
Handelsstadt, die zugleich eine Festung sein soll, ist freilich
ein Säbel mit goldner Klinge, der den Räuber mehr an-
locken, als schrecken, und zur Abwehr nicht taugen würde.
Da aber die Stadt einmal Wälle, Artillerie, eine zur Wehrhaftigkeit verpflichtete Bürgerschaft besaß: hätte die Stadt
die Artillerie und die Mannschaft auf die Wälle geführt
und so die Thore geschlossen, Blücher hätte sie nicht zur
gebrechlichen Nothwehr brauchen können, und die Franzosen
hätten sie nicht geplündert und — so weiter. Hamburg
und Bremen entgingen wenigstens dem letztern Schicksale,
da es, wie ich glaube, nur einer Capitulation bedurfte, sie
zu besetzen, keiner Erstürmung. Ihre Buße kam später. —

21 Jahre später fand ich Lübeck in vielen Punkten sehr
verändert. Ich forschte nach mehreren angesehenen Familien,
in denen ich früher Zutritt gehabt, nach verschiedenen ausgezeichneten Männern, die ich gekannt hatte. Diese waren
fast alle todt, Jene theils verarmt, theils weggezogen. Eine
reizende Frau, die mich lebhaft interessirt hatte und ein
glänzendes Leben führte, war von ihrem Gatten geschieden
worden und besorgte jetzt die Wirthschaft eines ihrer che-
maligen Verehrer. — Selbst den einnehmenden Dichter

Overbeck, dem Deutschland so manches seelenvolle Lied ver=
dankt, fand ich sehr verändert. Er schien zu sehr der Sonne
ausgesetzt gewesen zu sein und seinen moralischen Teint ver=
dorben zu haben. Er hatte als Delegirter der Stadt lange
in Paris gelebt, oft Napoleon gesehen, und seine ehemalige
einfache Liebenswürdigkeit hatte einem Anstrich höfischer
Vornehmheit Platz gemacht. Weltlauf! dachte ich und war
beruhigt.

Im Ganzen glaubte ich zu sehen, daß mit dem alten
Reichthum Lübecks, den die Französischen Gewalthaber an
sich zu bringen gewußt, auch die alte, heitere und in mehreren
Rücksichten achtungswerthe Spießbürgerei verschwunden sei,
die im Grunde nichts ist, als der nationale Patriotismus
sehr kleiner Staaten. In diesem Sinne war der größte
Theil Deutschlands im vorigen Jahrhundert voll Spieß=
bürgerei. — Die Lübecker waren jetzt durch die Gewalt der
Ereignisse aus ihrer alten Beschränktheit fortgerissen, zur
Verknüpfung ihres Interesse, ihrer Sitten und Gebräuche
mit vielseitigen Fremden. Sie dachten geringer von der
Würde und Wichtigkeit ihrer Stadt, aber strebten eben des=
halb vernünftiger darnach, vielartige Verbindungen außer
derselben anzuknüpfen. Ihr alter Handel war zerrüttet und
ihr Reichthum dahin; dafür war sichtlich eine umfassendere
Industrie erwacht, und die Hoffnung erhielt ihren Muth,
daß Verlorene ließe sich wiedergewinnen.

Ich kann nicht sagen, daß das kleine, achtungswerthe
Völkchen mir durch die Verwischung seiner herkömmlichen
Individualität interessanter schien, als bei meinen Besuchen
im vorigen Jahrhunderte; aber ich freute mich über die
Entschlossenheit, mit der es Wege suchte, sich wieder empor
zu helfen.

Im Postwagen.

Ueber meine Fahrt von Lübeck nach Leipzig spricht mein Tagebuch sehr wenig. Es thut mir leid. Eine Schilderung des Schleichens vor 43 Jahren durch Gegenden, die man jetzt durchfliegt, müßte manchen piquanten Zug darbieten. Um ganz zu begreifen, welche Fortschritte Deutschland ge= macht hat, muß man im vorigen Jahrhundert dort mit der fahrenden Post gereist sein. Für Alle, die nicht reich genug waren, ein eigenes Fahrzeug zu besitzen und Extrapost zu bezahlen, gab es kein anderes Reisemittel. Die Gestalt der Einrichtungen aber zum Dienst der ärmeren Classen hat mir immer ein untrüglicher Maßstab davon geschienen, wie viel Achtung eine Regierung für ihr Volk hat. — Man hatte mir den Postwagen in Lübeck als vorzüglich bequem gerühmt. Ich glaube, das Ding hieß sogar die „gelbe Kutsche". Mich schauderte, da ich es sah. In Livland gab es freilich damals gar keine öffentliche Passagierwagen; aber eben daher fuhr Jedermann, der nicht Bauer war, in mehr oder weniger bequemen Equipagen. Hier stand ein ungeheuer langer, schwerer, unsaubrer Rumpelkasten vor mir, der auf den Achsen ruhte, und in dem für die Reisenden durch Nichts gesorgt war, als durch das Verdeck, durch die aus übel= riechendem Leder bestehenden Seitenwände und dadurch, daß die ungepolsterten Sitzbretter mit Riemen an die Rippen des Wagens geschnallt waren.

Meine Reisegesellschaft bestand aus zwei Jünglingen aus Holstein, die nach Jena wollten, einem Leinwandhändler aus Gera, zwei Juden und — mehreren Kästchen und Körben voll übelriechender Seefische, Krabben u. s. w., die als Leckerbissen des Strandes ins Innere Deutschlands

versendet wurden. Weiterhin wechselten sie mit anderen
Provisionen ab. Ich erinnere mich, später einmal in einem
solchen Wagen mit zwei todten Rehen gefahren zu sein. —
Bald knüpfte sich eine allgemeine Unterhaltung an, aber sie
wurde mir durch ihre Abgeschmacktheit fast noch uner=
träglicher, als der Geruch der rohen Leckerbissen.

Der Postwagen hielt in Mölln an, und wir stiegen
aus. Dem Hause, wo es geschah, gegenüber stand ein altes
gothisches Kirchlein auf einem Hügel, an dem eine Treppe
hinaufführte. Wir gingen ihr näher. Als wenn jeder
Reisende sogleich mit der Glorie des Städtchens bekannt
gemacht werden solle, hatten die Möllner Eulenspiegel's
Grabstein mit der auf einem runden Spiegel sitzenden Eule
außen an die Kirchenmauer gelehnt. Wir freuten uns lachend,
ihn gesehen zu haben, aber es hatte die schlimme Folge, daß,
als wir wieder im Wagen saßen, Jeder einige der meisten=
theils albernen Streiche des argen Schalksnarren erzählte.
Alle hatten den bekannten Pöbelroman gelesen, aber Jeder
schien vorauszusetzen, daß er allein so glücklich gewesen.
Endlich machte der Leinwandhändler den unglücklichen Spaß,
zu fragen, ob wohl Eulenspiegel auch im Himmel noch Spaß
treiben möge? und das führte zu einer so faden, anfangs
scherzenden, bald aber ernsthafteren und so immer faderen,
endlich eifrig werdenden Debatte über die Freuden der
Seligkeit. Auch die Juden nahmen zuletzt Theil, und da
das Gespräch anfing, in einen Streit auszuarten, verlor
ich endlich die Geduld. Ich forderte, man möge nun auch
meine Meinung hören, und hielt aus dem Stegreif eine
Rede in Knittelversen, in der ich nach einander jede der
aufgestellten Hypothesen von dem, was im Himmel ge=
schehe, persiflirte. Nach jeder Abfertigung einer solchen

lachten Alle, bis auf Den, der sie aufgestellt hatte; als ich
aber schloß:

> Nur die Vermuthung hatte Gewicht —
> In solchen Wagen fährt man nicht.

rief die ganze Reisegesellschaft lachend: „Nein! Nein! Nein!"
denn wir hatten so eben ein paar entsetzliche Stöße erhalten.

Leipzig zu Ende des vorigen Jahrhunderts.

Nach einer Reise von mehreren Tagen und Nächten kam
ich bei Nacht in Leipzig an. Man führte mich in ein Haus,
das man das Posthörnchen nannte und das, glaub' ich,
vorzüglich zur Einkehr für Postpassagiere bestimmt war. Ich
erhielt ein artiges Zimmerchen und ein bequemes Bett mit
einem ungeheueren Deckpfühl von Dunen. Ich bebte anfangs
vor ihm zurück, aber nach der langen, kalten Nachtfahrt that
es mir wohl.

Als ich am Morgen mich beim Kaffee mit
meinen Erwartungen von Leipzig beschäftigte, die man mir
so oft wegen seiner anziehenden Gestalt, seines Reichthums,
seines Geschmacks, der Bildung seiner Einwohner und der
Gelehrsamkeit seiner Universität gerühmt hatte, erhielt ich
wenigstens einen Beweis der artigsten Zuvorkommenheit.
Die Wirthin meldete mir den Herrn Magister Ou— an,
und gleich darauf trat ein freundliches, etwa 40jähriges
Männchen ein, in einem eleganten, etwas sehr langen Ueberrocke, schön frisirt und gepudert, aber mit einem jener
freundlich kalten Gesichter, denen man beim ersten Blick
unterwürfiges und gefaßtes Ertragen unangenehmer Lagen
ansieht. Der Magister hieß mich willkommen in Leipzig,

bezeigte sein Vergnügen, mein erster Bekannter zu werden, und erbot sich zu Gefälligkeiten, deren ich etwa bedürfen könne. Ich glaubte im ersten Augenblicke, er wolle mir Cicerone sein. Das war aber nicht der Fall. Ich habe nie erfahren, was ihn zu seiner gütigen Aufmerksamkeit bewog, wenn es nicht etwa war, eine leere Wohnung in dem benachbarten Hause einer Freundin durch mich zu besetzen. Seine Bekanntschaft wurde mir indeß in der Folge angenehm und oft nützlich. Er war kein glänzender Geist und kein großer Gelehrter, aber besaß doch ein bedeutendes gelehrtes Wissen und aufgeklärten Verstand. Ueber seine persönliche Lage erfuhr ich im Laufe des ersten Gesprächs, daß er unverheirathet sei, ein Gehalt aus einem Fonds der Universität besitze, die Leipziger — damals sehr unbedeutende — Zeitung redigire und außerdem Corrector für Buchhandlungen sei.

Das Geschäft eines Solchen war damals in Leipzig geachtet. Man trug es nur Gelehrten auf, von dem Fache, zu dem die im Drucke stehende Schrift gehörte. Sie trieben es mit oft ängstlicher Gewissenhaftigkeit, schlugen wegen der Schreibart einzelner Wörter viele Bücher nach, ja corresponirten darüber*). Als Göschen, ein trefflicher, selbst hochgebildeter Mann, nachdem er Wieland's Werke verlegt hatte, auch Klopstock's sämmtliche Schriften in Grimma drucken ließ, gab er seinem Freunde Seume dort Wohnung und ein jährliches Correctur=Honorar von 3 bis 400 Thalern sächsisch; ja, als er das Neue Testament griechisch mit

---

*) Sie brachten zu ihrem Geschäfte Federn καὶ νοῦν und verbesserten selbst wohl Versehen der Verfasser. So that Sander mit Lafontaine's Romanen und Seume mit Klopstock's Schriften, und Lafontaine und Klopstock dankten ihnen dafür.

neuer, für jeden Buchstaben gewählter und frisch gegossener
Schrift drucken ließ, wurde die Correctur von drei in ver=
schiedenen Städten wohnenden gelehrten Theologen besorgt.
Nach Vollendung des Druckes bot er eine Prämie von einem
Ducaten für jeden Druckfehler, den man ihm noch zur Ver=
besserung nachweise. — Ein fehlerhafter Druck galt damals
für eine schimpfliche, den Verleger selbst herabsetzende Er=
scheinung.

Mein guter Magister Ou — war, wie ich bald fand,
einer von jenen Köpfen, die viel Empfänglichkeit für Wahr=
heiten haben und sie begreifen, aber nicht die Geisteskraft,
selbst eine neue zu entdecken, oder eine erlernte geltend zu
machen. Die kritische Philosophie war damals Mode, wie=
wohl noch lebhaft von den Leipziger Eklektikern bestritten.
Die Verhandlungen über sie reizten Ou —. Auch er trat einige
Jahre später mit einer philosophischen Schrift auf. Für
welche Seite, weiß ich nicht mehr, wohl aber, daß er mir
sie nach Berlin schickte und mich um Hilfe bat gegen Die=
jenigen, die sie als unbedeutend behandelten. Gern hätte
ich ihm dadurch für seine Gefälligkeit gedankt; ich gestehe
indeß, es schien mir, jene Leute hätten Recht.

Auch körperlich war mein armer neuer Freund stief=
mütterlich ausgestattet. Seine schiefen Schultern bemerkte
ich sogleich, und als bei seinem Fortgehen der lange Ueber=
rock etwas auseinander schlug, zeigte sich, daß an den Beinen
Etwas zu verbergen war. Als ich mich, ihn bedauernd,
gegen meine Wirthin äußerte, sagte sie: „Ja freilich! Er
ist ein Leipziger Kind." Und Sie? fragte ich. „Ich bin
aus — —" Ich weiß nicht mehr, woher, aber sie war, wenn
auch etwas zu dick, doch wohlgestaltet.

Was sie mit ihrer Bemerkung hatte sagen wollen, errieth

ich bald. Ich brachte der Professorin Gl. eine Empfehlung. Sie nahm mich äußerst gütig auf; um so mehr that es mir leid, daß sie bucklig war. Ich wandte das Gespräch so, daß sie ihren Geburtsort nennen mußte. „Ich bin eine geborene Leipzigerin!" sagte sie mit Selbstgefühl. — Der erste Professor, bei dem ich mich zum Collegium einschreiben ließ, war der als medicinischer Schriftsteller damals sehr geachtete Hebenstreit. Der Vortrag des wackeren Mannes, obgleich in einem sehr eintönigen Wörterflusse, war lehrreich und klar; er selbst aber klein und verschoben gewachsen. Ich erfuhr bald, daß schon sein Vater ein berühmter Arzt zu — Leipzig gewesen. — Ich beobachtete den Wuchs der Leute, die mir auf der Gasse begegneten, und fand zu meinem Erstaunen, daß ein sehr großer Theil derselben ausgewachsen war oder verdrehte Glieder hatte; fast so oft ich aber Gelegenheit hatte, Solche um ihren Geburtsort zu befragen, war die Antwort: Leipzig. Ein Arzt, dem ich meine Bemerkung mittheilte, behandelte den Gegenstand als allbekannt und erklärte ihn dadurch, daß die Rhachitis und ähnliche Uebel hier bis vor Kurzem die am meisten herrschenden Kinderkrankheiten gewesen. Bis vor Kurzem! fuhr ich freudig auf. „Ja!" sagte er. „Sehen Sie nur, wie hoch viele unserer Häuser und wie eng unsere Gassen sind: denken Sie sich die eigentlich kleine Stadt noch mit stinkenden Gräben und jenseit derselben mit verschlossenen Gärten der Reichen umgeben: so wird es Ihnen einleuchten, welches elende, eingeschlossene Leben die Kinder der Aermeren aller Classen führen mußten. Seit aber der Kriegsrath Müller, unser Bürgermeister, die Stadtgräben zuwerfen ließ und sie in parkähnliche Spaziergänge verwandelte, tummelt sich die Kinderwelt fröhlich darin umher und — bleibt gesund.

Ich als ein ſeit lange hier practicirender Arzt kann es be=
urtheilen."

Vortrefflich! rief ich aus. Und wie iſt der Mann be=
lohnt worden, der die künftigen Generationen in einer ganzen
bedeutenden Stadt vor Verkrüppelung ſicherte?

„Der Kurfürſt hat ihn zum Kriegsrath gemacht."

Zum Kriegsrath? Alſo iſt er nicht mehr an dem
Platze, wo er ſo nützlich war?

„Nicht doch", erwiderte er lächelnd; „Müller iſt geblieben,
was er war; er wird nur Kriegsrath genannt."

Ich kehre zu meinem guten Magiſter Cu — zurück.
Der wackere Mann war von unermüdlicher Gefälligkeit. Er
orientirte mich in Rückſicht der erſten Maßregeln, die ich
zu nehmen hatte, und verſchaffte mir in ſeiner Nachbarſchaft
ein ſehr artiges Meßquartier, d. h. freilich ein ſolches, das
ich nur zwiſchen den Meſſen bewohnen konnte, weil es
während derſelben viel theurer an Kaufleute vermiethet
wurde. Es beſtand indeß aus zwei artig möblirten Zimmern,
eine Treppe hoch, in der Grimmaiſchen Straße und koſtete
nicht viel. Ich war dankbar und zufrieden. Er wollte mich
auch an ſeinen Genüſſen Theil nehmen laſſen und führte
mich auf die Funkenburg, wo es, nach ſeinem Ausſpruche,
ganz vortreffliches — Bier gäbe. Ich fand ein Getränk,
das bei einem fade ſäuerlichen Geſchmacke und wenig Geiſt
die Unverſchämtheit hatte, ſtärker zu mouſſiren als Cham=
pagner, und habe, nach dem erſten Koſten, ſeiner nie wieder
begehrt. Mein freundſchaftlicher Führer wurde mir wegen
dieſer Verſchiedenheit des Geſchmackes nicht böſe; er ging
in ſeiner Theilnahme ſo weit, daß er mir, als er erfuhr,
daß ich kein Vermögen beſäße, vorſchlug, mich um die
Aufnahme in eine der vier Leipziger Nationen zu

bewerben, deren Mitglieder aus alten Fonds der Universität eine Art Pension erhalten. Diese vier Nationen waren oder sind noch, wenn ich mich richtig erinnere, die Meißener, die Sachsen, die Thüringer und die Polen. Ich entgegnete ihm, daß ich nicht das Glück hätte, aus einer dieser Nationen abzustammen. Er sann einen Augenblick nach und meinte dann, da Livland einmal zu Polen gehört habe, ließe sich die Sache wohl machen.

Ich ging zum Rector, legte ihm meinen Paß vor, den er kaum ansah, und zahlte die Gebühr der Inscription. Ich erhielt eine Matrikel und ein Exemplar der Gesetze der Universität, versprach sie zu beobachten, — und war Leipziger Student der Medicin. Dies Verfahren war noch in jenem liberalen Geiste, in welchem man einst Universitäten stiftete. Sie sollen nichts sein als Anstalten, wo Jeder, der gelehrte Bildung wünscht, die Gelegenheit findet, sie zu erwerben. Wie und mit welchen Ansichten er sie benutzen wolle, wurde dem Bedürfnisse seines Geistes überlassen; wer sie aber nicht benutzte, trug die Folgen seiner Nachlässigkeit. So bildeten sich die großen, originellen Geister, durch welche die Wissenschaften und die Geistesbildung im Allgemeinen während der letzten Jahrhunderte erstaunenswerthe Fortschritte machten.

Jetzt ist, besonders auf den preußischen Universitäten, eine andere Einrichtung getroffen, wahrscheinlich in Folge der politischen Verirrungen mancher studirenden Jünglinge nach dem Befreiungskriege; auch wohl weil sich die Aspiranten nach Staatsämtern zu sehr häuften. Es werden von jedem Jünglinge, ehe er die Matrikel erhält, allerlei Attestate gefordert, und in vielen Fällen muß er sich noch einem Examen in allen Wissenschaften unterwerfen, und dieses ist

nach Umständen so strenge, daß der berühmte Philologe
Wolf, als er einmal ein solches Examen mitgemacht hatte,
ausrief: „Gott sei Dank, daß ich seit fünf und zwanzig
Jahren Professor bin. Student könnt' ich nicht werden."
Ich glaub' es selbst. Wie jedes große, in einem Fache
eminente Talent, hatte er ganz für das seinige gelebt und
sich um viele andere Wissenschaften fast nur so viel be-
kümmert, als sie für jenes erforderlich wurden. Ich erinnere
mich ganz bestimmt, daß er in einem Gespräche verrieth, die
beiden Pythagoräischen Lehrsätze nicht zu kennen und Chile
für eine brasilianische Provinz zu halten.

Ich hielt nun meinen Umgang in den Collegien, doch
nicht mit sonderlichem Erfolge. Bei dem berühmten Hebenstreit ließ ich mich einschreiben zur Physiologie. Etwa
fünfzehn Zuhörer fanden sich täglich für zwei Stunden zusammen in einer engen, heißen Stube, in welcher ein kleines,
engbrüstiges Männchen am Fenster hinter einem Tischchen
saß und leise und höchst eintönig sehr wichtige und ver-
ständige Dinge vortrug, die ich zwar meistentheils schon aus
Haller's classischem Lehrbuch wußte, er aber so bereichert
und erweitert aufstellte, daß ich vielleicht keine Vorlesung
versäumte. Ob einer von den Hörern nachschrieb, erinnere
ich mich nicht; ich that es nicht, ob ich mir gleich dazu
Haller's Physiologie in mehrere Hefte hatte zerlegen und
mit Papier durchschießen lassen. — Ich hospitirte bei dem
Professor der Anatomie. In einem dunkeln, unheimlichen
Saale des Paulinums saßen ungefähr eben so viele, als
bei Hebenstreit, aber nicht auf Stühlen, sondern Bänken,
die Raum für mehr als die zehnfache Zahl darboten. Ein
kleiner alter Mann mit einer etwas schief sitzenden Perrücke
bewegte sich vor dem Katheder hin und her und sprach;

sein Famulus aber trug auf einem Brette von Zeit zu Zeit den linken Schenkel einer alten Weibsperson herum, die kühnlich genug gewesen, sich in der Pleiße zu ertränken, wahrscheinlich bei hohem Frühlingsstande des Wassers. Da= für hatte sie nun das Schicksal, daß Herr Professor H. die Nerven ihres Schenkels mit der Pincette hervorzupfte. Ich nahm Prise auf Prise, die meine Nachbarn mir boten und kam nicht wieder. — Die Botanik hatte immer viel Reiz für mich gehabt, und Leipzig hatte einen berühmten Pro= fessor derselben, Hedwig, den Entdecker der Natur der Krypto= gamen. Ohne erst zu hospitiren, ging ich zu ihm ins Haus, mich aufschreiben zu lassen. Ich fand einen ältlichen Mann, dessen etwas finstere, sinnige Miene beim ersten Blicke den mühsamen, stillen Forscher verrieth, aber zugleich, wie es mir schien, etwas Sorgenvolles hatte. Sein Gespräch war freundlich und einfach; seine Aussprache verrieth, wie es mir schien, den Ausländer; er war ein Ungar. Daß ich sogleich mein Honorar mit zwei Ducaten pränumerirte, was ungewöhnlich sein mochte, erwiderte er durch eine Ein= ladung, am folgenden Tage, einem Sonntage, bei ihm zu Mittag zu essen. Ich kam und begrüßte ihn in der Mitte einer kleinen, aber liebenswürdigen Familie, mit der ich indeß nicht in nähere Bekanntschaft kam. Weniger, als diese, gefiel mir sein Collegium. Es wurde in dem Geräth= schaftshäuschen des botanischen Gartens gehalten. Dieser Garten selbst war ein zwischen Häusern eingeschlossenes Plätzchen, etwa dreißig Schritte lang und noch weniger breit. Das Merkwürdigste, was ich darin fand, war ein Prachtexemplar der Asclepias Syriaca, das in der ein= geschlossenen heißen Luft zu einer ungewöhnlichen Höhe und Blüthenfülle gelangt war. Hedwig's Vortrag war gründlich, aber einfach und schmucklos. Er selbst schien zu bemerken, daß ich nicht sehr davon angezogen wurde, und als er die allgemeine Physiologie der Pflanzen und ihre Klassification vollendet hatte, sagte er mir, den er schon wegen meiner höheren Altersreife nicht mit den anderen Studenten in eine Klasse setzte, im Vertrauen, er käme jetzt zur Erklärung der Nomenclatur, die für mich nicht belehrend sein könne. Er würde mich es wissen lassen, wenn er zum Botanisiren ins Freie ginge. Es geschah pünktlich, und mit der Mappe unterm Arme, zum Einlegen der Pflanzen, machte ich einige seiner Ausflüge mit, ermüdete aber bald.

Ich setzte meine Professoren-Schau in mehreren medicinischen Auditorien fort, ohne mich gereizt zu fühlen, mich in ihnen einzubürgern. Eines Tages indeß sah ich eine sich fast drängende Menge von Studenten in ein Haus gehen. Ich folgte ihr und gelangte in einen geschmackvoll ausgemalten Saal, in dem viele Reihen von Stühlen besetzt waren und eine große Anzahl Hörer noch standen. Endlich kam ein schon ziemlich bejahrter Mann — Leipzig hatte damals nur einen jungen Professor —, modern, doch ohne Ziererei gekleidet, aus einem Cabinette, ging raschen, leichten Schrittes durch die Versammelten, bestieg ein zierliches, mahagonifarbenes Katheder, begrüßte die Gesellschaft, legte einige Blätter vor sich hin, zog in Gold gefaßte Augengläser heraus, blickte einen Augenblick auf seine Papiere und begann nun einen glänzenden, geistreichen Vortrag, nur selten durch einen flüchtigen Blick auf seine Blätter unterbrochen. Offenbar improvisirte er nur, aber der Fluß treffender Lichtgedanken und witziger Einfälle, meistentheils Sarkasmen gegen Kant und dessen Jünger, hielt die Zuhörer in dauernder, froher Spannung.

Ich blickte in der Versammlung umher; alle Gesichter zeigten den lächelnden Ausdruck des Genusses. Viel zu bald für mich und Alle, glaub' ich, schlug die Glocke. Der Professor schob seine Papiere zusammen, grüßte die Versammlung und kehrte so rüstigen Ganges, als er gekommen war, ins Cabinet zurück. Dies stand offen, und ich konnte mir nicht versagen, hinein zu blicken. Es war leer, und ich ging hinein. Ich fand es sehr elegant menblirt, mit seidnem Sopha, Spiegeln und Kupferstichen. Einer dieser letzteren zeigte eine Eule, die mit einer Brille auf dem Schnabel, neben einer brennenden Lampe in ein offenes Buch blickte. Unter — oder über — ihr hing — Kant's Porträt. Der Anblick und die Nachbarschaft machte lachen, aber ich gestehe, daß ich den Sinn des satyrischen Einfalls nie habe völlig herausbringen können. Daß Kant den Vogel der Weisheit durch Brille und Lampe — Vorurtheil und Pedanterei — geblendet habe, wäre doch wahrlich ein allzu wenig passender Vorwurf, da die kritische Philosophie gerade das Ziel hatte, Blendwerke, die man für Weisheit gab, zu zerstören, — jene Brille zu zerschlagen und jene Lampe auszulöschen. Ich erfuhr später, dies Cabinet sei für Damen und hohe Durchreisende bestimmt, die der Ruhm der Beredsamkeit und des Witzes, den der Professor besaß, nicht selten bewöge, bei ihm einmal zu hospitiren. — Jetzt ist sein Ruhm vergessen und die „kritische Philosophie" so sehr aus der Mode gekommen, als ein Gewand der Wahrheit es kann. Sie selber ist unsterblich.

Beim Herausgehen rief mir ein Bekannter zu: „Nicht wahr, Platner liest vortrefflich?" — Hinreißend! antwortete ich. Aber worüber las er denn heute? — „Nun,

3*

über medicinische Anthropologie." So, so. Ich habe nichts Medicinisches bemerkt. —

Als ich später Seume meine Erfahrungen bei der medicinischen Facultät zu Leipzig klagte, runzelte er die Stirn und antwortete: „Gehen Sie zu unseren Philologen und Juristen, und Sie werden Leipzigs gelehrten Glanz aner=kennen." Dazu fühlte ich denn keinen Beruf. Eben so wenig kann ich über den Ton unter den Studenten Etwas sagen. Sie mochten mich zu alt finden, wie ich sie zu jung fand, und so kamen wir nicht in Berührung.

Interessanter war es mir, das Verhältniß der Uni=versität und der Gelehrten zu dem Handelsstande in Leipzig zu beobachten. Ich freute mich, zu bemerken, daß beide Klassen freundschaftlich in einander zu fließen schienen. Die Professoren nahmen an allen gesellschaftlichen Veranstaltungen gleich lebhaften Antheil, als die Kaufleute, und hatten selbst für die städtischen Verwaltungs=Angelegenheiten rege Theil=nahme; der Handelsstand wiederum, in dem es zu Leipzig mehr wissenschaftlich Gebildete gab, als ich je später in einer Handelsstadt fand, behandelte die Gelehrten weder mit scheuer Zurückhaltung, noch mit einer vornehmen Beschützer=miene. Freilich gab es unter den Professoren sehr reiche, und einige besaßen sogar Rittergüter in der Nähe der Stadt. Selbst die schönen Geister, sonst die ungefügigsten gegen die Forderungen der bürgerlichen Gesellschaft und daher meistentheils am schlimmsten situirt, befanden sich, wenigstens die älteren, in Leipzig sehr wohl und standen häufig in bürgerlichen Geschäften und Ehren. Daß ein geistreicher Dichter Bürgermeister war, nämlich Müller, hab' ich schon angeführt. Weiße war bekanntlich Kreis=Steuer einnehmer, was vor ihm ein noch glänzenderer Kopf, sein Freund Rabener, gewesen war. Bei dem ersten Einkaufe ferner, den ich in einem Schnittwaaren=Laden machte, war es einer der beliebtesten deutschen Lustspiel=Dichter, der mir die Zeuge vorlegte und meinen Kauf zumaß, Brekner. Genug, die Autoritäten in Stadt und Staat hielten die dichterischen Köpfe nicht unfähig zu ernsten Geschäften, und die Poeten glaubten nicht ihren Geistesberuf herabzu= würdigen, wenn sie ihn mit prosaischer Nützlichkeit in Ver= bindung brachten. Beides ist gar nicht so alltäglich, als es vernünftig ist.

Seume.

Graß, der Maler und Dichter, hatte mir eine Adresse an eine alte Dame zu Leipzig mitgegeben, die viel Gut= müthigkeit mit Bildung des Geistes verband. Ich trug das Blättchen hin, fand sie krank, schickte es ihr hinein mit der Bezeichnung meiner Wohnung und ging fort, um einen Spaziergang zu machen.

Als ich nach Hause kam, fand ich einen Fremden, der in meinem Vorzimmer mit starken Schritten auf= und ab= ging, einen kleinen mageren Mann, in einem sehr bescheidenen Ueberrocke, mit einem Blicke, dessen Bestimmtheit zu der Bläue seiner Augen nicht zu passen schien, einem buschigen Backenbart und schlichtem braunen Haar. Er brachte mir ein Compliment von der Professorin, mit der Bitte, den folgenden Mittag bei ihr zu essen. Ich versprach zu kommen, wenn es möglich sei. „Was, möglich!" erwiderte der Fremde; „Sie müssen bestimmt zusagen und auch kommen. Heut' ist sie wirklich krank, und zu morgen bittet sie Ge= sellschaft für Sie." Dieser Ton fiel mir an einem Bedienten auf, denn dafür hielt ich ihn. Nun gut, antwortete ich;

ich werde gewiß die Ehre haben. Mit diesen Worten schloß ich meine Thür auf. — Der Fremde ging rasch vor mir hinein, warf seine Pandurenmütze auf den Tisch und rief, indem er mir die Hand entgegen reichte: „So seien Sie denn herzlich willkommen in Deutschland! — Ich heiße Seume." Wir hatten uns während seines Aufenthalts in Livland dem Namen nach kennen gelernt, aber nie gesehen. Mit lebhafter Freude umarmte ich ihn.

Er hatte die Dame, die auch seine Freundin war, besucht; sie hatte ihm von dem erhaltenen Briefchen erzählt, und er darauf bestanden, ihre Botschaft an mich zu übernehmen.

Unsere Bekanntschaft verwandelte sich bald in eine vertraute Freundschaft. Er machte in Leipzig meinen Cicerone. Anfangs zeigte er mir mit einem gewissen patriotischen Stolz eine Menge ausgezeichneter Männer und merkwürdiger Dinge; aber ich fing bald an, ihn mit diesen großen Gelehrten, von denen es sich bei näherer Nachfrage ergab, daß sie das Reich des Wissens mit keinem einzigen großen oder nur neuen Gedanken bereichert hatten, diesen talentvollen Köpfen, die so allerliebste Almanachsliederchen, Erzählungen und Mode-Romanzen geschrieben hatten, diesen Merkwürdigkeiten endlich zu necken, die ihren Ruhm irgend einer Anekdote aus der Jugend der deutschen Literatur oder eines berühmten Schriftstellers verdankten. Er wurde böse und demonstrirte; aber bald lachte er mit. Der Maßstab, nach dem ich würdigte, war im Grunde auch der seinige, sobald er sich besann. Er war aus den älteren, gleichsam abgeschlossenen Literaturen entlehnt, durch die ich mich gebildet hatte, und das Studium einer solchen ist von dem Anblick einer lebenden verschieden, wie ein Spaziergang durch den Wald

im Winter von einem im Sommer. Auf jenem erblickt
man nur noch die großen dauernden Formen der Natur,
denen der Wechsel der Jahreszeit nichts anhaben kann; auf
diesem macht sich jedes Büschchen mit seinem leicht verwehten
Blätterputze breit.

Seume's Charakter gehörte zu den reinsten, edelsten,
festesten, die ich gekannt habe; aber er war zugleich derjenige,
an dem mir der Unterschied zwischen Stärke und Kraft, das
heißt zwischen dem Vermögen, zu widerstehen, und jenem,
zu wirken oder zu schaffen, am hellsten eingeleuchtet hat.
Man kennt die sonderbaren Wechsel seines Lebens. Es ist
nicht möglich, ihn aus allen seinen niederbeugenden Lagen
und dann wieder aus sehr glänzenden durchaus unverändert
hervorgehen zu sehen, ohne seine Stärke zu bewundern. Aber
bei den auffordernden Situationen, durch die er ging —
wie kam es doch, daß er sich nie eine bedeutende, selbständige
Rolle nahm, nie auch nur eine große oder historisch-wichtige
That beging? Ihm fehlte Kraft. — Die Stärke des Geistes
ist Vernunft und Gefühl; alle seine Schriften sind voll
hellen Räsonnements und lebhaft ausgedrückter Empfindungen.
Die Kraft des Geistes ist Verstand und Phantasie; nach
großen, neuen Ansichten sucht man bei ihm vergebens, und
ein Kunstwerk hat er nie zu schaffen vermocht. Er hatte
das Talent des glücklichen Ausdrucks; daher sind ihm, bei
stürmisch aufgeregtem Gefühl, einige lyrische Gedichte ge=
lungen, die in ihrer Art vortrefflich sind. Die bedeutendste
seiner mit Vorbedacht abgefaßten Schriften ist sein „Spazier=
gang"; aber ihr ganzer Werth besteht in der Treue, mit
welcher er seine Eigenthümlichkeiten ausdrückt. Hätte Seume
so viel Kraft als Stärke des Charakters besessen, er würde
wahrscheinlich schon in Amerika gewaltig in den Gang der

Begebenheiten eingegriffen und die Briten es theuer haben
bezahlen lassen, daß sie ihn wider seinen Willen dahin
transportirten. Wäre sein Verstand und seine Phantasie
seiner Vernunft und seinem Gefühle gleich gekommen, er
wäre vielleicht einer der größten Schriftsteller oder Dichter
seiner Nation geworden.

Wieland hat ihn einen wahren Cyniker, im edelsten
Sinne des Wortes, genannt. Das ist eine Bestätigung
meines Urtheils. Der Triumph der Stoa war Widerstand,
nicht Unternehmung. Merkwürdiger scheint es mir, daß
Seume sich heimlich in diesem Stücke sehr richtig beurtheilte.
In einem unserer vertrauten Gespräche machte ich ihm einst
freundschaftliche, ziemlich lebhafte Vorwürfe darüber, daß er in
allen Verhältnissen seines Lebens immer und immer nur
damit beschäftigt gewesen sei, seine moralische Individualität
zu retten. Ich ging so weit, zu behaupten, daß es Größe
sei, allenfalls selbst jene Individualität der Ausführung einer
großen, wohlthätigen Idee zu opfern. Er stritt heftig;
endlich aber schüttelte er mit jener sonderbaren Weise, die
seine Freunde wohl alle an ihm gekannt haben, murrend
den Kopf und rief: „Lassen Sie mich in Ruhe! Ich gehöre
nun einmal zu den Menschen, die nur: Ich will nicht!
sagen können." Dieses Gefühl selbst mag die Ursache ge=
wesen sein, warum er bei den Alltäglichkeiten des Lebens
so gern und so oft: „Ich will!" sagte und dabei uner=
schütterlich beharrte. Es war doch immer nur ein um=
gewandtes: „Ich will nicht!"

In Leipzig, das Seume, aus einem benachbarten Dorfe
gebürtig, als seine Vaterstadt betrachtete, lebte er jetzt auf
dem Fuße eines wohlhabenden Fremden. Der General und
Ambassadeur Igelström, dessen Sohn er ein paar Jahre auf

der Universität zu leiten bemüht gewesen, und bei dem selber
er später in Warschau Secretär für die militärischen Dienst=
sachen war, hatte ihn bewogen, einen jungen Russen aus
vornehmer Familie als Führer und Vorsorger wieder nach
Leipzig zu begleiten. Der Jüngling, ein Herr von Murom=
zow, hatte zu Warschau bei der Revolution 1794 einen
Schuß in die Brust erhalten, war dann zugleich mit Seume
gefangen und durch die Capitulation der Stadt befreit
worden. Da seine Wundärzte in Rußland an Heilung der
die Lunge berührenden Wunde verzweifelten, hatten sie ihn
ins Ausland geschickt, um dort dem Tode entgegen zu welken;
doch ehe es geschah, führte ihn Kaiser Paul's Befehl an
alle Russen im Auslande nach Hause, wo er wenigstens im
Zirkel seiner Familie gestorben sein wird. Zu retten war
er, nach dem geheimen Ausspruche des geschicktesten Wund=
arztes in Leipzig, nicht. Es war ein lebhafter, geistreicher
Jüngling, von hoher Gutmüthigkeit und brennender Begier,
seine etwas vernachlässigte Bildung zu vervollkommnen. Er
war überzeugt, daß er gesund werden würde. Oft rührte
es mich tief, ihn mit froher Hoffnung von seiner Zukunft
sprechen zu hören, indeß sein schönes Auge fieberhaft glänzte
und ein rother Flecken auf seiner Wange die Nichtigkeit aller
Hoffnungen für ihn aussprach.

Der neunzehnjährige Herr von Muromzow war Major,
sein 36jähriger Mentor, der berühmte Seume, nur Lieute=
nant, beide im Dienst; aber sie waren ein paar sonderbare
Militärs! Der Major, wahrscheinlich als Kind in die
Garde aufgenommen, so bei der Entlassung daraus zu seinem
Range gelangt und dann sogleich aus dem Vaterhause der
Gesandtschaft in Warschau beigegeben, hatte eine fast kind=
liche Naivetät und Liebenswürdigkeit. Vom Felddienst

kannte er selbst die meisten Ausdrücke nicht, und schwerlich
hatte er jemals in einer feindlichen Absicht den Degen ge=
zogen. Er selbst versicherte einmal, er sei ganz unschul=
diger Weise zu seiner Wunde gekommen, und war des=
halb am meisten gegen die Polen erbittert.

Seume wiederum hatte ursprünglich Theologie studirt,
war aber aus Vorliebe für die griechischen Dichter zur
Philologie übergegangen, dann auf einer Fußreise, die er,
als ganz frischer Magister, machte, von den Hessen mit
Gewalt enrollirt und nach Amerika geschickt als gemeiner
Soldat. Ob er als solcher sich im Dienst auszeichnete, weiß
ich nicht, aber er wurde in dieser Lage nicht müde, den
Theokrit und Horaz zu studiren, und machte Gedichte. Nach
Europa zurückgekehrt und entlassen, wurde er wieder mit
Gewalt von den Preußen enrollirt, desertirte aus Wesel,
wurde gefangen, pardonirt und endlich, schon mit der
schweigenden Voraussetzung, daß er nicht zurückkehren würde,
beurlaubt. In Leipzig machte er seinen Magistergrad
geltend, erlangte aber Nichts durch denselben, als die Hof=
meister=Stelle bei dem jungen Baron Igelström; dann wurde
er vom Vater desselben als brauchbarer Secretär an=
gestellt und trat in russische Dienste als Lieutenant.
Hat er jemals in Amerika einem Gefechte beigewohnt, so
hat er gewiß mit Unerschrockenheit Stand gehalten; als
russischer Militär hat er, selbst zur Zeit der Revolution in
Warschau, nicht gefochten. Bei dem Rückzuge der Russen
vergessen, steckte er während des Tumults auf einem Ober=
boden hinter Fässern und kam erst, als der Lärm vorüber
war, hervor, um seinen Degen abzugeben, ein Verfahren,
das ich sehr vernünftig finde, und das eben kein nachtheiliges
Licht auf seinen Muth wirft. Ob er viel vom russischen

Dienſtreglement wußte, kann ich nicht ſagen; aber er hatte als Lieutenant nothwendig gefunden, neben den alten Dichtern auch Cäſar und Polybius eifrig zu ſtudiren. Er demonſtrirte mir einmal nach dieſen, daß der Erſtere höchſt wahrſcheinlich mit ſeinen Römern die meiſten jetzigen Heere ſchlagen würde, gab mir aber doch recht, als ich meinte, des Imperators erſte Maßnahmen dazu würden ſein, ſich Artillerie zu verſchaffen, ſeiner Infanterie aber Flinten und ſeiner Reiterei Steigbügel zu geben. Er ſelbſt wäre, glaub' ich, nicht zum Militär zurückgekehrt, ſelbſt wenn man ihn zum Oberſten gemacht hätte, behielt aber doch aus dem Dienſte mit Vorliebe einen großen Backenbart bei und einen barſchen, ſoldatiſchen Ton im Sprechen und Benehmen, der ſeinen oft zarten, immer edelen Aeußerungen einen ganz eigenthümlichen Charakter gab.

Als ich im Herbſt 1796 nach Jena gegangen war, beſuchte er mich ſchon vier Wochen nachher; in den folgenden Jahren machten wir zuweilen Reiſen von zehn oder zwanzig Meilen, um ein paar Tage mit einander zu leben, und der früheſte meiner Freunde in Deutſchland war faſt auch der letzte, den ich ſah. Er hatte mich im October 1806 in Berlin beſucht; zwei Tage vor der Schlacht bei Jena ſchieden wir nach einer langen, trüben Unterredung — auf immer. —

Der Schauſpieler Chriſt.

Nächſt Seume machte der Schauſpieler Chriſt, trotz der großen Verſchiedenheit unſeres Alters, mir den Aufenthalt in Leipzig angenehm. Wir hatten uns ſchon in Riga gekannt. Auch er war, wenn nicht ein geborener Leipziger, doch höchſt wahrſcheinlich ein Sachſe; denn ich beſitze noch

ein Briefchen von ihm, in welchem er mich versicherte, es
sei ihm sehr gleichgültig, ob er einmal „die Verlendore des
Paradieses" zu sehen bekäme, aber er hoffe von der „Güte
Gottes", daß sie ihm seine muthwilligen „Streeche verfeben"
werde. Merkwürdig war es, daß er nicht so fehlerhaft
sprach, als er schrieb, vorzüglich nicht auf der Bühne. Als
Schauspieler trage ich kein Bedenken, ihn, ob ich ihn gleich
erst in seinem weit vorgeschrittenen Alter kennen lernte,
neben Iffland und Fleck zu stellen. Er war Meister in
seiner Kunst, sowohl in den geistigsten Theilen derselben,
als in den niedrigsten. Sein Gedächtniß war schwach geworden; seine Stimme hatte den Klang verloren; seine
Stirn durchzogen schon Runzeln, aber sein Geist war noch
lebhaft und sein Körper gewandt. In Riga, wo er neben
Koch und Porsch stand, war es immer für Gebildete eine
wirksame Lockung, wenn sie seinen Namen auf dem Komödien-
Zettel fanden. Helden und erste Liebhaber konnte er schon
damals längst nicht mehr spielen, aber in den verschieden-
artigen Fächern, die ihm noch übrig waren, vergriff er
keine bedeutende Rolle und wußte auch der geringsten Bedeutung zu geben. Ich erinnere mich noch mit Bewunderung,
wie er einst in einer Woche zu Riga König Philipp im
Don Carlos mit einer Schauder erregenden Würde, hernach
den Mohren im Fiesco gewandt wie ein Jüngling und
dann den alten, berauschten Gärtner in Figaro's Hochzeit
zum lebendigsten Ergötzen spielte. Dabei war er auch in
den Nebendingen der Darstellung und der Ausrüstung der
Rollen wahrer Künstler. Er malte z. B. auf seinem Gesichte den Charakter jeder derselben meisterhaft hin, so daß
man immer ein anderes zu sehen glaubte.

Christ hat, bei weit höherem Talent und reiferer Kunst,

als die Allermeisten der seit vierzig Jahren hochgepriesenen und dann wieder bald vergessenen Schauspieler, nie einige Berühmtheit besessen. Die Hauptursache war: es gab zur Zeit seiner Blüthe keine Tagesschriftstellerei in Teutschland, die, aus Mangel an Stoff, die Bühne und ihre Leistungen in allen Städten und Städtchen als eine Nationalangelegenheit behandelte. Lessing und Engel haben ihn wahrscheinlich nie gesehen, und ihre Stimme war es vorzüglich gewesen, die Eckhof's und Schröder's glänzenden, vielleicht unerreichbaren Talenten Anerkennung verschaffte. Zudem fehlte seinem Charakter die liebenswürdige Einfachheit Eckhof's und die imponirende Persönlichkeit und Schriftstellergabe Schröder's. Er nahm das Leben leicht und froh, und sein reicher, sarkastischer Witz eignete sich mehr dazu, ihm Feinde, als Freunde zu machen. Besonders hatte er unwiderstehlichen Hang zu — um seinen Ausdruck beizubehalten — muthwilligen „Streechen", deren er mir selbst mehrere spielte.

Es geschieht so selten, daß ältliche Männer Scherz verstehen, daß ich einen Vorgang hersetzen will, der in diese Kategorie gehört.

In Berlin saß ich eines Tages bei einer kranken Freundin auf dem Sopha, als plötzlich mit raschen Schlägen an die Thür geklopst, diese dann ebenso rasch geöffnet wurde, und ein nicht großer Mann hereintrat mit geistvollem Gesicht und ziemlich quecksilbern in jeder Bewegung. Er ging auf die Dame zu und fragte mit etwas quäkender Stimme: „Wie geht's heute?" Ich errieth, daß es der Arzt sei und entfernte mich ins Vorzimmer. Als er wegging, redete er mich an und es entspann sich ein kurzes, aber lebhaftes Gespräch zwischen uns. Endlich fragte er: „Wer sind Sie?", nickte dann freundlich, lief fort ohne Hut, den

er gewöhnlich im Wagen liegen ließ, und sprang in sein Fahr=
zeug. Nach zwei oder drei Tagen wiederholte sich der
Auftritt und schloß wieder mit jener Frage. Ich beant=
wortete sie lächelnd, als sie aber nach einigen Tagen zum
dritten Male wiederkehrte, verdroß sie mich, und ich sagte
so bescheiden wie möglich: Ich bin der Hofrath Heim.
— Er prallte einen Schritt zurück, sah mich einen Augen=
blick starr an und rief: „Sehen Sie mal, bis jetzt habe ich
geglaubt, ich sei der Hofrath Heim. Wer bin ich denn?"
So viel ich weiß, antwortete ich, sind Sie der Doctor
Merkel. „Gut, gut," rief er. „Wie man so vergeßlich sein
kann. Also ich bin der Doctor Merkel." Und er nickte
so freundlich und lief so eilig fort wie sonst.

Chr. F. Weisse.

Unter den achtungswerthen Gelehrten und Künstlern,
die Leipzig damals besaß, zeichneten sich vorzüglich zwei
durch glänzende Verdienste aus: der erwähnte Philosoph und
Redner Plattner und der geniale Maler Oeser, dem
Deutschland gewissermaßen seinen Winkelmann verdankt.
Beide waren indeß unter den Leipzigern nicht in der Mode.
Den Ersten priesen fast nur die Studirenden mit Enthusiasmus,
den Letzteren die jungen Maler; aber: „Haben Sie schon
Weisse besucht?" fragte mich jeder alte und jeder junge
Belletrist, und: „Haben Sie unsern Weisse noch nicht ge=
sprochen?" lispelte jede schöngeistige Dame.

Die Wahrheit zu sagen, ich fühlte keinen lebhaften
Drang, seine Bekanntschaft zu suchen. Was ich von ihm
gelesen hatte, gefiel mir nicht sehr. Seinen Kinderfreund
hielt ich, wie jede Schrift, in der man Kinder von Kindern
unterhält, für einen pädagogischen Fehlgriff; in seinen

Trauerſpielen ſchienen mir alle Leidenſchaften an der Eng=
brüſtigkeit zu leiden, und ſeine höchſt manierlichen kritiſchen
Erörterungen fand ich oberflächlich und matt. Indeß bat
ich endlich Seume, mich zu ihm zu führen.

Ich fand einen alten, ſtark beleibten Mann mit einem
hübſchen, nichtsſagenden Geſicht, in einer zierlich friſirten
Perücke und einem, wo ich nicht irre, ſeidenen Schlafrocke,
aus deſſen Aermeln lange, ſteife Manſchetten hervorgingen.
Er legte ſogleich die Feder aus der ſtark zitternden Hand
und unterhielt mich mit förmlicher Freundlichkeit von
den vornehmen Bekannten, die er in meinem Vaterlande
habe, und von den vielen jungen Männern, denen ſeine
Empfehlung glänzende Carrièren eröffnete. Was das ſagte,
errieth ich leicht und lächelte.

Auf dem Rückwege konnte ich mich nicht enthalten,
gegen Seume zu äußern: wie Weiſſe in ſeinem eleganten
Schlafrock mit den in Manſchetten zitternden Händen da
geſeſſen, habe er mir eine Perſonification, eine lebendige
Titelvignette ſeiner ſämmtlichen Schriften geſchienen. Halb
böſe erwiderte Seume: „Er iſt aber doch ein ſehr wackrer
Mann!“ Dieſen Charakter hörte ich ihm überall beilegen;
nur ſein alter Jugendfreund Engel ſchüttelte einmal den
Kopf über ihn und wollte ihn verſteckt und hämiſch gefunden
haben. Bekanntlich war es eine ähnliche Bemerkung, die
Leſſing und Sulzer mit Weiſſe entzweite. Das iſt indeß
die Form, welche der Aerger in ſchwachen Charakteren,
ſtarken gegenüber, immer anzunehmen pflegt, und vorzüglich
der brauſende Engel mag ſeinen ſanften Freund nicht ſelten
geärgert haben.

Weiſſe gehört nicht zu den originellen kräftigen Köpfen,
die ſich eine eigene Bahn brechen und ihr Zeitalter mit

sich auf dieselbe fortreißen, aber er besaß hellen Verstand,
Empfänglichkeit für das Schöne und Große, leichten Witz
und das Talent wohlklingender Versification. Mit diesen
Gaben hatte er das Glück, daß seine Bildung in eine Zeit
fiel, da eine Zahl ausgezeichneter Geister, die der bleibende
Stolz ihrer Nation geworden sind, ihren Aufschwung nahmen.
Sobald er sie kennen lernte, verließ er Gottsched und schloß
sich ihnen an. Sie trugen ihn mit sich empor, und da er,
was originellen Köpfen ihrer Natur nach zu fehlen pflegt,
sehr großen Fleiß und nicht geringere Vielseitigkeit besaß,
so pflanzte er die Wirkung, die sie auf ihn geübt hatten,
weiter und glücklicher fort, als sie vermocht hätten. Fast
jedes Fach, in das Weisse sich warf, wurde Mode; aber
es würde schwer halten, unter seinen zahlreichen Dichtungen
und Schriften eine einzige aufzufinden, deren Idee ihm
gehörte.

Lessing's Hang zum Theater begeisterte, und Lessing's
richtiger Geschmack belehrte ihn. Wetteifernd setzte er jedem
Trauer= oder Lustspiel seines Lehrers bald ein Vierteldutzend
entgegen. Es ist wahr, jene sind bleibend und diese längst
vergessen: aber als Zwischenstufen erhoben sie das Publicum
dahin, jenen und Shakespeare Gerechtigkeit widerfahren zu
lassen. Nicolai und Mendelssohn fingen die erste vorzügliche
kritische Schrift, die Bibliothek der schönen Wissenschaften
an: als sie ermüdeten, übernahm Weisse dieselbe.

Gleim ließ seine Kriegslieder, wie sie gedichtet waren,
einzeln drucken: noch ehe sie in eine Sammlung gebracht
waren, erschien Weisse mit seinem Bändchen Amazonenlieder.
Seine Operetten sind Nachbildungen französischer; nur
von einer gehört die einfache Fabel ihm, nämlich vom
Erntekranz.

Sie verdankten ihr erstes Glück den Hiller'schen oder vielmehr Standfuß'schen Melodien und dem reizenden Spiel einer jungen, schönen Schauspielerin, der Demoiselle Stein= brecher, die man die deutsche Favart nannte. Unter dem Namen Madame Hübler starb diese geistvolle Künstlerin vor einigen Jahren unbekannt und verlassen zu Riga. — Adelung gab eine Wochenschrift für Kinder heraus: als er sie schließen wollte, setzte Weisse sie durch seinen Kinder= freund fort, aber freilich mit viel größerem Glück, weil er mit gefälligerem Geiste schrieb. In Rücksicht des Kinder= freundes kam Weisse in eine der lustigsten Verlegenheiten, in die ein Schriftsteller gerathen kann. Er hatte den Spectator darin nachgeahmt, daß er bestimmte Personen, bekanntlich eine Familie mit Kindern von dem Alter, wie er sich seine Leser dachte, aufstellte: aber da er die Schrift zehn Jahre fortsetzte, so erwuchs ihm das junge Volk unter den Händen fast zu männlichen und mannbaren Jahren und taugte nicht mehr zum Zweck der Schrift. Da er und sein Verleger gleichwohl die einträgliche Speculation nicht fallen lassen wollten, suchte er sich aus dieser komischen Verlegenheit durch einen, wo möglich, noch komischeren Fehl= griff zu ziehen. Statt kurz und gut von jenen Erwachsenen keine Notiz zu nehmen, oder eine andere Familie aufzu= stellen, oder eine andere Form zu wählen, nahm er an, sein Publicum bestehe immer aus denselben Personen, sei also mit seinen fingirten Kindern erwachsen, und glaubte so im ganzen Ernst, den „Kinderfreund" durch seinen „Briefwechsel der Familie des Kinderfreundes" fortzusetzen, in welchem jene Kinder als Jünglinge und Jungfrauen auftreten. Aber seine wirklich erwachsenen ersten Leser waren ins thätige Leben übergegangen, konnten also nicht viel Interesse

mehr an dieser zahmen Lectüre finden, und für das nach=
sprießende eigentliche Publicum der Wochenschrift taugte der
Briefwechsel nicht. So geschah es denn, daß der Kinder=
freund immerfort für Kinder von zehn bis zwölf Jahren ge=
kauft wurde und wird, daß der Briefwechsel aber sich längst
unter der Zahl nichtssagender Romane würde verloren haben,
wenn man ihn nicht etwa noch nähme, weil er zur Voll=
ständigkeit des erstern zu gehören scheint.

Selbst sein ABCbuch hat Epoche gemacht, und selbst die
Idee zu diesem war nicht die seinige. Es war eine Buch=
händlerspeculation, und Weisse selbst scheint die Wichtigkeit
der vorgesetzten Abhandlung über das Lesenlehren, die mit
Recht für die Wurzel aller der seitdem ersonnenen Methoden
gilt, nicht eingesehen zu haben: sie wurde ihm anonym ein=
gesandt, und er soll sich nicht einmal nach dem Verfasser
erkundigt haben, der offenbar ein heller Kopf war. —

Meine Schriftstellerei.

Ueber Vorlesungen und freundschaftlichen Genüssen ver=
gaß ich den Zweck nicht, der mich nach Deutschland geführt
hatte. Ich theilte denselben Seume mit und las ihm
einige Stellen meiner „Letten" vor. Er ging mit hoher
Wärme auf den Gegenstand ein und brachte mir am
folgenden Tage ein Gedicht, das am Ende der ersten Auflage
des Buches steht, und erlaubte mir, dasselbe als seinen
Beitrag, seine Stimme beizufügen. Doch galt es vorerst,
einen Verleger zu finden. Für jede erste Schrift hat das
Schwierigkeit und mußte dergleichen vorzüglich für mich
haben, der ich den literarischen Geschäftsgang gar nicht kannte.

Christian August Fischer, den ich in Riga einmal
sprach, bot mir sogleich eine Empfehlung an einen Buch=

händler an, für den Fall, daß ich Etwas herausgeben wolle.
Fischer hatte damals eine Art von Celebrität in der Lesewelt
wegen eines kleinen Romans, der, wenn ich nicht irre, „die
Savoyardische Familie" hieß. Ich habe denselben wegen seiner
erkünstelten Empfindsamkeit nie lesen können. Späterhin
hat er den angenommenen Namen „Althing" durch eine
Reihe bis zur Liederlichkeit schlüpfriger Romane verrufen
gemacht und seine literarische Laufbahn durch eine lange
Reihe lebhaft geschriebener, aber mit flacher Ansicht zu=
sammengestoppelter Reisebeschreibungen geendigt. — Der
Buchhändler, an den er mich adressirt hatte, war der Ver=
leger seiner Schriften und unter den Buchhändlern, was
Fischer unter den Schriftstellern. Die Hauptartikel seines
Verlages waren Dinge wie „Elisa oder das Weib, wie es
sein soll," und unendlich viele Broschüren; aber er machte
einen solchen Lärm über seine Verlags = Artikel, daß sie
wirklich Abgang fanden. Von der elenden „Elisa" erschienen
sechs oder sieben Auflagen.

Ich beging die Uebereilung, nicht vorher mit Seume
oder Du — über den Mann und meinen Plan zu sprechen,
sondern ging wenige Tage nach meiner Ankunft zu ihm,
voll Vertrauen auf die Fischer'sche Empfehlung, und trug,
so wenig mir der Mann gefiel, ihm meine Schrift an. Ich
setzte ihm die Beschaffenheit und den Zweck derselben aus=
einander und gab ihm endlich einen Theil derselben zur
Durchsicht. Er bot mir — einen Ducaten für den Bogen,
und ich — nahm ihn an für die mit Enthusiasmus und
sorglicher Kritik gemachte Arbeit mehrerer Jahre. Nur die
Bedingung machte ich, daß die Schrift in einigen Wochen,
bis zum August, erscheinen und gut gedruckt werden solle.
Die erste Bedingung erfüllte er, da ich ihm gesagt hatte,

4*

der Absatz würde sehr dabei gewinnen, wenn das Buch vor dem Herbstlandtage zu Riga erschiene; was aber die typo= graphische Ausstattung betrifft, so war es auf schlechtem Druck= papier in irgend einer kleinen Thüringischen Stadt gedruckt und so nachlässig behandelt, daß ich kaum eine Schrift kenne, die mit noch mehr Druckfehlern befleckt ist.

Die „Letten" waren nicht das einzige literarische Pro= duct, das ich in diesem Jahre in die Welt schickte. Indem ich meine Papiere ordnete, fiel mir eine Uebersetzung des „Lockenraubes" in die Hände. Ich blätterte darin, als gerade Seume in mein Zimmer trat. Soll ich das drucken lassen? fragte ich ihn. Er las darin. „Warum nicht?" erwiderte er und setzte hinzu, daß ein Buchhändler von seiner Bekanntschaft noch heute den Wunsch geäußert hätte, Etwas von mir zu verlegen. Ich gab ihm das Manuscript, empfing nach zwei Tagen ein Honorar und eine Einladung zum Abendessen vom Verleger. Diese kleine Arbeit, ein Spielwerk, bei dem ich mir hier und dort einigen Muth= willen erlaubt hatte, that mir beim Publicum vielleicht Schaden. Ihr Charakter stach zu sehr von dem der „Letten" ab; er mußte an dem meinigen irre machen.

Glücklicher war ein anderes Product, zu dem ich hier in Leipzig den Anfang machte. Es schien mir, als müßten mir meine „Letten" die Rückkehr nach Livland auf immer verschließen. Meine Phantasie malte mir daher die ver= lorenen Freuden einer solchen sehr reizend aus; aber bald ward ich müde, mich dabei mit mir selbst, mit meiner Wirklichkeit zu beschäftigen. Ich dichtete mir einen fremden Charakter, dachte mir Verhältnisse, die interessanter waren, als die meinigen, und warf nun einzelne Aufsätze hin, in denen ich meine Gefühle jenen anpaßte. So entstand meine

„Rückkehr ins Vaterland". Die Aufsätze, aus denen dieses Buch besteht, sind übrigens einzeln, zum Theil nach langen Zwischenräumen, an sehr verschiedenen Orten geschrieben. Hier in Leipzig entstanden die ersten. Das Büchelchen erwarb mir eine ungehoffte, glänzende Ehre, die ich aber — erst vierzig Jahre später erfuhr. Als eine solche betrachte ich mit hohem Rechte den Brief, den Wieland darüber an Böttiger schrieb, und in welchem er mein Werkchen „deliciös" nannte und neben das „Exquisiteste" in unserer Sprache stellte.

Jena.

In Leipzig entsprachen die Hilfsmittel zum Studium der Medicin meinen Wünschen wenig, und der Aufenthalt daselbst war für mich zu theuer; ich ging also nach Jena, noch im Herbste 1796. Die Fahrt geschah im offenen, rumpelnden Wagen der Fahrpost. Auch zwei anständig gekleidete Frauen saßen im Wagen. Die Rücksichten, so burschikos diese waren, mit denen ein paar mitfahrende Studenten sie behandelten, fielen mir auf. Ich fragte und hörte, es seien Schwestern, berühmt als Dichterinnen. Wirklich erinnerte ich mich, den Namen der Einen unter Liedern voll überzarter Gefühle gelesen zu haben. Ich kann nicht sagen, daß sie mir dadurch interessanter wurde, wohl aber ward sie mir merkwürdig durch einen Zug am folgenden Morgen; denn die kurze Strecke von neun Meilen forderte damals mit der Passagierpost eine Fahrt von nicht viel weniger als 24 Stunden. Als der Wagen nach überstandener Nacht anhielt, winkte die ältere dieser Damen einem Auf=

wärter im Poſt= oder Wirthshauſe und zog ſich in einen
Winkel zurück. Er brachte ihr ein Glas voll einer waſſer=
hellen Flüſſigkeit, die ſie raſch austrank. Ich fühlte, daß
ich auch der Stärkung bedurfte, und rief dem Menſchen zu:
Mir auch ein Glas! Er brachte das Glas, ich koſtete und
ſpuckte das Erhaltene ſchnell wieder aus, unwillkürlich mit
einem Blick auf die Dame, den ſie mir nie verzieh. Der
Nektar, an dem dieſe Sappho ſich labte, war der gemeinſte
Fuſel. — Ein Bekannter hatte die Gefälligkeit, mich bei
dem Eintreffen des Poſtwagens zu erwarten und mich ſo=
gleich in meinen neuen, von ihm beſorgten Jenaer Palaſt
einzuführen, im Hauſe des ehemaligen Seilermeiſters Fuchs,
in der Johannisgaſſe. Dieſe Umſtände ſind mir im Ge=
dächtniß geblieben, denn ich betrat meine Wohnung mit
einer Art Schaudern: zwei Treppen hoch ein kleines, dunkles,
ſchmuziges Stübchen, mit einem anſtoßenden Käſterchen ohne
Thüre oder Vorhang, das ich nach Belieben zum Schlaf=
zimmer oder zum Holzſtall benutzen konnte. Nebenan war
ein völlig gleiches Stübchen, und darin wohnten gar zwei
Studenten, Ungarn; aber ſie hatten Raum genug zum
Frohſein, wie mir ſehr bald das Anſtimmen von Studenten=
liedern bewies.

Die jeßigen Leipziger müſſen mir verzeihen, wenn ich
ihnen geſtehe, daß ihre Stadt vor 43 Jahren nicht meinen
Erwartungen entſprach, troß der ſchönen Promenaden in
den ehemaligen Stadtgräben, der gepußten Gärten und der
fruchtbaren und freundlichen Landſchaft um ſie her. Ich
glaubte Glanz und Eleganz in ihr zu finden, im Aeußern
der Stadt, wie im Geiſt und in der Lebensweiſe ihrer Be=
wohner. Ich fand eine Stadt, die überall neben den Spuren
der Wohlhabenheit noch mehr die ihres Lebensprincipes, des

Landhandels, zeigte, und diese waren nicht reizend. Ich fand ein Völkchen, das bei vollem Beutel und oberflächlicher Bildung zwar viele Ansprüche auf feineren Lebensgenuß machte und sie in manchen Häusern und Zirkeln mit Auf= wand zu befriedigen suchte, doch ohne das Gepräge der Kleinstädterei irgendwo ganz verwischen zu können. Nur zur Zeit der Messen erschien Leipzig als große Handelsstadt. Als ich aber von dort nach Jena kam, war mir, als träte ich aus einem Hôtel des quatre nations in eine Dorfkneipe. Die schmalen, schmutzigen Gassen mit der Gosse in der Mitte, die altväterischen Häuser, unsauber von außen und nur zu häufig auch im Innern, die Armseligkeit der Bürger und vieler Studenten aus den umliegenden Städtchen, der Gesellschaftston, der, wenn er sich über die Gemeinheit erheben wollte, in den Pedantismus gerieth, der rohe Ton der Studenten und noch vieles Andere flößte mir Ekel ein. Als ich mich darüber gegen Bojanus, den nachmals rühmlich bekannten Naturforscher und Pro= fessor in Wilna, äußerte, der in jener Zeit hier studirte und sich durch feinere Sitte liebenswürdig auszeichnete, gab er mir Recht, aber erwiderte: „Dafür haben wir hier große Gelehrte und schöne Gegenden." Es ist wahr, Jena besaß damals Paulus und Grießbach, Loder, Hufeland, den Arzt, und Hufeland., den Juristen, den Philologen oder vielmehr Polyhistor Schütz, der die Jenaische Literatur=Zeitung stiftete und redigirte, Fichte und mehrere damals Hochgepriesene. Auch Schiller lebte hier als Professor. Alle diese Gelehrten studirten und lehrten, schriftstellerten aber noch mehr; aber zur Annehmlichkeit des öffentlichen Lebens trugen sie fast nichts bei, und selbst ihre Gesellschaften — und Loder gab zuweilen recht splendide — trugen den Stempel des Pedantismus.

Jena besaß indessen unzweifelhafte Vorzüge. Derselbe offene, helle Sinn, mit dem Herzog Karl August Weimar durch die Versammlung großer Dichter glänzend gemacht, hatte ihn auch bewogen, mit mancherlei Aufopferungen so viele ausgezeichnete Gelehrte nach Jena zu ziehen, als er nur gewinnen konnte, und bereitwillig half er, so weit seine Finanzen es erlaubten, auch den öffentlichen Anstalten nach. Dennoch waren die Bibliothek und die Naturaliensammlung kaum nennenswerth, der botanische Garten, obgleich von dem verdienstvollen Batsch angelegt, neu und unbedeutend; eine Sternwarte und ein allgemeines Krankenhaus 2c. fehlten ganz. —

Am verletzendsten für mich war der rohe Ton, der hier, trotz der Nähe des ästhetischen Weimar, nicht nur unter den Studenten herrschte, sondern auch bei mehreren Professoren, die in ihren Collegien sich der gemeinsten Ausdrücke bedienten, um populär zu sein, wohl gar Zoten rissen, um die Hörer zu unterhalten. Namentlich reichte ein einmaliges Hospitiren bei dem Professor der Naturgeschichte L. und bei dem durch einige medicinische Schriften sogar berühmten Gr—r hin, mich auf immer aus ihren Auditorien zu verscheuchen, obgleich der letztere mir gegenüber wohnte. Was die Studenten betrifft, so lag eine Entschuldigung für sie darin, daß die meisten von ihnen im väterlichen Hause selbst keine geistige Bildung genossen hatten, und daß sich ihnen in Jena keine andere Unterhaltung darbot, als sich die wilden Streiche zu erlauben, die sie in der Schule nicht gewagt hatten. Die Anständigsten waren im Allgemeinen die Kur-, Liv- und Esthländer, aber auch unter diesen gab es gar Manchen, der etwa heute in einem der seltenen Gesellschafts-Zirkel bei Loder oder Schütz sich fein oder artig

gezeigt, oder in einem Abonnements=Concert im schwarzen
Bären, dem einzigen, sehr einfachen Gasthause, seinen Damen
die Cour gemacht hatte, morgen aber im schmutzigen Flaus=
rocke „zu Dorfe stieg", sich in Bier berauschte und mit
Handwerksburschen und Bauern herumschlug. Raufereien
mit dem herzoglichen Militär, den Laubfröschen, wie die
grün gekleideten Jäger genannt wurden, Duelle, Austrommeln
eines Professors, Katzenmusiken und Einwerfen von Fenstern
waren ziemlich häufig. In Leipzig hatte ich nichts der Art
erlebt und den Umgang mit den Studenten vermieden; es
versteht sich, daß ich es in Jena eben so sorgfältig versuchte,
doch ließ sich das weniger thun, da Professoren und Studenten
hier ja fast das ganze Publicum ausmachten, und ich unter
den letzteren viele Landsleute hatte.

Der Anatom Justus Ch. Loder

war in vielen Rücksichten der ausgezeichnetste und inter=
essanteste unter den Professoren. Obgleich schon tief in den
Vierzigen, verband er mit dem vielseitigsten Wissen und
tiefem Studium seiner Wissenschaft eine fast jugendliche
Lebhaftigkeit im Sprechen und Handeln. Dabei war sein
Benehmen das eines, in seiner Gesellschaft geschliffenen Welt=
mannes und edelsinnig, seine Unterhaltung geistvoll — und
sein Haus das glänzendste in Jena.

Sein Lebensgang ist merkwürdig. Er wurde 1753 zu
Riga geboren. Im 17ten Jahre bezog er die Universität
zu Göttingen, erhielt im 24sten die medicinische Doctor=
würde, im 25sten die Professur der Anatomie, Chirurgie
und Hebammenkunst zu Jena, machte auf Kosten des Herzogs
von Weimar eine Reise nach England und Frankreich, trug
25 Jahre hindurch sehr viel zur Berühmtheit der Universität

Jena bei durch seine Schriften und seine Collegia, — ging
dann als Professor nach Halle; als die Franzosen diese
Stadt einnahmen, nach Königsberg, von dort nach Petersburg, dann als wirklicher Staatsrath und Kaiserl. Leibarzt
nach Moskau, leistete im Jahre 1812 große Dienste, indem
er die Einrichtung der Armee-Spitäler leitete, und wurde
Director des großen Militärhospitals zu Moskau, nachdem
er wichtige Fehler in der bisherigen Verwaltung zu gericht-
licher Untersuchung gebracht hatte. Er besorgte dort den Bau
eines anatomischen Theaters, hielt nach dessen Vollendung
unentgeltlich Vorlesungen in demselben und starb als Geheimerath und mit vielen Orden geschmückt, über achtzig
Jahre alt.

Merkwürdig ist es und war vielleicht gut, daß er erst
bei herannahendem Greisenalter, nachdem er Deutschland
verlassen hatte, einen großen praktischen Wirkungskreis fand.
In Jena lebte er bloß seiner Wissenschaft, seinen Vorlesungen
und der kleinen chirurgischen Heilanstalt, deren Anlegung,
so wie den Bau eines trefflich eingerichteten anatomischen
Theaters er bei dem Herzoge ausgewirkt hatte. Er bildete
zugleich eine anatomische Präparaten-Sammlung, der man
hohen Werth beilegte. Der Eifer, mit dem er für ihre
Vermehrung thätig war, gab selbst zu mancher Drolligkeit
Anlaß. So zahlte er einem jungen Menschen von seltener
Verkrüppelung, einem Aufwärter der Studenten oder „Mu-
latten", einen Monatsgehalt gegen die contractmäßige
Bedingung, daß das Skelett desselben dereinst in seine
Sammlung käme. Der junge Mensch, der seitdem wegen
seiner doppelt gekrümmten Beine bei den Studenten nur
„Loder's Kaffeetisch" hieß, versicherte, er hoffe seinen mehr
als doppelt so alten Patron zu überleben, aber die Hoffnung

täuschte. Der „Kaffeetisch" hatte trotz der Mißgestalt seiner
Beine einmal die Keckheit, einen störrischen Miethsgaul zu
besteigen, fiel herunter und zerbrach völlig. Ob sein Skelett
indeß seine Bestimmung erreichte, weiß ich nicht. Loder
hatte an dem Stadtphysicus Starke, Professor der Chirurgie,
der auch über Anatomie las, einen feindlich gesinnten Rival,
der Anspruch auf die Leichen aller durch Unfall oder Selbst=
mord Umgekommenen machte, und das war um so ärger=
licher, weil in der kleinen Stadt nur selten Cadaver zu haben
waren. Der Eifer der Zuhörer Loder's half indeß zuweilen
aus. So war einst die Leiche eines Umgekommenen zu Starke
gebracht worden, der sie in seinem Vorhause niederlegen
ließ und selbst die Hausthüre verschloß. Zu seinem großen
Erstaunen war die Leiche am andern Morgen verschwunden,
und Loder zeigte beim Eintreten in sein Auditorium eben
so großes Erstaunen, als er sie auf seinem Tische daliegen
sah. Er schlug die Hände zusammen und rief: „Nun, meine
Herren, werden Sie doch nicht mehr daran zweifeln, daß
der heilige Antonius von Padua vier Meilen weit mit dem
abgeschlagenen Kopfe unterm Arme gegangen ist! Konnte
doch dieser todte Schusterjunge da durch verschlossene Thüren
spazieren, um sich auf unsern Tisch zu legen. Er soll uns
willkommen sein!" und das Zerlegen fing an.

Es hieß, Starke habe eine Klage anhängig gemacht;
es ließ sich indeß kein Thäter nachweisen, und der Wunsch
des Herzogs schlug die Sache nieder.

Von folgendem Vorgange war ich selbst Zeuge. Eine
Schneidersfrau in mittleren Jahren war, ich weiß nicht wie,
in die Saale gerathen und ertrunken. Loder hatte sogleich
auf die Leiche speculirt und sie von dem wahrscheinlich
dürftigen Ehemanne zur Oeffnung im anatomischen Theater

erhalten, gegen das Versprechen, sie sodann anständig auf eigene Kosten beerdigen zu lassen.

Zu dieser Zeit wurde unter den Studenten der Medicin eine Subscription eröffnet, die schnell das Nöthige zusammenbrachte; denn auf allen Gassen ertönte die frohe Nachricht, Loder habe einen „ganz himmlischen Cadaver geschossen". Daß ich in der Stunde der Oeffnung nicht im anatomischen Theater fehlte, versteht sich. Unter den anwesenden Dilettanten war auch Alexander von Humboldt. Endlich erschien Loder mit einer hohen, seine Kleidung vorn vom Halse ab bedeckenden schneeweißen Schürze und Wachstuch = Aermeln und legte einen eleganten Secir = Apparat in Ordnung. Jetzt ergriff er das Laken, mit dem die Leiche bedeckt war — aber zufällig blickte er nach oben, zog mit einem lauten „Ha!" das Laken wieder über und setzte sich nieder, noch immer nach oben sehend. Alle folgten seinem Blicke, und siehe da! die obersten Reihen der amphitheatralischen Bänke waren mit einem zahlreichen, wohlgeputzten Publicum gefüllt, das gar nicht burschikos aussah. Man staunte eine Minute, bald aber folgte das Erkennen, und während eines allgemeinen Scharrens und Rufens: „Schneider hinaus!" zogen die Elegants beschämt davon. Wirklich hatten sich sämmtliche Schneidergesellen Jena's in den Sonntagsputz geworfen und versammelt, die wohlbekannte Frau Meisterin in Parade liegen zu sehen. Während des ganzen Vorganges hatte Loder ruhig und lächelnd dagesessen und mit seiner goldenen Tabatière gespielt. Jetzt stand er auf, legte die Tabatière neben sich, zog die Decke ab, und ein Murmeln: „Göttlich! Göttlich!" lief durch die Reihen. In der That war die Frau Meisterin ein wohlconditionirtes, sehr fleischiges Exemplar, woran sich besonders die Myologie und

Syndesmologie sehr gut hätte demonstriren lassen. In ihrem Unterleibe aber entdeckte Loder bei der Section eine so seltene Mißgestaltung, daß sie sein Auge vor Freude funkeln machte. Er zeigte sie uns vor und erklärte ihre köstliche Merkwürdigkeit ausführlich. Als am anderen Tage einige Wißbegierige sich früh einfanden und den Prosector ersuchten, ihnen die Köstlichkeit zur näheren Prüfung noch einmal zu zeigen, war sie verschwunden. Wohin? ließ sich leicht errathen, und wir Studenten fanden das recht und vernünftig. Nicht so die Schneidergesellen. Es verbreitete sich unter ihnen das Gerücht, der — Magen der Frau Meisterin sei geraubt, und sie erklärten, die Beerdigung nicht zulassen zu wollen, wenn die Frau nicht vollständig wäre. Es war ein Scandal zu fürchten; doch Loder wußte Rath, dem vorzubeugen und doch im Besitze der „Köstlichkeit" zu bleiben. Zur plötzlich und am Abende festgesetzten Stunde der Beerdigung fanden sich sämmtliche Studenten der Medicin und viele Andere, manche mit Fackeln, bei dem anatomischen Theater ein und bildeten, als Procession geordnet, eine so zahlreiche Grab=Begleitung, daß sich kein Schneidergesell zu nähern wagte. Mit großer Auszeichnung, doch ohne — Magen, sank die Frau Meisterin defect in die Gruft.

Daß Loder in Jena ein Haus machte, habe ich schon gesagt. Er hatte eine schöne Wohnung, wenn ich nicht irre, einen Theil des Schlosses, die elegant möblirt war, und gab oft Mahlzeiten, bei denen es stattlich herging. So oft ein ausgezeichneter Gelehrter aus der Fremde nach Jena kam, machte Loder gleichsam die Honneurs der Stadt, und die anständigsten Studenten hatten Zutritt bei ihm, so oft sie es wünschten. Gegen mich zeigte er viel freundschaftliche Güte.

In seinem Hause war es auch, daß ich zum ersten und
einzigen Male mit

Goethe

zusammentraf, aber leider auf eine Weise, die unsere persönliche Antipathie auf immer entschied.

Ich las eines Abends gerade in dem Schiller'schen
Taschenbuche auf 1797 die Xenien und las sie mit steigendem
Unwillen. — Schon durch meine Geistesnatur nicht zum
blinden, enthusiastischen Bewunderer berufen, war ich es am
wenigsten für die deutsche schöne Literatur, die mir
fremder geblieben war als die englische und französische.
— Ihre Tagesgeschichte, aus welcher die Veranlassung jener
Spottgedichte hervorgegangen, war mir völlig unbekannt.
So sah ich in diesen nichts, als die insolente Anmaßung
der Verfasser, einer großen Anzahl ausgezeichneter Männer
Beleidigungen zu sagen; daß diese witzig waren, machte die
Sache noch schlimmer. Uebrigens herrschte die ohne Zweifel
richtige Ansicht, daß, wenn Schiller auch Antheil an den
Xenien habe, er doch nur von Goethe zu diesem Muthwillen
hingerissen sein konnte. Indem ich über meinem Mißvergnügen brütete, erhielt ich ein Billet von Loder, mich ja so
bald als möglich zur Abendgesellschaft bei ihm einzufinden;
auch Goethe würde da sein. Meine erste Regung war,
zu antworten, ich würde eben deshalb nicht kommen; aber
bald beschwichtigte mich die Betrachtung, daß durch mein
Wegbleiben Niemand verlieren könne, als ich selbst. Ich
kleidete mich an und ging hin.

Ich fand eine sehr zahlreiche Versammlung von
fast allen Professoren und einigen Studenten beisammen.
Im Prunkzimmer stand Goethe mit ernster, stolzer Miene

vor dem Spiegeltische, auf beiden Seiten von Kerzen und vorn vom Kronleuchter beleuchtet, prunkend da, und um ihn eine Halbrunde von mehreren Reihen ehrfurchtsvoll Lauschender. Bei dem Gefühl, mit dem ich so eben die Xenien gelesen, widerte mich dieses Schauspiel an. Ich glaubte den Triumph strafloser Insolenz feiern zu sehen. Loder stellte mich Goethe vor als den Verfasser der Letten. Er nickte herablassend und fuhr fort in seiner Rede. Das verdroß mich, denn ich war mir bewußt, in Rücksicht meiner Zwecke über dem Verfasser der Xenien zu stehen. Daß er mein Buch wahrscheinlich gar nicht kannte, fiel mir nicht ein.

Er sprach gerade in einem docirenden Tone über Raphael's Gemälde im Vatican. Den letzten Umstand hatte ich nicht bemerkt und sagte: Es wäre viel, wenn die Franzosen sich ihrer nicht bemächtigten. Mit einer wegwerfenden Miene, als hätte ich eine Dummheit gesagt, erwiderte Goethe: „Sie sind ja auf die Mauer gemalt." — Doch nur auf Stuck, antwortete ich, zog mich aus dem bewundernden Halbkreise zurück und habe mich Goethe nie wieder genähert. Mir hatte bei meiner Antwort dunkel vorgeschwebt, es müsse ein Mittel geben, die Stucklagen abzulösen ohne Verletzung der Gemälde, die sie verherrlichen. Welcher Art dies Mittel sein könne, ahnte ich freilich nicht; doch wenige Monate später erzählten die Zeitungen, daß die Franzosen Wandgemälde abgesägt hätten. Mit welchem Erfolge, weiß ich nicht mehr; gewiß aber hätten sie ihr Verfahren bis zum glücklichsten ausgebildet, wenn sich ihnen nicht bald die Aussicht eröffnet hätte, Rom selbst sammt seinen Herrlichkeiten zu behalten.

Ich brachte meine Verstimmung gegen Goethe mit, als

64 Erfler Abfchnitt.

ich einige Monate später nach Weimar zog, und sie wurde
durch das, was ich von seinem Verfahren in literarischen
und nicht literarischen Rücksichten hörte, nicht geändert. So
verlebte ich einen großen Theil von drei Jahren dort, ohne
einen Versuch, ihm näher zu kommen. Er schien schon da=
mals meine Abneigung zu erwidern, wie aus manchen
kleinen Kränkungen hervorging. Als z. B. Iffland nach
Weimar kam, wurde Morgenstern, der bei mir wohnte, zu
einem großen Dejeuner eingeladen, das Goethe Iffland gab,
und an dem fast ganz Weimar Theil nahm; ich erhielt keine
Einladung. Ich tröstete mich leicht durch den Gedanken,
daß ich ohnehin nicht hingegangen wäre, aber ich sollte noch
eine Art Satisfaction erhalten. Kaum war Morgenstern
fortgegangen, als der rühmlich bekannte Schauspieler Graff
zu mir eintrat, ein ernster Mann, von achtungswerthem
Charakter. Wie! rief ich ihm entgegen; Ihre ganze Gesell=
schaft ist bei Goethe versammelt, und Sie sind nicht da? —
„Nein!“ antwortete er. „Da der Herr Geheimerath sonst außer
dem Theater keine Notiz von uns nimmt, so mag ich die
Ehre, die man mir um Iffland’s willen zu erzeigen geruht,
auch nicht.“ — Sie sind ein braver Mann, und Ihr Selbst=
gefühl ist gerecht, sagte ich, indem ich ihm die Hand
schüttelte.

In kleinen Städtchen wird Alles bekannt. Goethe erfuhr
Graff’s Besuch an jenem Morgen bei mir, vielleicht auch
meine Aeußerung und beschuldigte mich nachher einmal, ich
machte ihm die Schauspieler aufsässig. Die Anschuldigung
war durchaus unwahr. Ich war zwar zum Theater abonnirt,
aber, außer mit Graff, mit keinem Gliede der Bühne bekannt,
und auch diesen sah ich selten.

Da ich späterhin als Kritiker auftrat und mit freier

Unbefangenheit auch über seine Schriften urtheilte, zürnte er heftig, und sein Zorn wurde Erbitterung, als ich mich mit Kotzebue, den er verfolgte, zur Herausgabe des Freimüthigen verband. So lange ich in Deutschland war, that mir das keinen Schaden, wohl aber sehr großen, als ich dasselbe 1806 verlassen hatte, und seit die Bewunderung für ihn eine Art Aberglaube wurde. Alle Halbköpfe, über die ich einmal gelacht hatte, verbanden sich gegen mich, um meinen Namen beim Publicum verhaßt zu machen, und hatten immer dabei Goethe selbst oder das Berufen auf ihn zum Rückenhalt. Zwanzigmal hab' ich den Vorwurf gehört: "Selbst Goethe hat er getadelt oder angegriffen". Nun freilich ging meine Bewunderung des großen Dichters nie bis zur Stupidität, ihn für unfehlbar zu halten, und was ich tadelhaft fand, darüber sprach ich sehr offen.

Schiller.

Ich hatte schon ein paar Monate in Jena verlebt, ohne Schiller auch nur gesehen zu haben, als mir Graß, der sich mit Schiller's Freundschaft schmeichelte, einen Brief an ihn sandte und mich dringend aufforderte, diesen Brief selbst abzugeben. Ich that es eines Vormittags um elf Uhr und fand Schiller erschöpft und matt auf dem Sopha. Er war soeben erst aus dem Bette gekommen, und jene sichtliche Erschöpfung war die Folge seiner unregelmäßigen Lebensart, die ihn auch früh ins Grab führte. Es ist bekannt, daß er fast nur in der Nacht arbeitete. Zu jener Zeit aber pflegte er, wie ein damaliger Hausfreund und Kostgänger hat drucken lassen, Nächte hindurch Karten zu spielen.

Den Brief meines lieben Graß las Schiller nicht in
meiner Gegenwart, ich weiß nicht, ob aus Höflichkeit gegen
mich oder aus Gleichgültigkeit gegen Graß. Ich mußte
mich ihm also selbst bekannt machen, und so sah er in
unserem ersten Gespräche Nichts in mir, als einen Studenten
der Medicin, der das Glück haben wollte, ihn kennen zu
lernen. Dazu war ich indeß nicht bewundernd und warm
genug in meinen Aeußerungen; ich erinnere mich in der
That nicht Eines Complimentes, das ich ihm gesagt hätte.
Der Gegenstand unseres Gespräches war größtentheils nur
Graß, dessen Entschluß, sich als Künstler in die Welt zu
werfen, er nicht billigte. Ich sprach nicht von seinen Werken,
was gewiß Unrecht war, er nicht von meiner Schrift, die
er wahrscheinlich nicht kannte; so fand sich kein Berührungs-
punkt zwischen uns, und ich verließ ihn nach einer halben
Stunde, fast mit Bedauern, daß ich Graß's Wunsch erfüllt
hatte. Kurz darauf wurde Schiller schwer krank und blieb
es lange; so konnte ich meinen Besuch nicht wiederholen,
wozu er mich mit Höflichkeit eingeladen. Ich sprach ihn
nur zufällig wieder. Im Begriff, im Frühling Jena zu
verlassen, machte ich noch einen Spaziergang und fand
Schiller vor seiner Gartenthüre. Da er meinen Gruß wie
den eines Bekannten erwiderte, trat ich zu ihm, machte ihm
meinen Glückwunsch zu seiner Genesung und nahm Abschied.
Er schien jetzt mehr von mir zu wissen, und wir gingen
ein halbes Stündchen im Gärtchen umher. Ich fand ihn
heiter und gesund aussehend. Sein geistvolles, wiewohl
etwas krampfhaft gespanntes Gesicht und sein scharfer
Blick hatten viel Einnehmendes. Seitdem sah ich ihn nur
1805 in Berlin wieder, ich weiß nicht, wo? aber damals
war er schon wegen meiner Kritik der „Braut von

Messina" feindselig gegen mich gesinnt; wir sprachen uns nicht.

Hier scheint es mir am Ort, eine schiefe Darstellung zu berichtigen, die mich gekränkt hat, ohne daß ich indeß bisher über sie sprechen mochte.

Eine lange Erzählung, ich glaube, im Morgenblatte, in der Goethe's Darstellungsweise und schöner Vortrag nicht zu verkennen war, berichtete einmal über die Vorbereitung dazu, Schiller's Wallenstein zum ersten Male zu geben, über die Art, wie es geschah, und über den Enthusiasmus, mit dem er aufgenommen worden. „Nur Merkel," heißt es darin, „ging am Ende des dritten Actes fort und erklärte, er fände es viel vernünftiger und sogar poetischer, nach Hause zu gehen und einen Sardellen-Salat zu essen." Jene erste Dar= stellung geschah im Herbste 1799. Der fragliche Aufsatz aber wurde spät in den zwanziger Jahren des jetzigen Jahr= hunderts gedruckt. Das Factum ist übrigens richtig. Ich erinnere mich ganz bestimmt, daß ich jene Worte einem Bekannten zurief, indem ich meinen Mantel umnahm, und dann erst bemerkte, daß Goethe drei Schritte von mir stand. Sie waren indeß nicht gegen das Stück gerichtet, das ich noch nicht kannte, und dessen Darstellung zu sehen ich meine Abreise nach Berlin um mehrere Tage aufgeschoben hatte. Sie waren ein Ausbruch des Unwillens darüber, daß Goethe, als Director der Bühne, mit seiner gewöhnlichen Rücksichtslosigkeit auf Andere, jenen Genuß dem einheimischen Publicum dadurch verbitterte, daß er eine ganz unbestimmte Menge von Billetten an Fremde ausgeben ließ, wodurch das Haus erstickend überfüllt wurde. Ich fand den Sardellen= Salat nicht vernünftiger und poetischer als Schiller's Wallenstein, sondern als das längere Ausharren in einem unerträglichen Gedränge und einer Hitze, die den Athem versetzte; und zwar mit der Gewißheit, daß es noch einige Stunden währen solle. Und es hat so lange gewährt. Ich hatte längst meinen zum Voraus bestellten Sardellen=Salat zu mir genommen, mich in die Kalesche geworfen und vielleicht schon eine Meile zurückgelegt, als die von halb Thüringen gepreßten Weimaraner noch ächzten: „Ach, wie schön!"

In jenem Aufsatze aber wurden meine Worte für einen Beweis der Feindseligkeit gegen Schiller erklärt, und es wurde versichert, erst später hätte ich mit Lobeserhebungen von ihm geschrieben und ihn über Goethe gesetzt, um — die beiden Freunde zu veruneinigen. Warum hätte ich Feind= seligkeiten gegen Schiller haben sollen? Den Dichter be= wunderte ich; der Mensch war mir gleichgültig. Und welchen Vortheil hätte es mir bringen können, Schiller und Goethe uneins zu machen? —

Fichte und Schelling.

Fichte's Charakter erschien mir in Einem Punkte völlig der Gegensatz von Seume's Charakter. Wie dieser mehr Stärke als Kraft, besaß Fichte mehr Kraft als Stärke. Wie Seume fast nichts unternahm, aber an dem einmal Ergriffenen unerschütterlich festhielt und keinem fremden Einflusse offen stand, unternahm Fichte mancherlei mit großer Kühnheit, gab es aber, wenn er Widerstand fand, leicht auf, ging nicht selten zum Entgegengesetzten über und gestattete untergeordneten Geistern, ihn zu lenken. Als er Professor zu Jena wurde, was seine erste Anstellung war, so viel ich weiß, trat er mit der Erklärung auf, er wolle die Studenten = Orden vernichten, sprach heftig gegen sie und bemühte sich, officielle Maßregeln gegen sie zu veranlassen.

Studenten warfen ihm die Fenster ein, versuchten ins Haus zu brechen und drohten, in der nächsten Nacht wieder zu kommen und Alles im Hause zu zerstören. Fichte dagegen machte bekannt, er werde die Nacht mit geladenen Pistolen durchwachen, rief indeß doch die Hilfe des Senats auf, der strenge Sicherheitsanstalten traf. Seitdem gab er seinen Plan und selbst den Wunsch, den Gesetzgeber der Studenten zu spielen, so vollständig auf, daß er bald auf einem freundlich= gemüthlichen Fuße mit ihnen stand, auch mit den bekannten Senioren ihrer Orden. — In seiner Wissenschaftslehre und seinen Vorträgen kam Vieles vor, was gegen die Lehrsätze der Religion, oder doch der Kirche zu streiten schien. Der Superintendent und das Consistorium zu — Dresden klagten darüber bei der Oberbehörde, und diese konnte — geschah es auch nur Anstands halber — nicht umhin, ein ernstes Abmahnungsschreiben, obgleich in schonenden Ausdrücken, an ihn ergehen zu lassen, er möge sich solcher Aeußerungen enthalten. Fichte hatte ein zu stolzes Selbstgefühl und eine zu hohe Vorstellung von seiner Unentbehrlichkeit an der Universität, um den Schritt der Nutritoren nicht als eine Beleidigung anzusehen. Statt durch eine ruhige Erklärung, daß es nicht seine Absicht sei, die Religion herabzusetzen, und daß er sich bemühen wolle, solchem Mißverständnisse sorgsamer auszuweichen, womit man sich ohne Zweifel würde begnügt haben, — denn der Schritt des Dresdener Con= sistoriums hatte am Weimarer Hofe selbst großes Miß= vergnügen erregt, — antwortete er trotzig: wolle man ihm Verweise ertheilen und die Lehr=Freiheit beschränken, so sähe er sich genöthigt, um seine Entlassung zu bitten, und mehrere Professoren würden ihm folgen zum großen Nachtheile der Universität.

Jetzt fand die Oberbehörde, sie sei es ihrer Ehre schuldig, ihm wirklich die Entlassung zu ertheilen, mit deren Forderung er gedroht hatte, und Fichte, der dies gar nicht für möglich gehalten, sah sich plötzlich aus dem Wirkungs= kreise verstoßen, den er so lange gesucht und in dem er sich so wichtig, ja unentbehrlich glaubte, und zugleich Nahrungs= sorgen bloßgestellt. Was das Schlimmste war, der Anlaß dazu schien wenigstens der Art, daß seine Anstellung auf einer anderen Universität dadurch erschwert werden mußte. Man erzählte von Schritten, die er nun gethan, damit jene Entlassung zurückgenommen werde, und da diese vergeblich waren, ging er nach Berlin, wo er darzuthun suchte, der Sinn der Wissenschaftslehre stimme völlig überein mit der christlichen Religion, ja sogar Gedichte schrieb im Stile der altfränkischen Tieck'schen Manier, die fromm aussahen*).

---

*) Sie bewiesen nur, daß der tiefe Denker keinen Beruf zum Dichten habe, und klangen gar ergötzlich. Mir schwebt ein Fragment eines derselben im Gedächtniß, und ich will es hersetzen als Beleg zu dem, was ich über sie sagte:

Niemals erquickender,
Niemals entzückender
Phöbus sich wiese,
Als da erfunden ward,
Als da ward offenbart
Das Paradiese.

Lebensbaum Jesus ist,
Unser Herr Jesus Christ!
Geh'n wir in Garten! —

Diese merkwürdige Verirrung eines sonst so ausgezeichneten Kopies wurde in einem poetischen Taschenbuche gedruckt.

In Berlin fand er glücklicher Weise Viele, selbst unter den höchsten Beamten, die, wenn sie ihn auch nicht für sehr religiös hielten, doch seinen Scharfsinn und seine Talente zum akademischen Lehrer gebührend schätzten. Sie interessirten sich für die Vorlesungen, die er in Berlin hielt, und gaben ihm nach einigen Jahren eine neue Professur in Erlangen und später in Berlin selbst.

Die Beziehungen, in die ich zu ihm kam, waren sehr einfach. Ich ließ mich in Jena einmal bereden, bei ihm zu hospitiren, stieg Abends um sieben Uhr in einem unfreundlichen Häuschen zwei Treppen hinauf, in eine wenig erhellte, kleine Stube, wo ich etwa acht oder zehn Hörer beisammen fand. Mir schien sein Vortrag noch dunkler als seine Stube, und ich kam nicht wieder. Als er seine Entlassung erhalten hatte, besuchte er mich in Berlin und schien mich zur öffentlichen Theilnahme für seine Angelegenheit anwerben zu wollen. Das setzte mich in Verlegenheit. Nach meiner Meinung hatte er sehr unrecht gethan, der Oberbehörde trotzig zu antworten, und noch mehr, indem er später durch Sophismen in sein System hinein erklären wollte, was offenbar nicht darin lag. Ueber das letzte Verfahren hatte ich noch dazu in einem kleinen Romane, der so eben ausgegeben wurde, gescherzt. Ich mochte Fichte's Besuch nicht erwidern, und er mußte später meinen Scherz erfahren und sehr übel genommen haben, denn er schimpfte in mehreren Schriften, als Bundesgenosse der Schlegel'schen Schule, auf mich.

Schon früher hatte mich seine Angelegenheit in Anspruch genommen, glücklicher Weise aber nur kurz und mit gutem Ausgange.

In Weimar ließ die Herdern mich einst zu einer

ungewöhnlichen Tagesstunde bitten, ich solle sie besuchen.
Sie führte mich, sobald ich kam, in ihr Cabinet und theilte
mir eine Besorgniß mit, die ihr Thränen in die Augen
brachte. Aus Freundschaft für Fichte hatte Schelling, der
damals auch in Jena lebte, erklärt, er wolle einen Beweis
drucken lassen, daß man den Vorsteher der gesammten Landes-
geistlichkeit, Herder, wegen seiner Schrift: „Gott! Einige
Gespräche über das System des Spinoza", eher des
Atheismus beschuldigen könne als Fichte. Die Sache war
nicht unwahrscheinlich, da Herder seinen Widerwillen gegen
die Metaphysiker oft sehr laut geäußert hatte. Welch' ein
gefährlicher Scandal, wenn Schelling es wirklich that, wenn
der General-Superintendent und Vice-Präsident des Ober-
Consistoriums sich gegen die Anschuldigung des Atheismus
vertheidigen mußte! Noch dazu wär' es ihm, schon weil
ruhiges Polemisiren nicht zu seinem Charakter paßte, wahrscheinlich nicht leicht gewesen.

„Helfen Sie"! sagte die Herdern; „helfen Sie, wenn Sie
können."

Ich!! Der Gedanke schien mir anfangs sehr sonderbar;
nach einigem Nachdenken versprach ich indeß, ihr am anderen
Tage um dieselbe Stunde Auskunft zu bringen.

Ohne Zeit zu verlieren, ließ ich einen Wagen kommen
und fuhr nach Jena. Am anderen Morgen früh ging ich
zu Schelling. Ich fand einen jungen Mann von mittlerer
Größe und sehr gedrungenem Körperbau, mit einem nicht un-
angenehmen, starkknochigen Gesicht, dessen Augen mit großer
Bestimmtheit unter einer hochgewölbten Stirne, wie mir es
damals schien, hervordrohten.

Nach den ersten Bekanntschafts-Complimenten brachte
ich das Gespräch auf Fichte, dem man, sagte ich, sofern das

Zeitalter es erlaube, Vanini's und Wolf's glorreiches Mär=
tyrerthum bereiten wolle. Schelling ging mit Wohlgefallen auf
diese Ansicht der Sache ein. Ich deutete ihm die eigentlichen
Urheber des Verfahrens an; er hatte auf dieselben gerathen.
Ich versicherte ihn, Herder sei an dem ganzen Vorgange
durchaus nicht schuld. „Er habe auch wahrlich Ursache,"
meinte Schelling, „sich auf so Etwas nicht einzulassen." Nun
fragte ich ihn geradezu, ob er gleichwohl die Absicht hege,
Herder unschuldig in diese verhaßte Sache zu verwickeln?
Seine Antwort war unbestimmt. Ich schilderte ihm die
nachtheiligen Folgen, die es für Herder haben müsse; daß
es ihm sein Alter verbittern, ihn in die widerlichsten Ver=
drießlichkeiten, vielleicht ins Grab stürzen würde, ohne,
— darauf legte ich das größte Gewicht — ohne Fichte einigen
Vortheil zu bringen. Ich stellte die Sache so dar, daß sie
als das erschiene, was sie gewesen wäre, als eine nutzlose
Bosheit.

Schelling versicherte mich, daß er nie im Ernst daran
gedacht habe, jenen Entwurf auszuführen, und gab mir Wort
und Hand darauf, daß es nicht geschehen werde.

Froh kehrte ich in das Gasthaus zurück, wo ich
meinen Wagen schon wieder angespannt fand. Eine Stunde
früher, als ich der Herdern versprochen, brachte ich ihr eine
Antwort, die ich nicht so bestimmt zu erhalten gehofft hatte.
Sie stand schon wartend am Fenster. Die Freude der ehr=
würdigen Frau war mir ein hoher Genuß. Vergebens
suchte sie den Ausdruck derselben zu mildern. Mit Herder
selbst habe ich über den Vorgang nie ein Wort gesprochen,
aber die erhöhte Herzlichkeit seines Betragens zeigte mir,
daß er ihn kannte. —

Ueber Schelling's literarischen Gang und seine Natur=

philosophie weiß ich den Lesern nichts zu sagen; sie sind mir fremd geblieben. Ich glaube indeß, die Rechtlichkeit, mit welcher er seinen gut ersonnenen Plan aufgab, sobald er auf die allzu nachtheiligen Folgen desselben für — einen Gegner aufmerksam gemacht wurde, und die Biederkeit, mit der er sein Wort erfüllte, ist so ehrenvoll, als die scharf= sinnigste Hypothese. Ich halte ihn für einen sehr wackeren, edlen Mann. Das ist ein Lob, das gerade nicht jedem be= rühmten Schriftsteller ertheilt werden kann.

— Wie es zuging, ist mir niemals recht klar geworden, aber Fichte's Vorhersagung in dem Schreiben an die Ober= behörde wurde erfüllt. Die meisten berühmten Männer, welche den Glanz der Universität gebildet hatten, verließen Jena in den nächsten Jahren, sobald sich eine Gelegenheit dazu bot, Paulus, Schelling, Loder, die beiden Huseland, Niethammer, sogar Schütz und mit ihm die allgemeine Literatur=Zeitung. — Freundschaft für Fichte kann sie nicht dazu bewogen haben, ob sie gleich Alle ihn schätzten. Miß= muth über sein Schicksal, das ihren Standesgeist kränkte, konnte wohl dazu mitwirken, aber nicht die Hauptursache sein. Wahrscheinlicher war es die Abberufung aller Schweizer durch die Zerrüttung ihres Vaterlandes, dann aller Liv=, Kur= und Esthländer, die den Haupttheil der Studenten, besonders in Rücksicht des Aufwandes, ausmachten, und die Bemühung anderer Regierungen, besonders der preußischen und bayerischen, ihre Universitäten durch die Berufung be= rühmter Männer blühender zu machen. Genug — Jena sank.

Zum Schlusse dieses Artikels muß ich eines Vorganges erwähnen, den Herr Lewald in seinen unterhaltenden „Aqua= rellen" erzählt, aber wohl besser nicht erzählt hätte, da die

Geschichte, dem größten Theile nach, von feindseliger Klatsch=
sucht ersonnen scheint. Schon vor drei Jahren hat mich
der Hofrath von Kotzebue, jetzt Geschäftsträger in Bukarest,
ein Sohn des Dichters, die Erzählung zu berichtigen;
aber ich fand, trotz meinem eifrigen Bemühen, weder in
meinem Gedächtnisse, noch in meinen Notizen, noch auch im
Freimüthigen Data, diesem Vertrauen zu entsprechen. Hier
will ich meine Ansicht desselben geben und muß es wohl, da
man auch mich darin verwickelt hat.

Die Aquarellen erzählen, als der Dichter Kotzebue einmal
zu Königsberg ins Theater gekommen, hätten die Studenten ihn
mit einem beleidigenden Tumulte empfangen und selbst mit
Stöcken an seine Loge geschlagen, so daß er sich hätte ent=
fernen müssen. Möglich ist das wohl. Fichte selbst machte
ja, wie oben erzählt wurde, eine ähnliche Erfahrung darüber,
wie weit Studenten in ihrer jugendlichen Aufregung gehen
können; und Kotzebue hatte sehr viele Feinde, so viele, daß ich
zwanzig Jahre vor seiner Ermordung seine Mutter öfter
mit Unwillen über seine Streitigkeiten ausrufen hörte: „Der
August stirbt gewiß keines natürlichen Todes!" Wenn aber
die Aquarellen sagen, dieser Tumult sei aus Ergebenheit
und Theilnahme für Fichte entsprungen, so scheint mir das
unglaublich. Ich wenigstens habe 1806, also bald nach
jenem angeblichen Lärmen, in Königsberg bei den Studenten
keine Spur von Enthusiasmus für den auch dort anwesenden
Fichte*) bemerkt. — Als Anlaß des öffentlich geäußerten
Unwillens wird angegeben: Fichte habe in Berlin ein

---

*) Er war dorthin geflohen, hieß es, wegen dessen, was er in
seiner vor zwölf Jahren erschienenen Schrift „Ueber die Französische
Revolution" geschrieben.

philosophisches Collegium gelesen, und Kotzebue sei auch
unter den Zuhörern gewesen. (Ja! dessen erinnere ich
mich.) In der ersten Stunde habe Fichte den Ver=
sammelten zur Pflicht gemacht, sich aller beurtheilenden
Aeußerungen über seine Vorträge zu enthalten, bis er
sie geschlossen. Wer sich dazu nicht verbindlich mache,
den ersuche er, sich zurück zu ziehen. (Das ist allerdings in
Fichte's Charakter. Ich glaube es, ob ich mich gleich dessen
nicht erinnere. Aber hatte er ein Recht zu dieser Forderung,
da er sie nicht in seiner Ankündigung gethan, sondern
ohne sie Subscription angenommen hatte?) Alle An=
wesende hätten, ich weiß nicht mehr, ob schweigend oder
ausdrücklich, die Bedingung angenommen; gleichwohl sei
einige Tage nachher ein spöttischer Aufsatz über die
Vorträge anonym in einer Zeitschrift erschienen. In der
nächsten Vorlesung habe sich Fichte darüber beschwert und
deutlich zu verstehen gegeben, er halte Kotzebue für den Verfasser,
doch dieser habe es betheuernd abgelehnt und geäußert, der
Aufsatz könne ja von mir sein. In der nächstfolgenden Vor=
lesung indeß habe Fichte geradezu Kotzebue dessen beschuldigt,
und da er wieder betheuernd geleugnet, ein Billet von mir
vorgelesen und herumgezeigt, worin ich erklärte, der Aufsatz sei
mir von Kotzebue zum Abdrucke zugesandt, der hierauf beschämt
fortgegangen sei.

Diese letzte Anführung drückt der ganzen Erzählung in
meinen Augen den Stempel der Unwahrheit auf. Nie habe
ich in meinem Leben an Fichte geschrieben, und was in aller
Welt hätte mich wohl bewegen können, ihm, meinem offenen
Feinde, einen Freund zu verrathen, der anonym bleiben
wollte?

Schütz und die Allgemeine Literatur=Zeitung.
A. W. Schlegel.

Zu den berühmtesten Gelehrten Jena's gehörte Schütz.
Von seiner philologischen Gelehrsamkeit sprachen selbst Wolf
und der alte Voß, Uebersetzer des Homer, Virgil u. s. w.,
mit großer Achtung; aber er war auch zugleich, wie Wolf, ein
witziger Kopf, ein philosophischer Denker und, was jener nicht
war, ein gewandter literarischer Geschäftsmann, in praktischen
Lebensverhältnissen entschlossen und fest. Er soll in seinem
Hause nicht glücklich gewesen sein; aber man behauptete und
führte Vorgänge als Beweise an, daß er nicht betrogen
werde, sondern nur mit Verachtung übersehe, was er nicht
verhindern könne. Als sein Sohn als Student einem Collegen
seines Vaters eine Katzenmusik gebracht und die Fenster
eingeworfen hatte, sagte Schütz zu ihm: „Wenn Du noch
Knabenstreiche machst, gehörst Du nicht auf die Universität!"
und schickte ihn auf ein Jahr zurück ins Gymnasium zu Gotha.

So erzählte man, und diese und ähnliche Züge neben
der Rhadamanthus=Rolle, die man ihm in der Literatur
beilegte, spannten meine Erwartung auf seine persönliche Er=
scheinung, die ich mir sehr stattlich und imponirend dachte.
Ich fand mich sehr getäuscht, als mich, ich weiß nicht mehr,
welcher Anlaß, zu ihm führte. Statt des kräftigen Mannes,
den ich erwartete, sah ich eine abgewelkte, mühselige Gestalt
mit mattem Auge. Nur ein zuweilen schalkhafter Strahl
in diesem und einige Raschheit im Sprechen und in den
Bewegungen, noch viel mehr freilich der Geist seiner Reden
entsprachen einigermaßen der Vorstellung, die ich mir von
ihm gemacht hatte; übrigens trug Alles an ihm das Gepräge
eines Mannes, der sich nach einem sehr entsprechenden Aus=

drucke, den ich einmal hörte, am Pulte verjessen hatte.
Selbst sein Gang zeugte von gelehrter Vernachläffigung; er
trat immer zuerst mit den Hacken auf. Sein Gespräch war
lebhaft und voll witziger Gedanken und bewies seine große
Gelehrsamkeit nicht nur, sondern, was sehr viel mehr ist,
seinen durchdringenden Verstand; aber auch hier blickte eine
gewisse Abnutzung durch, nämlich des Gemüthes. Er hatte
eine Welt von Gedanken und Gegenständen geprüft, erwogen
und bei ihnen gefühlt, es gebe nichts Neues für ihn, das
ihn lebhaft interessiren konnte.

Er nahm mich sehr freundlich auf, lud mich ein paar
Mal zu Gaste, wo es, ein Verdienst seiner geschmackvollen
Gattin, fast so elegant zuging wie bei Loder, und auch als
ich Weimar verlassen hatte, gab er mir mehr als einen
Beweis seiner freundschaftlichen Gesinnung. So war z. B.
während meines Aufenthaltes in Kopenhagen für das In-
telligenz = Blatt der Literatur = Zeitung ein sehr verfänglicher
Angriff auf mich eingesandt worden, und zwar in der Form
von Fragen, bei denen ein Termin zur Beantwortung fest-
gesetzt war, den ich in meiner großen Entfernung nicht hätte
beobachten können. Schütz legte ihn bei Seite, bis ich wieder
in Weimar eingetroffen war. Nun wurde er gedruckt und
geziemend schnell zurückgewiesen.

Der Universität leistete Schütz damals als Professor
sehr wenig. In dem Halbjahre, das ich dort verlebte, kündigte
er sehr spät ein einziges Collegium an, von wöchentlich drei
Stunden, glaube ich. Es erregte einen Jubel unter den
Studenten, ihn wieder einmal hören zu können; doch nach
der dritten oder vierten Vorlesung erklärte er, seiner Kränk-
lichkeit wegen nicht fortfahren zu können; die Zuhörer
möchten ihr Honorar zurücknehmen. Das war keine geringe

Aufopferung, wenn Alle, die subscribirten, auch bezahlt hatten. Es waren über hundert und fünfzig Zuhörer, und das bescheidene Honorar betrug doch drei Laubthaler. Dies Abbrechen wurde allgemein bedauert. Schütz las so geist= voll und die Aufmerksamkeit fesselnd, wie Platner, aber viel gründlicher. Ich habe keinen besseren Docenten gehört. Nur Wolf mochte ihn übertreffen.

Schütz litt wirklich oft an hartnäckigen Beschwerden, wohl auch Folgen seines Sitzens beim Studiren und Schreiben; aber das Haupthinderniß seiner Vorlesungen war die Allgemeine Literatur=Zeitung, deren Redaction ihm un= endliche Arbeit auflegte.

Die Stiftung dieses viele Jahre hindurch hochwichtigen Blattes war die Ausführung eines glücklichen Gedankens zu rechter Zeit. Wer diesen zuerst gehabt, ob Bertuch oder Schütz, weiß ich nicht; aber die Verbindung gerade dieser beiden Männer zu seiner Ausführung sicherte zum Voraus das Gelingen.

Am meisten wirkte zu ihrem Vortheil der damalige Zustand der Kritik in Deutschland. Es gab fast nur zwei kritische Zeitschriften von Ruf, welche die neue Zeitung zu überbieten hatte. Die Göttingischen gelehrten An= zeigen, angefangen mit der Stiftung der Göttinger Uni= versität und zuerst vom großen Haller unterstützt oder viel= mehr geleitet, hatten sich in würdigem Ansehen erhalten und gaben noch immer sehr werthvolle Beurtheilungen in anständigem Tone; aber ihre wöchentlich erscheinenden Bogen in klein Octav waren viel zu eng, um ihre Leistungen weiter als auf die wichtigsten Erscheinungen der gelehrten Literatur auszudehnen. — Die Allgemeine Deutsche Bibliothek, von Friedrich Nicolai zu Berlin gestiftet, redigirt und verlegt,

umfaßte zwar alle Zweige der Literatur, trug aber in jeder
Rücksicht das Gepräge einer engherzigen, buchhändlerischen
Speculation. Sie sprach nur von solchen Schriften, die in
Deutschland verlegt wurden; denn nur solche pflegten auf
der Leipziger Messe zu erscheinen und verrechnet zu werden.
Ihr Aeußeres, enge deutsche Schrift auf grauem Druckpapier,
war nichts weniger als einladend und bewies zu deutlich,
daß sie auf hohen Geldgewinn berechnet werde. Das
Honorar, das die gelehrten Mitarbeiter erhielten, war nach
dem Maßstabe zugeschnitten, der in der Mitte des Jahr=
hunderts gegolten hatte, und zu gering, um zu thätiger Theil=
nahme anzulocken und dafür zu entschädigen.

Ihr größtes Gebrechen war aber der einseitige, enge
Sinn, in dem sie redigirt wurde. Nicolai, ein wohlunter=
richteter Mann, aber weder ein Gelehrter, noch ein philo=
sophischer Kopf, hielt sich gleichwohl für Beides, weil einst
Lessing und Mendelssohn seine Freunde gewesen, und glaubte
in der Literatur als Autorität verfahren zu können, weil
sich aus Mangel eines besseren Mittelpunktes gute Köpfe
ihm und seiner Bibliothek angeschlossen hatten. Wirklich
hatte er auch für einige Jahre großen Einfluß gewonnen,
doch dieser mußte mit dem Auftreten jüngerer talentvoller
Köpfe und der Fortbildung der Wissenschaften und der
Literatur sinken. Da er dieser Fortbildung bald nicht mehr
folgen konnte, verfielen er und die meisten seiner mit ihm
gealterten Freunde in die Altersschwachheit, die Höhe, auf
der sie standen, für den Gipfel des Wissens und Leistens
anzusehen. Er suchte Stillstand zu gebieten, feindete alles
Neue mit vornehmem Tone an — und zog sich bald viel=
fachen Spott zu.

Außer diesen beiden kritischen Schriften waren noch in

Gotha, in Erfurt und in mehreren kleinen Städten, wo etwa ein geistvoller, mitunter auch ein geistloser Schriftsteller und ein Buchhändler einigen Unternehmungsgeist besaßen, sogenannte gelehrte Zeitungen entstanden und vegetirten kürzere oder längere Zeit, ohne viel beachtet zu werden. Selbst manche politische Zeitungen lieferten Recensionen. Alles dieses deutete nur das Bedürfniß eines gut organisirten kritischen Institutes an, ohne es zu befriedigen, und ward verdunkelt, sowie der Plan der Allgemeinen Literatur-Zeitung hervortrat.

Nicht nach buchhändlerischen, sondern nach gelehrten Zwecken berechnet, umfaßte dieser Plan die gesammte Literatur aller gebildeten Nationen, und er übernahm so die Fortschritte aller Wissenschaften zu befördern, indem er von ihnen ununterbrochen und schnell Nachricht gab; denn täglich sollte ein halber Bogen in Quart erscheinen. An die Spitze jedes Faches stellte er einen berühmten Gelehrten desselben, doch mit der Bewahrung, daß dadurch den ihm ebenbürtigen Männern des Faches nicht ein Zwang in der Aeußerung ihrer Ansichten geschehen solle; es sollten nöthigenfalls mehrere Beurtheilungen desselben Gegenstandes aufgenommen werden. —

Das bedeutende Honorar, 18 Thaler in Gold für den Bogen, und selbst das durch seine Neuheit imponirende Aeußere des Blattes trugen dazu bei, ihm schnell eine Autorität zu verschaffen, vor der sich Alles beugte. Der größte Philosoph des Zeitalters, Kant, eröffnete es durch die Beurtheilung des am meisten bewunderten Werkes der Zeit, der berühmten „Ideen" Herder's, leider, indem er sie herabsetzte. — Zum Sitz der Haupt-Redaction wurde ein eigenes großes Haus außerhalb Jena's erbaut, in dem Schütz

wohnte, und das bei den Studenten und Bürgern kurzweg
„die Literatur" hieß.

Die der Allgemeinen Literatur=Zeitung zu Grunde
liegende Idee war ohne Widerrede für das Deutschland jener
Zeit großartig und einsichtsvoll, und eben so sehr die erste
Ausführung derselben, bei der überall die Unterstützung eines
nicht reichen und mächtigen, aber hochgebildeten, die Wissen=
schaften ehrenden Fürsten und seines weisen Ministers, des
Geheimen Rath Voigt, durchblickte.

Die Wirkungen, welche die Literatur=Zeitung anfangs
übte, waren entscheidend, groß und wohlthätig. Durch sie
erst gewann die deutsche Literatur einen Mittelpunkt, den
ihr keine der vielen Hauptstädte und Residenzen Deutschlands
zu geben vermochte, einen bestimmten Charakter und ihrer
würdige Geltung bei anderen Nationen; und diese Wirkungen
waren dauernd und wuchsen fort, als das Blatt schon im
Sinken war. Als ich nach Deutschland kam, war dieses
Sinken bereits bemerklich, und die Ursache in der Stille an=
erkannt.

Schütz, kränklich und nicht mehr jung, war nicht lange
im Stande, der ungeheuren Arbeit der Redaction, neben
den Geschäften seiner Professur, zu genügen. Er fühlte sich
erschöpft und mußte Gehülfen suchen, nicht bloß für den
geschäftlichen Theil, solche waren nicht gefährlich, sondern
auch für den geistigen, für das Denken; — hier aber mußte
Jedem Spielraum gelassen werden, sich und seine Indivi=
dualität geltend zu machen, und das konnte nachtheilig
werden und ward es. Schütz' Wahl fiel auf junge
Männer von Gelehrsamkeit und Geist; aber ihr Geist und
ihre Zwecke waren nicht die ursprünglichen des Institutes,
und so verfälschten sie seinen Charakter und führten es auf

Abwege. Einer der frühesten Gehülfen war Reinhold, ein ehemaliger Mönch, der in Wieland's Hause Aufnahme fand und sein Schwiegersohn wurde. Dazu mußte er sich ein Fach der Gelehrsamkeit wählen und sich schnell darin so sehr auszeichnen, daß es ihm ein bürgerliches Auskommen verschaffte. Er wählte die damals neue, noch wenig ge= kannte kritische Philosophie, studirte sie mit großem, aber, nach dem Urtheil von anderen Kantianern und von Fichte, nicht mit dem glücklichsten Eifer, ließ ein paar Schriften und Recensionen in ihrem Geiste drucken und fand nun als Professor und Mitarbeiter der Literatur = Zeitung ein Aus= kommen, das ihm zu heirathen erlaubte. Diese hatte in ihrer ersten Nummer selbst die Fahne der Kantischen Philo= sophie aufgesteckt, doch wohl mehr zum Schmuck, als um ihr zu folgen; aber daß Reinhold sie nun überall einflocht, sie als das Höchste behandelte, schien jetzt nur Consequenz, und Kantische Principien wurden, da andere Recensenten den Charakter des Blattes darin zu sehen glaubten, gleich= sam die Livrée der Kritiker. Reinhold wurde durch eine einträgliche Professur nach Kiel entfernt, aber der schwer= fällige Charakter des Blattes war stehend geworden. Neue Helfer bei der Redaction brachten neue, fremdartige Schattirungen desselben hinein, da Jedem das Wichtigste war, sich geltend zu machen.

Als ich nach Jena kam, führten ein paar junge Männer das Wort darin, deren Dünkel und Anmaßung allgemeinen Unwillen erregte, und die Schütz, den selber sie bei Seite zu schieben anfingen, endlich zwangen, sie von aller ferneren Mitarbeit auszuschließen.

Ich war in dem sogenannten Paradiese, einem Spazier= gange bei Jena, öfter einem jungen Manne begegnet, der

6*

eine sehr wichtige Miene machte. Bei meiner Erkundigung
sagt man mir nicht, „er heißt", sondern „es ist August
Schlegel." Ist! Dieses Wort setzte schon einen anerkannten Ruf
voraus, und begierig fragte ich, worauf dieser sich gründe.
„Er arbeitet an der Literatur=Zeitung.".... Man wies
mir ferner eine Anzahl Gedichte und kritische Abhandlungen
nach ... und endlich las ich Uebersetzungen von ihm. Sie
waren mit Fleiß und Gewandtheit gemacht und gaben das
Original mit großer Treue wieder..... Der gute Ueber=
setzer eines großen Dichters verhält sich zu diesem, wie ein
Schreiber, der eine schöne Handschrift malt, zu einem ein=
sichtigen Minister, dessen Verordnungen er ausfertigt. Und
doch war ich überzeugt, daß Herrn Schlegel's „Minister"
Dante und Shakespeare nie mit so viel Stolz und Gefühl der
Wichtigkeit aufgetreten sind, als er verrieth. Ich fand
mich ein paar Mal in Gesellschaft mit ihm zusammen, und
sein Gespräch lehrte mich bestimmt, — ich sei auf eine
Blase getroffen.

Schlegel scheint förmlich den Plan gehabt zu haben,
sich wie Gottsched und dann Klotz zu einer Alles ent=
scheidenden Autorität, wenigstens in der sogenannten schönen
Literatur zu erheben. Was er sich selbst zu schaffen nicht
genug Kraft gehabt hätte, Schauplatz und Werkzeug, bot
ihm die Jenaische Literatur=Zeitung. Ihren Herausgebern
mußte ein so rüstiger, kenntnißreicher und damals auch ge=
schmackvoller Mitarbeiter sehr willkommen sein. In Kurzem
bemächtigte er sich fast des gesammten belletristischen Faches
und nahm als oberster Richter über Leben und Tod in seinen
Beurtheilungen einen sehr vornehmen, angreifenden Ton an.
Die Herausgeber hörten ihn mit großem Vergnügen, da
Schlegel im Namen ihrer Zeitung sprach, die besonders nach

dem Erscheinen der Xenien so Etwas zur Erhaltung ihres
Ansehens zu bedürfen schien, und die Menge wurde dadurch
wirklich in Ehrfurcht geschreckt. Indessen gab es eine ganze
Reihe von Celebritäten, die schon vor Schlegel da gewesen
waren und ihn verdunkelten. Er griff diejenigen, bei denen
es thunlich schien, nach einander und zwar bei steigender
Heftigkeit an und stellte dagegen Andere auf. Er erklärte
eine Reihe Köpfe von sehr mittelmäßigen Talenten
für Genies: so schuf er sich Anhänger, die nicht von ihm
abfallen konnten, da ihr eigener Ruf mit dem seinigen stieg
oder sank. Zu diesen gehörten vorzüglich sein eigener Bruder,
Tieck, Novalis und wer sich ihm sonst mit tiefer Ehrfurcht
nahte und zu dem Zirkel paßte.

Auch dieses Verfahren sahen die Eigenthümer der
Literatur=Zeitung ruhig an; aber Schlegel wollte nicht bloß
eine unfruchtbare Autorität besitzen: sie sollte ihm ein gutes
Einkommen verschaffen. Das, sagte man damals, führte
Entzweiung herbei. Schlegel dehnte die meisten seiner Re=
censionen zu dem Umfange von Abhandlungen aus und erhob
so in einem Jahre achthundert Thaler Honorar. Bei der
Größe dieser Summe wurden die Herren endlich gewahr,
daß er allein den dritten Theil des Jahrganges geschrieben
und für alle anderen Zweige der Literatur und alle anderen
Mitarbeiter zusammen nur zwei Drittel übrig gelassen habe,
von denen noch dazu ein beträchtlicher Theil an seine
Freunde gleichfalls für Belletristik verwandt worden. Es
wurde ihnen um die Allgemeinheit des Blattes bange, und
als Schlegel wieder statt einer Recension eine Abhandlung
über Herder's Terpsichore brachte, strich Schütz, als Redacteur,
die Hälfte derselben weg, ohne Rücksprache mit dem Ver=
fasser zu nehmen. Schlegel empfand diese Unfeinheit sehr

übel. Es kam zu einem Streite, in welchem er erklärte,
der Literatur = Zeitung seine Mitarbeit entziehen zu wollen.
Die Herausgeber nahmen dieses Erbieten an, und die bis=
herigen Verbündeten wurden jetzt Feinde. Das that der
Zeitung keinen Schaden; wohl aber, daß sie in Leipzig und
Erlangen Nachbildungen erhielt, die sich nicht mit ihr messen
konnten, ihr aber doch für einige Jahre manchen trefflichen
Kopf entzogen. Noch mehr war es ihr nachtheilig, daß
ihr Hauptzweck erreicht war. Sie hatte den literarischen
Geist in Deutschland zu lebendiger Thätigkeit aufgeregt, und
dieser war nun unermüdlich darin, neue Formen zu schaffen,
durch welche i h r e Form allmälig antiquirt wurde. Endlich
ging sie e n t z w e i. Sie wurde ihr eigener Doppelgänger.
Schütz zog nach Halle und verlegte die Herausgabe seiner
allgemeinen Literatur=Zeitung dorthin; sein bisheriger Haupt-
gehülfe Eichstädt, unterstützt vom Herzoge, ließ in Jena
auch eine Fortsetzung derselben erscheinen, die den bisherigen
Titel: J e n a i s c h e allgemeine Literatur=Zeitung führte und
der Goethe und Schiller ihre Theilnahme zusicherten. Dem
Publicum blieb es überlassen, welche es für die echte Fort=
setzung ansehen wolle. Ich glaube, es ist noch nicht
darüber im Reinen.

Weimar.

Kaum halb so groß und bevölkert als Erfurt, beträchtlich
kleiner und weniger bevölkert als Gotha, konnte Weimar
zu dieser Zeit für eine Hauptstadt Thüringens gelten, oder
war es vielmehr. Der Geist hochgebildeter Humanität, der
schon seit mehr als einem Menschenalter die Regierung

beseelte, die berühmten Schriftsteller, die sie versammelte, selbst das Theater, das einzige stehende zu jener Zeit, machten es dazu, besonders seit der nur noch die ernsten Wissenschaften als Kenner liebende Herzog von Gotha gealtert war. Jede veranstaltete Feier oder öffentliche Belustigung, besonders jedes neue Schauspiel führte aus den Städten der benachbarten Ländchen, und selbst von den Gütern viele Theilnehmer nach Weimar. Es zogen selbst manche ablige Familien für den Winter dorthin, wie nach einer glänzenden Residenz, und selbst manche Engländer und Franzosen ließen sich dort förmlich nieder und hatten als Ausländer bei Hofe den Zutritt zu allen Festen, sie mochten von Adel sein oder nicht. Alles dieses wurde durch den literarischen Ruhm der Stadt so verherrlicht, daß man überall, in Deutschland nicht nur, sondern auch in anderen Ländern, Weimar als einen wichtigen Glanzpunkt betrachtete zu dem man weither wallfahrtete. Freilich schwand die hohe Vorstellung sehr bei längerem Verweilen daselbst. Es ließ sich nicht lange verkennen, daß der Fürst eines Ländchens, das ungefähr 150000 Einwohner hatte und nicht viel mehr als eine Million Gulden eintrug, auch bei dem liberalsten und gebildetsten Geiste nicht viel und nicht mit Ausdauer für Kunst und Wissenschaft thun konnte. Alle Herrlichkeiten Weimars, obgleich mit Geist und Geschmack geleitet, waren nur einzelne Blitze in dichter Dämmerung, die schnell verloschen und immer die alte Dunkelheit zurückließen: aber freilich hallte jedem ein langes Donnern in den Zeitschriften nach. Es konnte nicht anders sein, da Stadt und Land zu klein für größere Leistungen waren. Ich gestehe, daß mir bei jeder Rückkehr aus einer der bedeutenden Städte, die ich nach einander besuchte, die Kleinstädterei, die dort herrschte,

und die arge Spießbürgerlichkeit selbst in den Verhältnissen
der hochberühmten Männer, die dort lebten, einleuchtender
und zuletzt unerträglich wurde.

Meine Lebensweise in Weimar war angenehm. Böttiger's
Sorgfalt verdankte ich eine bequeme Wohnung. Ich arbeitete
besonders am Tage viel, aß zu Mittag im Gasthause, und
am Abend bot der Besuch bei einer befreundeten Familie
oder eine gebetene Gesellschaft oder das Theater erheiternde
Genüsse. Das Letzte war, Dank sei es der Liberalität des
Herzogs, ein wohlfeiles Vergnügen. Die wenigen Greise,
die sich noch mit mir der damaligen Darstellungen auf der
Weimarischen Bühne erinnern, fanden wahrscheinlich so
wenig als ich nachmals in mehreren bedeutenden Rollen das
überboten, was Demoiselle Jagemann in classischem Gesang
und edlem Spiel, Madame Becker, Goethe's Euphrosine, in
reizender Anmuth, Graff und Becker im ernsten Schauspiele
leisteten. Es versteht sich, daß nie ein leeres Haus den
Genuß schmälerte, wohl aber that bei Darstellung be=
deutender neuer Stücke Ueberfüllung dasselbe, die besonders
an Sonnabenden von Jena her, nach geendigten Collegien,
zusammenfloß.

Selbst das war ein Genuß, die vielen von Vergnügen
verklärten Gesichter um sich her zu sehen. Es gab Abende,
besonders bei zweiten oder dritten Vorstellungen, wo mich
das Beobachten dieses Schauspiels mehr beschäftigte und
ergötzte, als was auf der Bühne vorging. Besonders un=
vergeßlich ist mir ein Antlitz, an dem eines Abends fast
bis zur Unbescheidenheit mein Blick haftete. Es war das
eines Greises, der auf einer Seitenbank dicht hinter dem
Orchester saß, so daß die Rampe es beleuchtete. Es war
nicht schön, und die feinen, geistvollen Züge desselben zeigten

eine gemüthliche Abspannung, sobald er mit seinen Nachbarn
gleichgültige Worte wechselte. Jetzt ging der Vorhang auf
und das Antlitz in den Ausdruck ernster Aufmerksamkeit
über, die, so wie die Intrigue anfing, zur Theilnahme
wurde, die immer lebhafter wurde, je mehr die Verwickelung
wuchs. Jede frohe Wendung derselben begrüßte eine freudige
Miene, jede bedenkliche eine ängstliche. Ja, ich sah sein
Auge zuweilen vor Zorn funkeln, dann wieder sich vom
weichen Gefühle trüben. Bei glücklichen Worten des Dichters
nickte er freundlich, bei mißlungenen schüttelte er miß-
billigend leicht den Kopf. Zuweilen bewegte er die Lippen und
sprach leise. In den Zwischenacten unterhielt er sich ruhig
und sah gleichgültig auf die Versammlung hin, doch als
die Schlußscene eine glückliche Auflösung gab, schien er tief
aufzuathmen; wenigstens blickte er mit froher Zufriedenheit
um sich her. Ich fragte seinen Nachbar, ob er wirklich
während des Spieles für sich gesprochen? Ja! In einzelnen
Ejaculationen. Bei den Streichen des jungen Buben im
Stück hat er gesagt: „Du solltest mein Sohn sein!“ Der
alten Ränkemacherin hat er leise zugerufen: „Vetula pra-
vissima!“ Dem jungen Mädchen, das verführt werden sollte:
„Kindchen! Trau' ihm nicht.“ Ich war so glücklich, am
Abend mit ihm zu essen. Das Gespräch kam auf das Stück:
er erklärte es für sehr mittelmäßig, hatte es schon halb
vergessen. Und dennoch — —. Ja! denn der Beruf des
Dichters ist Gefühl, das wie ein wohlgestimmtes Aeolsspiel
der leichteste West durchathmet und beseelt. Es hört auf,
und was es tönte, ist auf immer geschwunden — wenn die
Kunst es nicht der Nachbildung werth findet. Jener Greis
aber war Wieland, der, nach meinem Urtheil, größeste
Dichter der deutschen Nation. Seine üppig reiche Phantasie

und fein zartes Gefühl haben nicht die gewaltige Schwung=
kraft des Klopftock'fchen, nicht die hochgenialifche Keckheit
des Goethe'fchen, nicht die erfchütternde Emphafe des
Schiller'fchen, aber mit höherer Kunft, als jene drei Heroen
befaßen, fchuf er Schöneres, Bleibenderes. Ein fo wunder=
liches Wunderwerk, wie der Meffias ift, hätte er fich von
vorn herein gar nicht zu fchaffen entfchließen können. Den
erften Theil des „Fauft" hätte er nicht fchreiben, aber auch
nicht den fonderbaren Fehlgriff begehen können, einen zweiten
Theil geben zu wollen, auch nicht folche Fehler mit
folcher Herrlichkeit verfchleiern können, wie Schiller den
Gedankengang z. B. „Der Braut von Meffina". Mit reifer,
vollendeter Kunft verwandte er den Reichthum feines Genies
zu der tadellofeften, reizendften Schöpfung in unferer Sprache:
zum „Oberon". —

Mit Eintritt des Sommers wurde Weimar in der
Regel wieder eine gewöhnliche, nicht große Landftadt. Die
Schaufpieler gingen nach Lauchftädt, die Familien vom Lande
kehrten auf ihre Güter zurück, und nur einige Ausländer
blieben zurück: der ehemalige Nationalverfammlungs=
Deputirte Mounier, Graf Dumanois, einige andere Emi=
granten und ein paar Engländer; einige der wohlhabendften
unter den Einwohnern reiften in ein Bad oder bezogen
einen Garten. Auch der Herzog machte häufig Reifen; die
Herzogin=Mutter zog nach Tieffurt; nur die regierende Her=
zogin mit ihren Kindern blieb in der Stadt; von den Ein=
wohnern faft nur, wen ein fortlaufendes Gefchäft fefthielt.
Was mich betrifft, ich hielt meine Villeggiatur in Tieffurt.
Im Sommer 1798 hatte ich ein fehr einfaches Stübchen
von einer Bauernfrau gemiethet; im folgenden Sommer
eine faft elegante Wohnung von drei Zimmern im Haufe

eines Hofgärtners. In dieser erhielt ich zuweilen aus=
gezeichnete Besuche. Herder und seine Familie und ein paar
Fremde kamen einmal, ich glaube zum Kaffee, zu mir.
Wieland aß eines Abends mit Falk und dessen junger Frau
in meiner Junggesellenwirthschaft zu Abend. Die Schwester
Kotzebue's, die Senatorin Gildemeister aus Bremen, in deren
Hause ich den Winter vorher sehr gütig aufgenommen worden
war, nahm mit einer sehr reizenden Tochter eine Collation bei
mir ein. Böttiger und Andere spazierten oft zu mir her=
aus. Man sieht, ich hätte eine Art Haus machen können,
wenn es nicht zu kostbar für mich gewesen wäre. Meine
hochfürstliche Nachbarin und ihr kleiner Hof thaten mir
durchaus keinen Zwang an. Ich lustwandelte des Morgens
in ihrem kleinen Park, der aber eigentlich nur aus zwei
oder drei schattigen Baumreihen zwischen der Ilm und
einem Bergrande bestand. Ich arbeitete in einer kleinen
Grottenhöhle, die auf dem Rande dieser letzteren stand und
eine weite Aussicht gewährte. Zu Mittag machte ich einen
Spaziergang durch eine üppige Wiese und im Schatten des
Dickichts eines schönen Gehölzes nach Weimar, um an der
Wirthstafel im „Gasthof zum Erbprinzen" zu essen, wo
häufig Freunde an der Mahlzeit Theil nahmen. Von Zeit
zu Zeit machte ich kleine Reisen nach Jena, Erfurt, Gotha,
Eisenach, Kahla; — einmal auch auf ein paar Wochen nach
Dresden und ins Erzgebirge, später nach Hamburg, Lübeck,
Bremen und Berlin. Wer meine durchaus zwangslose
Lebensweise sah, pries mich glücklich. Fühlte ich mich so?
Nein! ich hatte vom Baum der Erkenntniß gegessen, hatte
eine Reihe großer Städte in kräftig strebender Thätigkeit
gesehen, sehnte mich darnach, dabei selbst praktisch einzugreifen
d u r ch literarische Arbeiten, nicht aber bloß f ü r diese da zu sein.

„Wo ist denn," fragte ich Herder eines Tages, „wo
ist der Lebenspunkt der deutschen Literatur? Wohin ver-
sammeln sich die ausgezeichneten Köpfe aller Art, um sich
gegenseitig zu bilden, Belohnung zu finden, wenn sie sich
Verdienste erwerben, und ihres Ruhmes zu genießen? Wohin
strahlen die glücklichen Gedanken der Einzelnen in der Nation
zusammen, um ihr als erwärmendes Licht, als heilver-
breitende That zurückgegeben zu werden?"

„Aber," antwortete er mit einem Seufzer, „wo ist denn
die p o l i t i s ch e Hauptstadt Teutschlands? Wie wollen Sie,
daß die Literatur einen vereinigenden Mittelpunkt habe, da
es für die w i ch t i g st e n Angelegenheiten der Nation keinen
gibt? Hätten wir Teutsche politischen Verstand, politische
Energie: statt der fünfzig Landesstädte mit Hofhaltungen
hätten wir uns vor Jahrhunderten e i n e gemeinsame Hauptstadt gewählt oder mit gemeinsamen Anstrengungen erbaut,
die der Stolz und das Heil Aller wäre. Jetzt kann unsere
reiche Literatur nichts sein, als was unsere furchtbare
Nationalmacht, unser unermeßliches Nationalvergnügen ist:
Disjecta membra — höchstens ein bunt zusammengeflickter
Bettlermantel!"

So sprach der große Herder im Jahre 1797! Etwa
anderthalb Jahre später kam ich nach Berlin, und nun erst
erkannte ich ganz den Gehalt seines Urtheils. Was war
denn Frankreich, als der König ohne Reich, René poetischen
Gedächtnisses, an seinem kleinen Hofe in der Provence alle
ausgezeichneten Talente und Gelehrte der Franzosen ver-
sammeln konnte? — Hätte Berlin 1797 nur zur Hälfte
für das g e g o l t e n, was es bald nachher zu werden anfing
und jetzt ist, ich hätte Weimar acht Tage besehen und wäre
nach Berlin gezogen; doch dort herrschten noch — dunkle

Gewalten, die sogar die „Allgemeine Deutsche Bibliothek"
verjagt hatten. In Weimar war es licht und geistig warm,
und ich beschloß, dort zu bleiben.

Durch den Legationsrath und Cabinetssecretär des
Herzogs, Weyland, wurde ich in die Weimarer Gesellschaft
eingeführt. Weyland selbst lebte still und war mit Geschäften
überhäuft. Aber er führte mich als Gast in einen Club, der
wöchentlich, so viel ich mich erinnere, zusammenkam. Die
Versammlung war diesen Abend sehr zahlreich, das heißt,
fast ganz Weimar war da, ausgenommen den Hof und die
drei literarischen Heroen: Herder, Wieland und Goethe.
Uebrigens lernte ich die ganze obere, ästhetische Beamtenwelt
mit ihren gleichfalls ästhetischen Familien kennen und den
feineren Gesellschaftston Weimars, den sonderbarsten, den
ich irgendwo bemerkt habe. Man hat eine Schreibart, die
man poetische Prosa nennt; der hiesige Ton hätte sehr gut
prosaische Poesie genannt werden können. Er war zusammen=
gesetzt aus Kleinstädterei, höfischen Rücksichten und literarischer
Wichtigthuerei. Die Ereignisse in der Literatur wurden wie
Stadtneuigkeiten besprochen und diese als literarische Con=
sequenzen. Besonders fiel es mir auf, immer nur vom
H o f r a t h W i e l a n d, G e h e i m e n R a t h Goethe, Vice=
p r ä s i d e n t e n Herder sprechen zu hören. Man nannte sie
gar nicht ohne den Titel. In der ganzen Gesellschaft war
wahrscheinlich, mich ausgenommen, kein einziger Unbetitelter,
selbst unter den wenigen Kaufleuten, und so setzte sich denn
Jeder, wenn er die großen Dichter auch bei dem Titel
nannte, mit ihnen in dieselbe Kategorie. Der Gebrauch fing
damals schon an in Deutschland allgemein zu werden, daß
jeder Schriftsteller mit einem Titel begabt wurde, oder sich
begaben ließ für Geld und gute Worte. Ich betrachtete

es daher bald als Lebensregel, besonders bei Schriftstellern:
Quilibet praesumitur — Rath, donec probetur contrarium.
Ich täuschte mich fast nie, machte aber oft die Erfahrung,
daß der Deckel mehr werth war als das Buch).

Trotz dem, was ich von Weimar wußte und dachte,
hatte es doch etwas Ueberraschendes, als Weyland mich jetzt
einem vollwangigen, elegant gekleideten und frisirten Manne
mit lebhaften Augen und etwas höfisch freundlicher Miene
vorstellte und ihn den — ich weiß nicht, ob H o f = oder
Consistorial=R a t h — B ö t t i g e r nannte; dann einem
kleinen und ältlichen Blondin von ziemlich bürgerlichem
Aeußeren, den ich für einen Krämer ansah, bis Weyland
mir sagte, es sei der Legations=Rath B e r t u c h; dann
einem Manne von schlichtem Ansehen, aber geistvollem Blick,
dem Kammerherrn der verwittweten Herzogin, v o n E i n =
s i e d e l, schon damals als Schriftsteller geschätzt; dann einer
ganzen Reihe von Räthen, sogar einem Paar Commercien=
Räthen, bei denen er mir aber meistentheils leise zuflüstern
mußte, was sie geschrieben hätten.

Nach den Räthen kamen, wie wir so durch die Gesell=
schaft hingingen, die Räthinnen an die Reihe. Auch bei
diesen raunte mir mein gütiger Führer bald den Titel eines
anonymen Romans, bald eines Gedichtes zu, und Manche,
bei denen dies nicht geschehen konnte, hatten doch eine andere
literarische Merkwürdigkeit. So war z. B. eine alte
Legations=Räthin von sehr verständigem und entschiedenem
Blick, Ton und Benehmen, die mit hohem Ernste Karten
spielte, die Mutter des Dichters Kotzebue, und eine nicht
mehr ganz junge, aber doch wohl aussehende, durch ihre
Lebhaftigkeit interessante Kammer=Räthin, die Schwester
von — Werther's Lotte.

Bei einer frohen Abendtafel 1799, im Gasthof zum „Hofjäger", entschlüpfte Einem der Anwesenden, der auch Schriftsteller war, aber die Unart hatte, in frohen Gesell=schaften häufig alle Sarkasmen, die ihm einfielen, gerade herauszusagen, der Einfall: „Weimar scheine ihm, in lite=rarischer Hinsicht, ein großes Raupennest, über dem nur einige schöne Schmetterlinge flatterten, der Atlasvogel Wieland, der majestätische Riesen=Trauermantel Herder, der prächtige Schillervogel, das Pfauenauge Goethe, der C=Vogel Böttiger, der große Fuchs Bertuch. — Jena liefere die kritischen Schröter dazu. Voran summe der große Hirsch=käfer Schütz." — Lachen und Unwillen unterbrachen ihn, denn zwei Drittheile der Tafelnden bestanden aus Schrift=stellern, von denen die meisten fühlen mochten, daß sie nicht flatterten. Ein 50jähriger Hofadvocat, mit breitem, wein=rothem Angesichte, aber einem feinen, verständigen Kopfe, der als täglicher Gast präsidirte, vermittelte Alles, indem er die Gesundheit der literarischen Raupen trank, die ja alle Beruf und Hoffnung hätten, Schmetterlinge zu werden, und dann die Frage aufwarf, wieviel Schriftsteller wohl gerade jetzt in Weimar lebten? Man zählte und zählte und brachte in dem Städtchen von noch nicht 6000 Menschen 59 zusammen. „Schade," rief Jemand, „daß nicht noch Einer da ist, um das Schock voll zu machen!" — „Den kann ich liefern!" sagte der Hofadvocat. „Feiertag!" rief er, und dienstwilligst lief der aufwartende Lohnbediente, der heute den alten, stattlichen „Schachschaber" unterstützte, mit einem leeren Teller herbei; aber der Hofadvocat hielt den seinigen, auf dem ein deliciöses Stück Rehrücken dampfte, mit beiden Händen fest, und —: „Wie heißt das Buch, das Sie geschrieben haben?" fragte der Hofadvocat. Mit selig=

verschämtem Lächeln sagte der alte Bediente einen Titel her.
Die ganze Gesellschaft brach in Lachen aus. Das fragliche
Buch war die Beschreibung einer Hoffête auf dem Etters=
berge aus dem Standpunkte eines bewundernden Lakaien.

Es heißt nur eine Pflicht erfüllen, wenn ich anführe,
daß der Herzog sich zwar an seiner Poeten=Volière und
deren Ruhm ergötzte, sich aber nie von ihr in der prosaisch=
weisen, trefflichen Verwaltung seines Ländchens irre machen ließ.

Herder und das Herder'sche Haus.

Eine der ersten Fragen, die Böttiger an mich richtete,
war, ob ich schon bei Herder gewesen sei. „Sie müssen ihn
durchaus sehen," rief er. „Er liebt noch sehr die Erinnerung
an Riga, — er wünscht Sie zu sehen." Ich ging auf der
Stelle zu Herder. Zwei Treppen hoch in einem sehr ein=
fach möblirten Zimmer fand ich ihn, einen ziemlich langen
Mann, mit jener mäßigen Körperfülle, welche das höhere
Mannesalter zu geben pflegt, einer sehr graden Haltung,
einem geistreich=gedankenvollen Blicke, überhaupt einem
Antlitz, in welchem edle Würde und der Ausdruck leisen
Gefühls jenen der Kraft überboten, ohne ihn zu verschleiern.

Er nahm mich gütig auf, wie einen alten Bekannten;
er sagte mir sogar einige Verbindlichkeiten über die Art,
wie ich als Schriftsteller begonnen hatte. Allmälig brachte
er das Gespräch auf meine früheren Verhältnisse. Er hörte
mich aufmerksam; dann reichte er mir mit Herzlichkeit die
Hand und sagte: „Nun weiß ich, wer Sie sind!" In der
That war es mir, als durchdränge mich sein Blick.

Er stellte mich seiner Frau vor, die auch im Alter und
bei dem Anstande der häuslichen Matrone durch ihr Auge

voll Verstand und Feuer imponirte. Sie war in jeder
Rücksicht des großen Mannes werth, dem sie angehörte.

Herder's Haus ward mir bald die größte Annehmlichkeit,
die mich an Weimar fesselte, die mich immer wieder dahin
zurückführte, wenn ich mich auf einige Monate entfernt
hatte, und mich die kleine Stadt fast als meine Heimath
betrachten ließ. Nie trat ich aus diesem Hause, mochte es
nach einer einsam mit Herder in seiner Studirstube ver=
brachten Stunde, mochte es nach einem im Zirkel seiner
Familie verlebten Abende sein, ohne eine gewisse feierliche
Stimmung und ohne eine Menge neuer, großer Ideen von
ihm erhalten zu haben.

Herder's Lage war drückend. Sein Einkommen als
General=Superintendent und Vice=Präsident des Con=
sistoriums mag nach dem Maßstabe der kleinen deutschen
Fürstenthümer nicht unbedeutend gewesen sein; aber er hatte
eine starke Familie, und seine Kinder, vorzüglich die Söhne,
standen in dem Alter, wo die Vollendung ihrer Bildung
größere Ausgaben forderte. Man nehme hinzu, daß er
nothwendig, schon seines Amtes wegen, auf anständigem
Fuße leben und auch die Fremden, die sein Ruhm zu ihm
führte, zuweilen bewirthen mußte. Die Lücken, die alles
dieses in seiner Kasse machen mußte, durch literarische
Arbeiten auszufüllen, wie sich fast alle Beamten Weimar's
halfen, war freilich ein ehrenvoller Ausweg, und so oft er
ihn einschlug, erhielt Deutschland etwas Bleibendes; aber
sein Consistorialamt ließ ihm wenig Zeit dazu. Der
Präsident des Consistoriums, ein adliger weimarscher
Landstand, mochte oder konnte nicht arbeiten, und Herder,
dessen großer Geist nur für die Welt hätte denken und
schaffen sollen, mußte den größten Theil seines Tages damit

hinbringen, Ehescheidungs = Acten u. dergl. zu lesen und
darüber zu votiren. Nur in wenigen Freistunden konnte
er sich dem Nachdenken, den Gegenständen überlassen, die
seinem Geistescharakter angemessen waren, und die Producte
seiner letzten Jahrzehnte tragen die Spuren davon. Sie
sind, auch wo sie ein größeres Ganze bilden, nur an ein=
ander geknüpfte Fragmente. Auf diese Lage und ihre Re=
sultate vorzüglich mag sich der bittere, erschütternde Klage=
ruf bezogen haben, den er wenige Stunden vor seinem Tode
that: „O mein verlorenes Leben!"

Der Herzog, der seinen General=Superintendenten nach
dem Landes = Etat gut versorgt wußte, hätte nur auf be=
sondere Anregung mehr für ihn gethan, und diese hätte in
Weimar nur von Goethe kommen können. Sie wäre nicht
unwirksam geblieben. Als ich im Jahre 1803 oder 1804
in ein Berlinisches Blatt einen Artikel rückte, worin ich
Herder's Lage beklagte und besonders darauf hinwies, daß
er als Vice=Präsident unter Arbeiten gealtert sei und er=
matte, die seines hohen, philosophischen Geistes unwürdig
seien, indeß ein Unthätiger die höheren Vortheile der Präsi=
denten = Stelle genösse, erhielt Herder diese so bald nachher,
daß ich es immer für die Wirkung meines Artikels gehalten
habe. Der Edelsinn des großherzigen Fürsten durfte nur
auf eine solche Ungerechtigkeit aufmerksam gemacht werden,
um sie aufhören zu lassen. Leider kam die Verbesserung zu
spät. Herder war schon erschöpft und kränklich. Wenigstens
hatte er jetzt die Muße, eine Erholungsreise nach Dresden und,
glaub' ich, nach Bayern zu machen, wo einer von seinen
Söhnen, mit damals sehr glücklichem Erfolge, eine Land=
wirthschaft angetreten hatte, zu deren Erwerb der katholische
Monarch ihn dadurch befähigte, daß er den protestantischen

General = Superintendenten, um seiner Verdienste willen, in den Adelstand erhob. Diese Reise mag der letzte Genuß gewesen sein, der Herder gewährt wurde. Er starb bald nachher.

Er wäre viel früher erlegen, wenn er nicht eine in jeder Rücksicht vortreffliche Gattin gehabt hätte. Diese Frau, hochgebildet und fähig, den Geistesflug ihres Gemahls zu verstehen und ihm zu folgen, war zugleich ein Muster verständig sorgsamer Ehefrauen, Mütter und Hauswirthinnen. Als ich sie kennen lernte, bewunderte ich ihren hellen Verstand; als ich bemerkte, was sie ihrem Gatten und ihrer Familie war, verehrte ich ihren Charakter. Sie theilte nicht nur die persönlichen, ökonomischen und Familien = Sorgen ihres Gatten; sie nahm sie ihm größtentheils ab und trug sie, so viel als möglich, allein. Manche drückende Verlegenheit erfuhr er erst, wenn sie seine nothwendige Zustimmung zu der getroffenen Abhilfe einholte, oder ihm ihre Freude über das Gelingen derselben mittheilte. Eben so sorgfältig, wie über der Abwendung aller Unannehmlichkeiten, die sich ihm ersparen ließen, wachte sie über seine Bequemlichkeit. Ich habe es gesehen, daß sie den Vorrath in seiner Tabaksschachtel, an Thonpfeifen, an Papier der Gattung, die ihm die angenehmste war, schweigend untersuchte und in der Stille Befehl gab, ihn zu vervollständigen. Ein andermal kam ich zufällig dazu, als sie mit einem Handwerker über Kleidungsstücke ihres Mannes verhandelte, der jedes Bedürfniß zu rechter Zeit befriedigt fand, oft, ehe er es bemerkt hatte.

Auch die Erziehung ihrer Kinder leitete sie und zwar so vortrefflich, daß sie noch erlebte, ihre vier Söhne als achtungswerthe, junge Männer auf Bahnen zu sehen, die

7*

sie zu großer Auszeichnung durch Verdienste zu führen
versprachen. Der vor Kurzem verstorbene, so allgemein be=
trauerte sächsische Ober = Berghauptmann von Herder war
einer derselben. Ihre einzige Tochter wurde an häuslicher
Tugend und hellem Sinn ihrer Mutter werth. Zwanzig
Jahre später sah ich sie wieder, als glückliche und weise
Hausfrau und Mutter.

Ihre Wirthschaft führte Frau Herder mit einer Spar=
samkeit, die ihren Mitteln angemessen war; doch aber wußte
sie vorkommenden Anlässen mit anständigem Aufwande zu
entsprechen, und auch die kleineren Zirkel in ihrem Hause,
besonders der sonntägliche um ihren Theetisch, vermißten
Nichts, was gesellige Behaglichkeit befördern konnte. Außer
ihrem Hause habe ich die ehrwürdige Frau fast nie gesehen,
außer bei den Spaziergängen und seltenen Spazierfahrten,
welche die Familie machte, und zu denen auch ich eingeladen
wurde.

Köstliche Stunden, die so verflossen! Wie reich an
geistreichen, witzigen, großen Gedanken! Die interessanteste
Erscheinung für mich war es, wie Herder, der gewöhnlich mit
trübernstem Gesichte auftrat, sich allmälig erheiterte, erwärmte,
endlich in aufwallendem Feuer der Lebendigste, Witzigste von
Allen wurde, und jeder seiner Einfälle, so leicht er hin=
geworfen schien, hatte zum Kern eine tiefgeschöpfte, psycho=
logische Beobachtung, oder einen kühnen, oft einen erhabenen
Gedanken. Herder's Geist war eben ein Baum der edelsten
Gattung, der keine anderen, als eben solche Früchte tragen
konnte.

Ich will die Geschichte einer Spazierfahrt erzählen, die
ich mit Herder und seiner Familie machte.

An einem schönen Sommer = Nachmittage machte er mit

seiner Familie eine Spazierfahrt auf den Ettersberg, zu der
ich, der ich längst aus Kopenhagen zurückgekehrt war, auch
eingeladen wurde. Am Rande des Waldes hielt der Wagen.
Es wurde das Theegeräthe ausgepackt, wir selbst lasen
schnell trockenes Holz zusammen; Herder's Frau und ihre
liebenswürdige Tochter ordneten das Service im Grase, in=
deß der Bediente in einer Niederung Feuer anmachte und
das Kochen des Wassers besorgte. In einer halben Stunde
zündeten Herder und ich froh unsere Pfeifen an, und wir
saßen auf Steinen oder im Grase um die Serviette her.

Herder genoß die schöne Aussicht mit Innigkeit; wir
fanden Alle, daß sie reizend war, aber vor seiner Seele stand
sie unter einer anderen Beleuchtung, als vor der unsrigen.
Wir sahen eine schöne Gegend, er — einen wichtigen Theil
des Schauplatzes der Reformation. Er fing an, uns bald
von diesem Städtchen, bald von jenem Dorfe etwas Wich=
tiges zu erzählen; an dieses knüpfte sich, ohne daß der ein=
fache Gesprächston einen Augenblick unterbrochen wurde,
eine lebendigere Charakteristik des deutschen Volkes im 15.
und 16. Jahrhunderte, als jemals eine geschrieben worden.
Plötzlich unterbrach er sich selbst mit dem Ausrufe: „Ach,
da waren wir Geistliche in Teutschland auch noch Etwas,
als man uns in Ehren Pfaff (Pastores Fideles Animarum
Fidelium) nanute. Wir sprachen zu einem gesunden, kräftigen
Volke, und unser Wort wurde lebendige That, war selbst
eine That. Jetzt — pflegen wir sorgsam und kunstvoll die
gebrechlichen Blüthen einer Pflanze, der die Politik die
Herzwurzel abgenagt hat!" Er stand auf und ging in den
Wald. Als ich ihm nach einigen Minuten folgte, hörte ich
ihn die Weise eines alten Volksliedes summen.

Jene Worte sind, dünkt mich, der erschöpfendste Com=

mentar zu einer oft erzählten und mißdeuteten Anekdote.
Als Herder nämlich an einem Feiertage predigen sollte und
das Glockengeläute hörte, rief er aus: „Wer doch im Mittel=
alter lebte!" —

Herder's Gedankengang bei unserer Bergfahrt ist gewisser=
maßen ein Bild seines ganzen literarischen Lebens. Sein
Blick faßte jeden Gegenstand nicht nur hell und richtig auf,
sondern sah auch zugleich Verhältnisse und Beziehungen des=
selben, welche weniger vortreffliche Köpfe nicht ahnten, nach=
dem sie sich ein ganzes Lebensalter mit ihm beschäftigt
hatten. Er besaß jene oberste Geistesgabe, mit der man
sich in den Besitz fast eines jeden Talentes setzt, so bald
man will; einen hoch genialischen Verstand, der nur in
seiner Aeußerung durch Phantasie und allzu reizbares Gefühl
zuweilen getrübt wurde. Welches Fach er daher vorüber=
gehend wählen mochte — er machte wichtige Entdeckungen
darin, erweiterte, veredelte es, gestaltete es um; aber er sah
zugleich die Grenzen desselben, es genügte ihm nicht. Er
ging zu einem neuen über, in dem er bald eben so große
Entdeckungen und Umgestaltungen bewirkte, und aus dem
er eben so bald weiter ging. Das ganze Gebiet des Wissens
war seine Heimath; er durchwanderte es unermüdet, ohne
sich in irgend einem Bezirk desselben niederzulassen.

Noch genußreicher als diese Spazierfahrt war mir be=
sonders ein Abend, den ich bei Herder zubrachte. Ich hatte
allein mit ihm, seiner Gattin und seiner Tochter zu Abend
gegessen. Nach Tische kam sein ältester Sohn, der schon seit
einigen Jahren ausübender Arzt und seit Kurzem verheirathet
war, aber noch oben im väterlichen Hause wohnte, herunter
und lud uns ein, an einer Bowle Punsch Theil zu nehmen,
die er für ein paar Freunde, die auch die Eltern kannten,

zurecht gemacht hatte. Herder ging mit Vergnügen darauf
ein, der Gast seines Sohnes zu sein. Wir gingen hinauf,
und in einem sehr einfachen Lokale wurden ein paar Stunden
in einer halbphilosophischen Begeisterung verbracht. Herder
selbst trank, offenbar nur ehrenhalber, ein Glas, aber theilte
die frohe Stimmung des kleinen Zirkels sehr lebhaft, be=
sonders als seine Schwiegertochter sich ans Clavier setzte.
Sie war nicht Virtuosin, aber sie trug leichte Melodien
mit Gefühl und Geschmack vor, und Herder selbst stimmte
mit schönem Ausdrucke des Vergnügens in manchen Gesang.
Ich glaubte Sokrates zu sehen, der sich in der Mitte seiner
jungen Freunde mit Rosen bekränzte.

Unter allen deutschen Schriftstellern, die ich persönlich
oder durch ihre Werke kennen lernte, ist Keiner, der, so vor=
leuchtend wie Herder, Größe des Charakters gezeigt hat in
seinem Lebensgang wie in seinen Schriften. Er sah die
Menschenwelt und die Wissenschaften gleichsam aus der
Vogelperspective an, er durchschaute Verhältnisse derselben,
die Andere kaum ahnten, er erkannte den Weg, den die Welt
zurückgelegt hatte und eine weite Strecke des Weges, auf
dem sie weiter schweben mußte.

Was ihn in seinem Gedankengange so gewaltig machte,
sie wie mit Adlersschwingen hob, war sein echtes Dichter=
talent, dem er aber nicht diente, sondern das ihm nur Werk=
zeug war. Er war zu hohen Geistes, um seine Kraft auf
Fiction oder auf die Künstlerseile dessen zu verwenden, was
in ungesuchter poetischer Gestaltung aus seiner Seele hervor=
brach. Fast keines seiner reizenden lyrischen Gedichte ist
von fehlerfreier Form, aber manche seiner Predigten enthält
mehr wahre Gedankenpoesie, als ein halbes Dutzend der
freundlichen Goethe'schen Lieder und Romanzen. Sein

Lebensberuf und die Natur seines tiefdenkenden Geistes
wiesen ihn darauf hin, seine Dichtertalente vorzugsweise
als Redner zu verwenden. Dieser Dichternatur sind die
Schwächen seiner Schriftstellerei und seines Geistesganges
zuzurechnen. Er dachte immer mit hoher Klarheit, aber
indem er seine Gedanken niederschrieb, riß ihn die Lebhaftigkeit seiner Phantasie zuweilen hin, es in so poetischem
Schwunge zu thun, daß seine Darstellung dunkel wurde.
Ebenso hatte er jene hohe Reizbarkeit, die ein nothwendiger
Bestandtheil der Dichternatur ist, — und er beherrschte sie
nicht immer, verkannte seine aufrichtigsten Freunde und
schalt auf sie in ihrer Abwesenheit, wenn sie ihn durch
irgend eine Unterlassung verletzt hatten. Er tadelte mit
bitterer Heftigkeit — doch nur mündlich — die Mängel
an Werken (z. B. an Schiller'schen), die höchstens ruhige
Rügen verdienten, und ließ sich bereden, in jenen Kampf
gegen Kant zu treten, der ihm so nachtheilig wurde, nicht
dadurch, daß er Unrecht hatte, sondern weil Alles in der
Literatur voll von Kantianern war, die es bleiben mußten,
wenn sie irgend Etwas sein wollten. Kant hatte ihn aber
auch ungereizt auf eine Weise gekränkt, die er nicht verwinden
konnte, und Böttiger, Falk und Jean Paul Friedrich Richter,
von denen Keiner Kant's Lehrsystem verstand, die aber den
lächerlichen Unfug der Kantianer sahen, hörten nicht auf,
ihn zu reizen, ihm mit dem glänzendsten Erfolg zu schmeicheln.
Er mußte glauben, er dürfe auf eine gewichtige Theilnahme
rechnen. So gab er dem Zorn und dem Ehrgeiz nach und
stieg in die Arena hinab. Sein Gegner stellte sich n i c h t,
wohl aber sah er (Herder) sich bald von einem neckenden,
schmähenden Haufen literarischer Underlings umgeben, gegen
die zu streiten sein Selbstgefühl ihm verbot. Er sah sich

nach den Anhängern, den Kampfgenossen um, auf deren
Vertheidigung er gerechnet hatte, und Keiner war da. Sie
hatten ihn nur für sich wollen streiten lassen. Er erlag
seinem Unmuth darüber.

Wer ein vollständiges Verzeichniß der Herder'schen und
Goethe'schen Schriften nebst den Jahreszahlen ihrer Erscheinung vergleichen will, wird vielleicht davon überrascht
werden, wie oft Goethe, von der Würdigung altdeutscher
Kunst an, der Nachtreter Herder's, der Verarbeiter ursprünglich Herder'scher Ideen war. Und ist nicht der west-
östliche Divan, den man dem abgeschwächten Greise verzeihen
muß, noch eine Nachwirkung dessen, was Herder einst zur
Würdigung der orientalischen Poesie gedacht und geschrieben?
Bekannt ist ferner, daß Goethe von Herder Shakespeare und
die Griechen eigentlich kennen gelernt und die edlere Richtung
seines Geistes empfangen hat. Wenn nun aber Goethe prahlt,
er könne nicht unterscheiden, was im ersten genialischesten
Buche der „Ideen zur Geschichte der Menschheit" ihm oder
Herder gehöre, indeß in allen seinen Schriften keine Spur
davon ist, daß er sich je zu so hohen Ansichten der Menschheit
erheben könne; Herder dagegen nie damit prunkt, wie viel
ihm Goethe verdanke, selbst dazu schweigend nur lächelte,
daß man es als einen Beweis von Jean Paul's hohem
Genie ausrief und dieser selbst es fröhlich dafür anerkannte,
daß er die Borromeischen Inseln mit so treuer Schönheit
geschildert habe, ungeachtet er sie nie gesehen, — indeß jeder
Zug, den er anführt, aus Herder's mündlicher und schrift-
licher Mittheilung entlehnt ist: wem fühlt man sich gezwungen, die höhere Geisteshoheit zuzugestehen?

Bekanntlich hat Lessing zuerst den Gedanken gefaßt,
Faust als höheren Charakter, als wissensdurstigen Jüngling

darzustellen, den sein Hang zum Grübeln auf den Abweg
leitet. Alle, die nach ihm diesen Gegenstand behandelten,
ahmten Lessing nach), aber keiner hat diesen Charakter so
lebendig und kräftig gezeichnet wie Goethe, — es versteht
sich in den ersten Scenen des Fragments — so lebendig
und wahr, daß es mir immer gewisser wurde, er habe nach
einem Lebenden geschildert. Man hat angenommen, er habe
sich selbst dabei geschildert, aber das ist offenbar nicht wahr.
Goethe war sehr wißbegierig, aber den Drang zum Ergründen
und Ergrübeln, den Faust zeigt, hatte er nie gehabt. Am
wenigsten sah er in seinen früheren Jahren (da doch Faust
bald nach Werther angefangen worden war) alle Wissen=
schaften aus der Vogelperspective an, indem er zugleich ihre
Mängel erblickte. Selbst der bittere Witz, mit dem er diese
Mängel rügt, sieht Goethe nicht ähnlich. Er muß — so
dachte ich — einen solchen Grübler von hochfliegendem Geiste
gekannt und aus dessen Munde gesammelt haben. Aber
wer war, wie hieß dieser Mann? Namenlos kann ein
solcher in der Literatur nicht geblieben sein. Nachdem ich
Herder's frühere Schriften, besonders seine „Aelteste Urkunde",
dann sein Tagebuch auf der Reise nach Nantes und sodann
d a s gelesen hatte, was Goethe selbst über seinen Umgang
mit Herder in Straßburg erzählt, war es mir klar, und
als ich den Faust wieder aufschlug ... war ich augen=
blicklich im Klaren: ich erkannte den stürmisch nach allen
Seiten hindrängenden Forscher im Faust, den bitter witzigen
Verspotter jeder wissenschaftlichen Thorheit in den Sarkasmen,
mit denen Mephistopheles den Schüler ausführt. Da Goethe
aber bald den Faust zum elenden Lüstling werden läßt,
untersagt mir die Pietät gegen das ehrwürdige Original
ihn zu nennen. Gervinus hat von dem jungen Herder

gesagt, „es habe sich der Geist Faust's in ihm geregt".
Nicht doch! Gervinus hätte sagen sollen: „Herder's Geist
ist es, dem Goethe, als er in Straßburg das Tagebuch las,
den F a u st nachbildete!"

Wieland.

Trotz meiner hohen Achtung und Bewunderung für
Wieland's Meisterwerke suchte ich doch nicht ihn kennen zu
lernen, als ich nach Weimar kam. Als ich indeß eines
Nachmittags bei Herder einen alten Mann mit einem un=
schönen, aber ausdrucksvollen Gesicht und feiner Bürger=
lichkeit im ganzen Aeußeren am Fenster sitzen fand, und
Herder's Gattin ihn, indem sie mich ihm vorstellte, Herrn Hof=
rath Wieland nannte, fühlte ich eine freudige Erschütterung;
aber ich gab ihr keine Worte, machte nur eine tiefe Ver=
beugung. Ich war selbst sehr unzufrieden mit mir darüber
und prüfte mich über die Ursache meines stumpfen Be=
nehmens. Ich fand sie theils in meiner Blödigkeit bei der
Ueberraschung, theils aber auch in dem „Hofrath". Hätte
die Herderin gesagt: „Das ist Wieland", ich glaube, ich
hätte aufgejauchzt. Aber sie hätte damit einen Verstoß
gegen die Etiquette der kleinen Residenz gemacht. In dem
Hofzirkel wurde trotz der vorurtheilsfreien Denkungsart der
Herzogin=Mutter und der fast burschikosen Genialität des
Herzogs die Etiquette so pünktlich beobachtet, daß ich nie
gehört habe, daß Herder und Wieland als Bürgerliche zu
den Hoffesten und Assembleen eingeladen wurden. Daß es
mit ihren Gattinnen nicht geschah, weiß ich gewiß, und ob
es mit Goethe, ehe er geadelt worden, anders war, weiß
ich nicht; wohl aber, daß er, als es geschah, sich gleichwohl

darin nicht zurecht zu finden wußte. Die regierende Her=
zogin beschwerte sich einmal, daß er dabei steif und stumm
sei, was bei der anerkannten Ueberlegenheit seines Geistes
unangenehm und lästig sei.

Ich kehre zu Wieland zurück. Mit Beschämung gestehe
ich, daß der ehrwürdige, berühmte Greis mir vielmehr Be=
weise der Güte gab, als ich ihm Ausdrücke meiner wirklich
tiefen Hochachtung darbrachte. In mehreren seiner Briefe
an Böttiger forderte er ihn auf, mich zum Besuche bei ihm
in Osmannstädt mitzunehmen. Böttiger hat mich nie dazu
eingeladen. Ueberhaupt schien es mir, als wenn er und
Falk meine Annäherung an Wieland mit einer Art Eifer=
sucht betrachteten. Das hinderte mich nicht, nach Osmann=
städt zu wallfahrten, und Wieland nicht, mir manchen Beweis
seiner Freundschaft zu geben.

Ich rechne dahin auch folgenden Vorgang: Falk und
seine junge, recht hübsche, wenn auch eben nicht geistreiche
Frau äußerten den Wunsch, einmal einen schönen Sommer=
abend im Freien zu verbringen. Ich lud sie ein, bei mir
in Tieffurt zu Abend zu essen. Ich konnte es mit Zuver=
sicht, denn meine Sommerwohnung beim Hofgärtner bestand
aus drei, ziemlich elegant meublirten Zimmern, eleganter
und bequemer als Falk's Wohnung in der Stadt, und meine
freundlich zuthätige Wirthin war eine gute Köchin, wie ich
an solchen Tagen öfter erprobt hatte, an denen Regenwetter
und Hitze mich abhielten, zum Mittagessen in die Stadt zu
gehen. Es war verabredet, daß Frau Falk eine Freundin
mitbringen sollte, und ich hatte ein anderes Ehepaar, einen
Kaufmann, dessen Frau eine Rigaerin war, eingeladen. Als
Falk's aber kamen, war ich sehr erstaunt, anstatt des weib=
lichen Gastes einen Mann zu sehen. Ich eilte ihnen, es

war im Park, entgegen und prallte vor Ueberraschung einen
Schritt zurück, als ich sie erreicht hatte. Der zweite Mann
war Wieland. Er war am Nachmittage zur Stadt ge=
kommen, hatte durch Falk von meiner Abendgesellschaft ge=
hört und sich entschlossen, sie mitzumachen. Ich wußte die
Ehre, die mir dadurch widerfuhr, nach Gebühr zu würdigen,
und die Freude darüber riß mich zu einer Unbesonnenheit
hin. Wieland's Gegenwart mochte ich nicht in der Stube
genießen. An den Park stieß eine ziemlich große Rosen=
laube, die eben in Blüthe stand. Ich fragte den Hofgärtner,
und in der Voraussetzung, daß die Herzogin Amalie so spät
nicht im Garten spazieren würde, willigte er ein, den Tisch
in der Laube decken zu lassen, ob sie gleich zu dem eigent=
lichen Garten der Herzogin gehörte. Kaum hatte die Mahl=
zeit begonnen, so brachte der Diener die Nachricht, die Her=
zogin komme mit ihren Hofdamen gerade den Gang zur
Laube her; sie war ihr Lieblingssitz. In großer Verlegen=
heit sprang ich auf und wollte der Fürstin entgegen gehen,
um ihre Verzeihung zu erbitten; sie war der Gesellschaft aber
bereits gewahr worden, bog eben lächelnd in einen anderen
Gang ein und kehrte zurück in ihr Schlößchen. Dies so
schonend nachsichtsvolle Benehmen der edlen Fürstin war
ganz in dem so geistvoll humanen Charakter, den ihr ganzes
Benehmen bezeugte: ein kleiner, aber vielsagender Zug.

Bei einem einsamen Spaziergange fragte ich Wieland
einmal, ob es wahr sei, daß Goethe bei einer Lustpartie
auf dem Ettersberge eine Eiche erstiegen, Jacobi's Waldemar
an den Baum genagelt und vom Baum herab eine bur=
leske Rede über die Schlechtigkeit des Buches gehalten?
"Ja, ja!" antwortete Wieland, "er fand damals oft Ver=
gnügen daran, den Scaramuz zu spielen. Wenn er nur

nicht im höheren Alter so etwas vom Pantalone wird!" Mir fiel diese Aeußerung beim „west-östlichen Divan" oft bei und am lebhaftesten, als ich las, Goethe sei im achtzigsten Jahre oder in dessen Nähe, mit Mühe davon ab= gehalten worden, eine junge polnische Gräfin zu heirathen, die er in Karlsbad kennen gelernt hatte, und die ihm wirklich nach Weimar folgte.

Was Wieland bei vielen der neuesten Kritiker in Schatten stellte, ist die Meinung, er selbst habe sich Goethe tief untergeordnet. Das war nicht der Fall. Er er= kannte Goethe's Genie an mit voller Gerechtigkeit, aber über mehrere von dessen Schriften und Handlungen schüttelte er ernsthaft den Kopf, sagte wohl auch einmal halblaut wie vor sich hin: „Solch' Zeug sollte ich wagen, es würde mir schlecht bekommen. Seiner anmaßenden Keckheit geht Alles hin." Einen öffentlichen oder auch nur lauten gesellschaft= lichen Tadel auszusprechen, war er zu rücksichtsvoller Hof= mann und scheute ihn auch wohl als Gegner. Im Ganzen aber dachte Goethe viel höher von Wieland als dieser von ihm. Man höre!

In einem Gespräche mit Goethe warf Falk die Frage auf: Was Wieland's Seele jetzt wohl vornehmen möge. Goethe antwortet: „Nichts Kleines, nichts Unwürdiges, nichts mit der sittlichen Größe, die er sein ganzes Leben hindurch behauptete, Unverträgliches. Es ist etwas um ein achtzig Jahr lang durchaus würdig und rühmlich geführtes Leben; es ist etwas um die Erlangung so zarter Gesinnungen, wie sie in Wieland's Seele so angenehm vorherrschten; es ist etwas um diesen Fleiß, um diese eiserne Beharrlichkeit und Ausdauer, worin er uns Alle mit einander übertraf." Weiterhin, als von der Fortbildung der Monaden der

Seele die Rede war, sagte er sogar: „Ich würde mich so
wenig wundern, daß ich es sogar meinen Ansichten völlig
gemäß finden müßte, wenn ich einst diesem Wieland als
einer Weltmonade, einem Stern erster Größe nach Jahr=
tausenden wieder begegnete und sähe und Zeuge davon wäre,
wie er mit seinem lieblichen Lichte Alles, was irgend nahe
käme, erquickte und aufheiterte. Wahrlich, das nebelhafte
Wesen irgend eines Kometen in Licht und Klarheit zu er=
fassen, das wäre wohl für die Monade unseres Wieland's
eine erfreuliche Aufgabe zu nennen.“

Diese Anerkennung von Wieland's hohem Werthe ist
schön und wahr. Sie stimmt mit den Ermahnungen über=
ein, die Goethe seinen alles Andere anläſſenden Anbetern
oft zurief, wenn sie auch Wieland anfielen: „Laßt mir den
alten würdigen Herrn in Ruhe!“ Ich will sie damit er=
widern, daß ich keines der sehr bitteren Urtheile anführen
will, die Wieland unter vier Augen zuweilen entfielen. Es
sei dem Leser überlassen, zu unterscheiden, welcher von den
Lobsprüchen, die Goethe hier aussprach, ihm selber und
seinem Lebensgange gebühre.

Von Wieland's Familienleben weiß ich wenig zu be=
richten. Seine Gattin war, als ich sie kennen lernte, ein
schon veraltetes, kleines Hausmütterchen, das, ohne geistige
Ansprüche, für Haus und Gatten sinnig und angelegentlich
sorgte und von Letzterem aufrichtig geliebt zu werden schien.
Ihre Töchter schien sie zu guten Wirthinnen zu erziehen, und
ihre Söhne sollten auf dem gewöhnlichen Wege werden,
was das Schicksal wollte. Der Aelteste war ein geistreicher
Kopf und ist als Schriftsteller bemerkenswerth aufgetreten,
aber er schien zu Jena in die Schlegel'sche Genossenschaft

gerathen zu sein, wenigstens trug er in Urtheil und Be=
nehmen das Gepräge derselben.

Ein jüngerer Sohn hatte sich, glaube ich, zum Land=
wirthe bestimmt. Wieland selbst schien sich nicht in ihren
Bildungsgang zu mischen und that vielleicht recht daran.

Wieland's Persönlichkeit hatte, wenn er ruhig war,
wenig Auszeichnendes. Sein Gesicht war, wenigstens im
vierundsechzigsten Jahre, da ich ihn kennen lernte, trotz einer
hohen, aber nicht gewölbten Stirn, ein so gewöhnliches, daß
man häufig auf Menschen traf, die ihm sehr ähnlich sahen.
In Weimar selbst traf ich, kurz nachdem ich ihn zum ersten
Mal gesprochen, auf einen Mann, den ich geradezu mit
ihm verwechselte. Ich trat auf ihn zu und redete ihn mit
seinem Titel an. Gemüthlich lächelnd sagte der Alte: „Ich
errathe wohl, für wen Sie mich ansehen. Ich wollte, ich
wär's, aber ich bin's nicht. Ich bin u. s. w." Es war
ein Oberamtmann aus Ilmenau, glaube ich. Selbst der
bekannte Feßler prahlte damit, Wieland sehr ähnlich zu
sehen, und dem war so; doch nur, wenn Beide in schlaffer
Ruhe waren. Wurde Wieland lebhaft angeregt, und das
geschah leicht, so funkelte sein Auge noch im hohen Alter
und sprach gutmüthige, frohe oder trauernde Theilnahme
aus. Sein Secretär Lüdtemüller, bekannt durch eine Ueber=
setzung des Ariost, versicherte, wenn er zu Wieland bei einer
dichterischen Arbeit eingetreten, habe in dessen Gesicht eine
Art von Verklärung geglänzt und habe nachher von der
dabei gehörten Mittheilung nichts gewußt. Ich glaube es
wohl, dieser wahre Dichter konnte noch im hohen Alter
leicht und sehr lebhaft aufgeregt werden. Wenn Feßler
lebhaft wurde, glänzte sein Auge auch, aber höhnisch und
listig. —

Wieland's Aeußeres und gesellschaftliches Benehmen
war bürgerlich, mit einer leichten Beimischung vom Höfischen,
in manchen Augenblicken auch vom Romantischen. Denn
den größten Theil seines Lebens verbrachte er an dem kleinen
Hofe der Herzogin Amalie, und von der Romantik seines
Dichtungskreises ging, ihm wahrscheinlich unbewußt, mancher
Zug in sein Benehmen über. So war die Verbeugung,
mit der er vornehme Damen begrüßte, immer eine Art
Adoration mit einem gebogenen Knie, eine eigentliche
Reverenz.

Sein moralischer Charakter war rechtlich und bis zum
Edelmuth nachsichtsvoll und liberal. Als ich nach meiner
Rückkehr aus Kopenhagen die deutsche Literatur studirte,
also auch Alles, was ich von Wieland's Schriften er=
halten konnte, wenigstens durchsah, setzte es mich in Er=
staunen, daß ihm von den vier Vorzügen, die nach meiner
Ansicht den großen Mann bilden, drei, nämlich Hoheit,
Kraft und Stärke des Geistes, nicht nachgerühmt werden
konnten. Ich sah bald, — aber auch das konnte ich nicht
begreifen, — wie sich die bewunderungswürdige Klarheit seiner
Ansichten *), die in vielen seiner Schriften und selbst in
seinen Gesprächen oft blitzartig zum Ausdruck kam, mit den
sonderbaren Nebeln, die auf einigen seiner Werke, besonders
den früheren ruhen, vereinbaren ließen: die moralische Strenge
bis zur Frömmelei, die bis zur Ohnmacht zerfließende Em=
pfindsamkeit, die schriftstellerische Schwerfälligkeit grade
seiner früheren kräftigeren Jahre mit schlüpfrigem Muth=
willen und vorurtheilsfrei=religiösen Ansichten der scharf=

*) Man erzählte mir, daß Wieland, als er mit dem Plan seines
Oberon fertig gewesen und an die Ausführung hatte gehen wollen, sich
von seinem Arzte eine zehntägige Frühlingscur habe verordnen lassen.

blickenden, psychologisch spöttelnden Zerlegung der feinsten Regungen, endlich mit der reizend tändelnden Grazie seiner späteren Jahre. Er erschien mir in vieler Rücksicht in der Jugend altersschwach, im Alter jugendlich.

Folgende Familienscene, welche mir Falk 1799 nach Berlin schrieb und die ich mit seinen Worten erzählen will, amüsirt und charakterisirt: „Der alte Vater hat neulich einen argen Schrecken gehabt. Denken Sie! Da ist ein kleiner Großsohn (Liebeskind), ein Junge wie ein Tatar, der barfuß und im Eise oft schon frühmorgens die ganze Gegend durchstreift; dieser findet die geladene Flinte des Jägers im Hause, zieht den Hahn auf und schießt unten im Hause die Gangthüre durch und durch. Wieland, der gerade über seinem Agathodämon am Schreibepult brütet, springt erschrocken auf. Keiner wagt hinunter zu gehen. Der kleine Nimrod hat sich unterdessen aus dem Staube gemacht. Endlich fassen die Weiber ein Herz. Sie finden das Loch in der Thüre, die Flinte; der Junge fehlte. Wieland's rege Phantasie setzte sich sogleich das Fürchterlichste zusammen: endlich wird das Kind aus seinem Winkel herbeigezogen. Wieland ist außer sich: Der Junge sei kein Christenkind, er sei ein Tatar, ein Baschkire, ein Mameluck. Er, Wieland, werde es noch erleben, daß er ihn eines Tages, wie einen tollen Hund, an seinem Pulte vor den Kopf schieße. — Sie kennen die liebenswürdigen Launen des Alten, der selbst in der heftigsten Aufregung noch humoristisch bleibt, ich darf Ihnen die Scene also nicht weiter ausmalen."

Eine Erscheinung bedauere ich im Wieland'schen Hause versäumt zu haben. Im fünfundsechzigsten Jahre erhielt er einen mehrtägigen Besuch von seiner noch älteren ersten

Geliebten, der bekannten Schriftstellerin Sophie von Laroche, einer ziemlich hohen Gestalt mit breiten Schultern und Hüften und anspruchsvollem, affectirtem Wesen. Ich möchte sie wohl neben der verständigen Frau gesehen haben, die ihres ehemaligen Liebhabers Leben glücklich machte; und Wieland's Verlegenheit zwischen Beiden. Sie mag sich oft sehr naiv geäußert haben. So sagte man, in der Dämmerung auf dem Sopha neben Wieland sitzend, ergriff die veraltete Geliebte seine Hand und rief mit empfindsamem Tone: „Ist mir doch ganz, als wie wir in — — neben einander saßen. Ihnen nicht auch?" „Ja," antwortete er trübselig; „ehe die Lichter gebracht werden." So erzählte man, und ich trau' es der Naivetät zu, die ihn besonders bei mißmuthigen Stimmungen überraschte; und Mißmuth mußte doch wohl einen Greis erfüllen, dem eine Greisin mit dem Anspruche auf Jugendgefühle naht, die sie vorlängst nicht mehr einflößen, er nicht empfinden konnte.

Ich sah die Dame erst in Weimar, eine Stunde, ehe sie ihre Rückreise antrat. Falk kam zu mir, um mir zu sagen, daß sie soeben bei dem Rath Krause ein Dejeuner einnehme, und drang so sehr in mich, mit ihm dorthin zu gehen, daß ich der Neugier nachgab: aber wirklich s a h ich sie nur. Mir fiel nicht die geringste Artigkeit ein, der Frau zu sagen, die mir durch die parfümirte Moralität und die empfindelnde Gelehrsamkeit ihrer Bildungsschriften für junge Frauenzimmer schon in Livland unausstehlich gewesen war. Glücklicher Weise hatten wir uns gefreut, einander kennen zu lernen, als der geschäftige Wirth eine dringende Frage an sie that.

8*

Der Polyhistor Böttiger

hatte den Ruf eines gründlichen Philologen und vortrefflichen
Schulmannes verdient, als er aus Bautzen, wo er Rector
gewesen war, nach Weimar als Director des dortigen Gym-
nasiums berufen wurde. Hier bekamen sein Geist und seine
Thätigkeit eine durchaus veränderte Richtung.

Die Nähe der großen Dichter, welche hier lebten, ent-
flammte den Ehrgeiz in ihm, sich auch als geistreicher
Schriftsteller auszeichnen zu wollen, jene des hier residirenden
Hofs, sich als seiner Gesellschafter zu zeigen und als inter-
essanten Gesellschafter geltend zu machen. Alles dies miß-
lang ihm wenigstens nicht, ob man sich gleich oft mit
Lächeln — und der Scholarch Herder mit ernstem Kopf-
schütteln — erinnerte, daß man ihn nicht um dieser Eigen-
schaften willen zum Vorsteher der Schule berufen hatte.
Jetzt trug Bertuch ihm die Redaction des Journals des
Luxus und der Moden, bald auch Wieland die des Deutschen
Mercurs auf. Dadurch, und da viele Fremde das berühmte
Weimar besuchten, gelang es ihm in wenig Jahren, einen
literarischen Briefwechsel anzuknüpfen, der im eigentlichsten
Sinne alle Länder Europas umfaßte und über den Posten-
lauf hinausreichte. Bald floß ihm ein Uebermaaß von
Materialien zu, das er in jenen beiden Journalen nicht
anwenden konnte; er fing ein drittes an, „London und
Paris", trat als Mitarbeiter der „Allgemeinen Zeitung",
späterhin auch dem „Freimüthigen" und anderen Zeitschriften bei.

Der mercantilische Gewinn von dieser Thätigkeit war
die Klippe, an der er scheiterte. Die Herausgeber der Zeitschriften zahlten ihm sehr hohe Honorare: um diese ver-

dienen zu können, durfte er nicht ekel in Rücksicht der Ma=
terialien und der Correspondenten sein, mußte er der Eitel=
keit der Letzteren, wo sich Gelegenheit darbot, öffentlich
schmeicheln, ihre literarischen Pläne befördern, wohl gar ihre
Ansichten als die seinigen aufstellen. Die Buchhändler
sendeten ihm, um seine vielstimmige Empfehlung zu erwerben,
von beinahe allen ihren Verlagsartikeln elegant gebundene
und gedruckte Exemplare. Er konnte doch die Erwartung
der aufmerksamen und freigebigen Spender nicht täuschen!
Er mußte das Uebersandte loben, wenigstens die öffentliche
Aufmerksamkeit darauf hinlenken, mochte es auch noch so
mittelmäßig sein; — und so sank denn die ganze Literatur
für ihn zu einem Fabrikgewerbe hinab. Der Dienst, den
er ihr durch die Bekanntmachung des Vortrefflichen und
Wichtigen leisten konnte, wurde dadurch entkräftet, daß er
auch für das Mittelmäßigste, nicht selten für das Schlechte
die öffentliche Aufmerksamkeit in Anspruch nahm. Daß er
von diesem Letzteren gleichsam nur mit wunden Lippen sprach,
sich künstlicher Wendungen bediente, um nur nicht geradezu
als Lobredner dessen zu erscheinen, von dem er selbst sehr
wohl fühlte, daß es eigentlich nur mit entschiedenem Tadel
genannt werden dürfe, verbesserte die Sache sehr wenig.
Es schmerzt mich, es sagen zu müssen, aber es ist wahr:
von den lächerlichen und werthlosen Unternehmungen, welche
die deutsche Literatur in den letzten zwölf oder fünfzehn
Jahren verwirrt und verunziert haben, wären viele höchst
wahrscheinlich unterblieben, hätten die Unternehmer nicht auf
Böttiger's Empfehlungen gerechnet. Wenn das große Publicum,
das immer nur nach gehörten Urtheilen würdigt, in der
Schätzung des wirklich Guten so oft irre wurde, so ist es
wiederum großentheils Böttiger's Schuld, der das Mittel-

mäßige wie das Vortreffliche behandelte, Beides, wenn er
mit den Unternehmern in Verbindung stand, in einer ganzen
Reihe von Zeitschriften preisend nannte.

Böttiger's persönliche Geltung war in Weimar groß,
von der Herzogin Amalia an bei allen literarischen Damen,
und von Herder und Wieland an bei allen Gelehrten und
Schriftstellern, mit Ausnahme von Goethe und — Vulpius,
dem Verfasser des Rinaldo Rinaldini und einer Unzahl
ähnlicher Greuel. Goethe zürnte darüber, daß Böttiger sich
bei seinen Verbindungen nicht von dem Wohlwollen oder
der Abneigung Goethe's leiten ließ, sondern mit dessen
Feinden und Verehrern auf gleich freundschaftlichem Fuße
stand; Vulpius aber, von den Studenten gewöhnlich „König
von Bantam" genannt, grollte „in dem durchbohrenden
Gefühle seines Nichts", daß Böttiger von ihm und seinem
romantischen Pöbel-Confecte niemals, nicht einmal lachend,
Notiz nahm. Goethe's Abneigung ging, seit Böttiger für
den „Freimüthigen" gewonnen worden, bis zu Verfolgungen
und Kränkungen, und Böttiger, dessen Gewinn durch literarische Verbindungen sein Gehalt in Weimar vielfach
überstieg, entschloß sich endlich, seine Stelle zu verlassen und
einer Berufung nach Dresden zu folgen. Seine Verbindungen
dauerten fort, bis das Thrannen=Joch der Franzosen Alles in
Deutschland erdrückte; aber mit dem glänzenden Standpunkte,
von wo aus er sie angeknüpft hatte, verloren sie an Interesse.
Mehr, viel mehr aber büßte Weimar durch Böttiger's Ent=
fernung ein. Es hörte auf, ein Mittelpunkt des literarischen
Lebens zu sein, wozu es eigentlich nur Böttiger's Ver=
bindungen gemacht hatten und die Heroldsstimme, mit der
er, in zehn Schriften durch ganz Deutschland rufend, die
Aufmerksamkeit auf Weimar immer von Neuem lenkte.

Harzreise und Besuch bei Gleim.

Meine Vorarbeiten zu der Geschichte Livlands, die ich schreiben wollte, und die Aufsätze, die ich zur „Rückkehr ins Vaterland" von Zeit zu Zeit niederschrieb, beschäftigten mich, seit ich in der Bibliothek zu Weimar manche mir nöthigen Hilfsmittel zu der ersteren entdeckt hatte, ziemlich ausreichend; aber wenn ich mein Studirzimmer ermüdet verließ und in Gesellschaft ging und überall Namen fand, die neben Ge= schäften zur Erholung auch so Etwas trieben, desgleichen mir Geschäft war, erschien ich mir als ein Müßiggänger ohne Zweck und Bestimmung. Ich äußerte mich einmal darüber gegen Böttiger. „Halt!" rief Böttiger. „Ich muß heute an den Kammerherrn von Hennings zu Ploen schreiben. Ich will ihn für Sie um Rath fragen. Legen Sie auch ein Briefchen bei, worin Sie um seine Verwendung bitten. Er hat ausgebreitete und wichtige Verbindungen in Dänemark und Hannover. Ich wette, er findet aus, was Ihnen entspricht." Ich hatte den Namen des Mannes noch nicht gehört. Böttiger gab mir ein paar Schriften desselben mit, um mich mit seinem Geistescharakter bekannt zu machen, den ich bald als sehr ehrenwerth anerkennen mußte. Die Briefe wurden schnell geschrieben und gingen ab.

Um dieselbe Zeit kam der Chemiker Scherer nach Weimar, um seine letzten Instructionen zu einer wissenschaftlichen Reise nach England abzuholen. Er sagte mir, er wolle unterwegs den Harz durchwandern. „Ich auch!" rief ich. Wir nahmen die Abrede, in Wernigerode zusammen zu treffen. Ich theilte Herder meine Absicht mit. Er gab mir den Auftrag, in der Bibliothek zu Wernigerode, die über 30,000 Bände enthielt, Etwas aufzusuchen, sie bat mich,

ein kleines Päckchen für den alten Dichter Gleim mitzu=
nehmen; denn den müsse ich durchaus in Halberstadt
besuchen. — Der folgende Morgen war schön, und ich trat
den Weg an, den man auf 16 Meilen anschlug, ein paar
stählerne Doppelterzerole, die ein Gedenk=Geschenk des
Majors Muromzow waren, Papier und Bleistifte in der
Tasche, hinter mir ein etwa 14jähriger munterer Bursche,
der mein kleines Ränzel trug. So durchwanderte ich, am
Brocken vorüber, zuerst nach Halberstadt, Gott weiß, wie
viel unumschränkte Monarchien, ohne mich um ihre Namen
zu bekümmern. Gewiß, der Brosamen, die von des Kaisers
Tafel gefallen, waren zu viele. Zuweilen mußte ich laut
auflachen, wenn ich in einem kleinen, ärmlichen Orte, in
welchem es wohl gar nicht einmal ein Gasthaus, sondern
nur Schenken gab, zu Mittag essen oder nächtigen wollte
und nach seinem Namen fragte und einen in Deutschlands
Geschichtsbüchern mit selbständiger Wichtigkeit figurirenden
hörte. Es wird eine Zeit kommen, und ich denke, sie ist
nahe, in welcher man die ausführliche Erzählung aller der
inneren Raufereien in Deutschland, als der Geschichte ganz
unwürdig, vergessen wird.

Ich fand viele schöne Ansichten und Gegenden. Dann
pflegte ich wohl ein halbes Stündchen mich hinzusetzen, oder
vom Wege ab herum zu streifen, meine Entdeckung zu genießen. Der Weg zog sich durch eine blumige Wiese hin,
die in einer ziemlichen Entfernung von einem Halbzirkel
schön bebuschter und bewaldeter, fast kegelförmiger Hügel
eingefaßt war. Ich erinnerte, ja bestimmt erinnerte ich
mich, daß diesem gegenüber noch ein höherer Hügel sein
müsse, auf dessen Spitze ein einzelner großer Baum eine
Hütte beschattete. Ich wandte mich um; Beides war da.

Ich erstaunte. Nie war ich in dieser Gegend gewesen, und doch, je länger ich sie betrachtete, desto mehr Bekanntes fand ich in ihr. Endlich entsann ich mich genau, daß ich sie als Knabe im Traume gesehen und durchwandert hatte, mit einem Vergnügen, das mich den Traum noch oft wachend wiederholen ließ. Welche Folgerungen würden nicht mystische Psychologen daraus gezogen haben!

In einem kleinen thüringischen Städtchen überraschte mich ein Abenteuer anderer Art. Ich hatte meine Fußbekleidung vor meiner Wanderung nicht genau untersucht. Ein Regen hatte den Weg aufgeweicht, und sie mußte durchaus verbessert werden. Ich bat den Wirth des Hauses, wo ich einkehrte, mir den besten und schnellsten Schuhmacher des Oertchens kommen zu lassen. Es erschien ein Mann mit auffallend feinem Anstande. Er sprach nur gebrochen Deutsch. Ich fragte ihn um seinen Namen. Er nannte mir den einer vornehmen französischen Familie, den ich aus der Geschichte kannte. Es gibt, sagte ich, Grafen Ihres Namens. Ganz unbefangen antwortete er: „Auch ich bin Graf." — Ich sah betroffen auf ihn, dann auf meine Stiefel, dann wieder auf ihn. „Sorgen Sie nicht," versetzte er lächelnd, „Ihre Stiefel sollen deswegen doch früh und recht gut hergestellt sein." Und er hielt Wort.

Endlich langte ich in Halberstadt an. Ich sandte das Päckchen der Frau Herder ab, das ganz einfach: „An Vater Gleim" adressirt war, und fragte, wann ich ihm mein Compliment machen könnte? Ich erhielt zur Antwort, ich möge ja gleich kommen, und als ich nach einiger Verzögerung hinging, fand ich den lebhaften Greis schon vor seiner Hausthüre, wo er mich erwartend auf= und abging. Frau

Herder's Brief mußte sehr warme Empfehlungen enthalten haben.

Ich hatte diesen Dichter schon früh kennen gelernt. In der Schule erwarb ich einmal durch die öffentliche Declamation eines seiner Gedichte (ich glaube, es heißt das „Lob des Landlebens" und ist die Nachbildung einer Horazischen Ode) ermunternden Beifall. Daran knüpfte sich bei mir ein Interesse für ihn. Von seinen übrigen Dichtungen hatten mir nur einige seiner Kriegslieder gefallen. Dichterischer und kriegerischer Schwung der Gedanken ist in ihnen nicht selten, aber ich habe nicht gehört, daß eines derselben jemals von Soldaten gesungen worden sei; vielleicht ist sogar keines in Musik gesetzt, so wenig, als von ihren Nach= ahmungen, den Amazonenliedern von Chr. F. Weisse. Ihre Zeitgenossen, der Dessauer Marsch und die Operetten=Liedchen desselben Weisse, mit den Hiller'schen Melodien, dagegen wurden überall und lange gehört und sind noch bekannt, sowie das viel ältere: „Prinz Eugenius, der edle Ritter". Dem geringen Kunstwerth jener Lieder oder dem Mangel an Patriotismus im Publicum darf das nicht zugeschrieben werden; selbst manche Studentengesänge, aus der Zeit des siebenjährigen Krieges, sind voll Enthusiasmus für den großen König. Gedankengang und Sprache in den Gleim= schen Liedern waren nur zu hoch für das Volk, um Wieder= hall im Gemüthe desselben zu erlangen.

Gleim war ein viel edlerer Mensch als Dichter. Er besaß ein bedeutendes Vermögen oder doch Einkommen als Canonicus und Secretär des protestantischen reichen Dom= capitels zu Halberstadt; er lebte bürgerlich einfach und ver= wandte einen großen Theil seines Ueberflusses zur Unter= stützung dürftiger — Dichter oder doch Schriftsteller, ob auch anderer Armer, weiß ich nicht. Jedes aufstrebende, literarische Talent, vorzüglich das poetische, hatte eine offene Zuflucht bei ihm. Manche junge Dichter lebten Jahre lang bei ihm als geachtete Freunde; Manchen verschaffte er eine Versorgung, zum Theil bei dem Domstifte selbst, wie Tiedge und Eberhard Karl Klamer Schmidt. Alle ausgezeichneten Dichter der schönen Periode, die mit dem Untergang der Gottsched'schen Schule begann, Klopstock, Herder, Ramler, Kleist, Jacobi, Claudius und viele Andere waren freundschaftlich mit ihm verbunden *), und er war ein zuverlässiger, treuer Freund, nur etwas zu ungestüm. So soll es z. B. gefährlich gewesen sein, sich in einen Briefwechsel mit ihm einzulassen. Er, der wenig Geschäfte hatte, schrieb dann mit jedem Posttage und wurde sehr böse, sah es als eine beleidigende Vernachlässigung, einen Bruch der Freundschaft an, wenn man ihm nicht pünktlich antwortete, und war schwer zu versöhnen.

Die Kritik konnte er nicht leiden; ich zweifle daher, daß er auch Lessing zu seinen Freunden zählte. Mit seinem alten und grauen Freunde Ramler verunreinigte er sich be= kanntlich auf immer wegen sehr schätzbarer Aenderungen, die dieser sowohl an Gleim's eigenen Gedichten, als an denen seiner anderen Freunde vor dem Abdrucke gemacht. Am heftigsten pflegte er sich über die Umgestaltung von Kleist's Frühling zu äußern, und dieser hätte beinahe auch mir

---

*) Bei meinem zweiten Besuche führte er mich in eine ziemlich große Stube, die er sein „Pantheon der Freundschaft" nannte, das einzige mit Anspruch auf Eleganz meublirte Zimmer, das ich in seinem Hause sah. Jener Name war unglücklich gewählt. Als ich alle Wände mit Porträts bedeckt sah, fiel mir ein reicher Student zu Jena ein, der seinem armen Factotum auftrug, zu einem Commers, den er geben wolle, n u r 70 bis 80 der intimsten Freunde einzuladen.

Gleim's Zorn oder doch Unwillen zugezogen. Da er nämlich
darüber sprach, meinte ich, der „Frühling" sei in seiner
gegenwärtigen Gestalt ein so herrliches Gedicht, daß Ramler's
Aenderungen doch wohl nicht Fehlgriffe gewesen sein könnten.
„Aber es ist nicht Kleist's Frühling!" rief Gleim heftig;
„die Eigenthümlichkeit jedes Dichters muß heilig sein." Der
Einwurf lag nahe, Kleist selbst habe, indem er Ramler die
Ueberarbeitung auftrug, die Ansicht ausgesprochen, daß es
wichtiger sei, der Literatur ein vollendeteres Werk zu
schenken, als die vielleicht tadelhaften Eigenthümlichkeiten
des Verfassers zu bewahren. Er könne nur dabei gewonnen
haben, daß sein Name vor einem fehlerfreien Werke, statt
vor einem fehlervollen stehe. Ich schwieg indeß nachgiebig
stille*). Eben so ging es mir in Rücksicht Friedrich's des
Zweiten, der bekanntlich Gleim's höchster Heros war. Ich
stimmte lebhaft in die Lobsprüche ein, die er ihm ertheilte,
und erzählte ihm, daß ich 1786 bei einer Feierlichkeit in
der Domschule zu Riga als Secundaner öffentlich eine Lob=
rede auf ihn habe declamiren müssen, bei der ich öfter vor
Rührung gestockt, und daß, als ich bei einem Spaziergange
auf dem Rigaer Walle mit einer Schildwache ins Gespräch
gekommen, die ein preußischer Deserteur war, und ich ihr
sagte, daß soeben die Nachricht vom Tode des Königs ein=
gelaufen sei, der Mensch in Thränen ausbrach. Gleim hörte
diese Kleinigkeiten mit großem Vergnügen als neue Beweise,
wie sehr Friedrich auch außerhalb Deutschland verehrt

---

*) Gleim besaß eine Abschrift des „Frühlings" in seiner ursprüng-
lichen Gestalt, ließ sie aber nicht drucken. Sein Erbe that es und hat,
fürchte ich, dem Publicum das schöne Gedicht in beiden Gestalten ver=
leidet. In seiner ursprünglichen würde es, nach meiner Ansicht, schwerlich
berühmt geworden sein.

worden; aber als mir die Bemerkung entschlüpfte, dieses Land
selbst habe eben keine Ursache, ihn zu lieben, da seine Be=
gierde, ein Stück mehr davon zu besitzen, drei so blutige
inländische Kriege veranlaßte, wurde der jugendlich lebhafte
Greis sehr böse, und ich schwieg aus Pietät.

Es wäre sehr undankbar gewesen, wenn ich weniger
Nachgiebigkeit dem in so vielen Rücksichten so ehrwürdigen
Manne bewiesen hätte. Die Aufnahme, die er mir schenkte,
war gütig über alle meine Erwartung. Er selbst führte mich
am folgenden Tage in seiner Kutsche zu den Spiegelbergen,
einem Lustorte bei Halberstadt, und in allen Partien der=
selben herum. Ich nahm am Abende mit dankbarer Ver=
ehrung für den herrlichen Greis Abschied, und früh am
folgenden Morgen wanderte ich mit meinem jungen Ränzel=
träger ab, nach Wernigerode.

Vor dem Thore dieses Städtchens, das eben nicht viel=
versprechend aussah, überraschte mich der Anblick eines
großen, schönen Gebäudes. Ich fragte einen Vorübergehenden
um die Bestimmung desselben. Er antwortete mit spöttischem
Tone: „Ih, das ist ja die gräfliche Schenke.“ Mir
fiel die Benennung auf. Er fügte die Erklärung bei: „Es
kommen oft Fremde her, den Brocken zu besteigen und den
Harz zu bereisen, und geben viel Geld aus; da wird das
neue Gasthaus wohl etwas eintragen.“ Aber warum steht
es denn nicht in der Stadt? „Die Accise am Thore ist
preußisch,“ sagte er; „hier vor dem Thore kann Alles wohl=
feiler angeschafft werden. Auch wäre es gegen die Rechte
der Bürger.“ Aber so werden ja die Gasthäuser in der
Stadt zu Grunde gehen! rief ich aus. Der Mann zuckte
die Achseln. — Ich ging nicht in die gräfliche Schenke,
sondern zur Forelle, wo nach einigen Stunden auch

Scherer eintraf. Wir brachten den Abend damit zu, mit
Gemächlichkeit die Gegend zu besehen. — Am folgenden
Morgen gingen wir zum Schlosse hinauf, das auf der Höhe
eines stark bewaldeten Berges liegt, der Park genannt wird.
Unterwegs erschreckten uns zwei kämpfende Hirsche. Wir
gelangten indeß glücklich zum Schlosse und in die Bibliothek.
Der Bibliothekar, der Rath — das versteht sich! —
Benzler war stocktaub, aber gefällig. Es gelang mir, mich
ihm verständlich zu machen. Ich erhielt, wovon Herder
Auskunft gewünscht hatte, und schrieb die Notizen darüber
auf, indeß Scherer sich in der Bibliothek umsah. Ich kam
noch zu rechter Zeit, um zwei Merkwürdigkeiten kennen zu
lernen: eine Sammlung von beinahe zweitausend Bibeln,
ferner eine Lesemaschine, aus einer Zahl von Brettern zu=
sammengesetzt, die an beiden Enden auf den Speichen von
Rädern lagen. Benzler rühmte, wenn man die Bücher,
die man über einen Gegenstand nachschlagen wolle, auf den
Brettern zurecht gelegt hätte, brauche man die Maschine
nur zu drehen, um nach einander zu blättern, worin man
wolle. Mir schien die Erfindung sehr vernünftig und
bequem, besonders als ich einige Monate später zu Kopen=
hagen den berühmten Suhm besuchte und ihn zwischen
langen Tischen voll aufgeschlagener Bücher auf= und abgehen
fand, um Notizen auszuziehen, aus denen er einen Kämpfer=
Roman zusammensetzte. Mit einer solchen Maschine hätte
er seine sogenannten Romane zusammen walzen können,
ohne vom Stuhle aufzustehen. —

Gegen Abend machten wir uns auf, um den Brocken
zu ersteigen. Ein langer Schustergesell aus Wernigerode
erbot sich zum Wegweiser, und wir nahmen ihn an; auf
dem halben Wege aber wurde ihm so wohl, daß er sich

niederwarf und sich vor Behaglichkeit im Grase wälzte.
Wir forderten ihn auf, weiter zu gehen, aber er streckte sich
auf dem Rücken aus und versicherte, es sei hier so schön
unter den großen Bäumen, daß er sich ein halbes Stündchen
ausruhen wolle. Wir ließen ihn liegen und gingen um so
zuversichtlicher weiter, da wir uns auf einer Fahrstraße
sahen. Bald kam er uns nachgelaufen und beklagte sich,
daß wir ihn verlassen; er hätte sich ja im Walde verirren
können! Verirren? fragten wir erstaunt, und es zeigte sich
bald, daß er auch zum ersten Mal den Brocken bestieg
und die Gelegenheit hatte wahrnehmen wollen, es für
Geld zu thun.

Wir langten endlich nach Sonnenuntergang in einem
ziemlich schlechten Wirthshause an, vielleicht zweitausend
Schritt oder mehr vom Gipfel des Berges. Außer
uns waren nur zwei junge Männer da, die auch die Neugier
heraufgeführt hatte. Wir aßen zu Abend und legten uns
schnell nieder, um am folgenden Morgen die Sonne auf=
gehen zu sehen. Das mißlang indeß. Der Morgen war
neblig, oder vielmehr wir traten unseren Weg in dichten
Wolken an. Ein tüchtiger Windstoß warf endlich die
Wolken nach Westen hin zusammen, und die Sonne brach
durch. Ich wandte mich um und sah zwei ungeheure,
kolossale Menschengestalten in mäßiger Entfernung von uns.
Ich machte Scherer aufmerksam darauf. Er rief mit Ent=
zücken: „Das Gespenst! das Gespenst!" Entzückend fand
ich die grauen Recken nicht, aber ich zog den Hut ab und
begrüßte sie. Einer von ihnen erwiderte den Gruß in
demselben Augenblicke, aber eine Wolke zog sich plötzlich
vor die Sonne, und unsere Doppelgänger waren ver=
schwunden.

Am folgenden Tage trennten wir uns. Scherer ging, um, ich weiß nicht wo, die Post nach Hamburg zu nehmen; ich schlug den kürzesten Weg nach Weimar ein.

Ich that wohl, zu eilen. Ich war kaum zu Hause, als Herder's Diener mir ein Billet brachte mit der Nachricht, — General-Superintendent Sonntag aus Riga sei mit seiner Gattin am Abend Herder's Gast, und man erwarte auch mich. Mit welcher Freude eilte ich hin!

Zweiter Abschnitt.

1797 bis 1799.

Reise nach Dänemark.

. Vom Kammerherrn von Hennings fand ich bei meiner Rückkehr noch keine Antwort vor, aber nach einigen Tagen ließ Herder mich zu sich bitten und theilte mir voll lebhafter Freude einen Brief der Gräfin Schimmelmann mit, der Gemahlin des dänischen Finanz-, oder eigentlich seit Bernstorff's Tode Premier-Ministers. Sie trug ihm darin auf, mich im Namen ihres Gemahls aufzufordern, ich möge nach Kopenhagen kommen, um die Stelle eines Secretärs bei ihm einzunehmen. (Schmidt Phiseldeck, der vor einigen Jahren als dirigirender Geheimer Conferenzrath starb, hatte, wie Herder wußte, diese Stelle früher besessen, und nach ihm der durch seine späteren historischen Schriften berühmte Niebuhr; dieser war aber aus einer Ursache, die ich nicht anführen kann, entfernt und zum Secretär der Königlichen Bibliothek ernannt worden.) Die Aussicht, sechzehn Monate, nachdem ich aus den Livländischen Wäldern hervorgetreten war, zum Secretär-Posten des ersten Ministeriums eines,

Eckardt, Garlieb Merkel. 9

besonders damals, nicht unbedeutenden Staates berufen zu
werden, hatte etwas Berauschendes für mich. Es war gar
keine Frage, ob ich dem Rufe folgen würde.

Wir gingen zu Herder's Frau hinunter.

Sie sprach mir ihre Glückwünsche aus und redete von
der glänzenden Carrière, die ich machen würde. Herder ging
lächelnd auf und nieder, endlich rief er lachend aus: „Der
eine Carrière machen! Der! Sieh' ihn doch an! Auf
seiner Stirn steht deutlich das Gegentheil von der Devise
des Prinzen von Wales: „„Ich diene nicht!"" Er wird eine
interessante Erfahrung machen, die große Welt in der Nähe
sehen; das ist Alles."

Frau Herder hoffte Gutes von mir und gab mir mütter=
liche Ermahnungen. Herder hörte wieder einige Zeit zu.
„Laß ihn gehen!" sagte er endlich unzufrieden. „Er bleibt
nun einmal so, und das ist recht gut."

Diese Aeußerung war eigentlich nicht sowohl ein Be=
weis seiner Zufriedenheit mit mir, als der Ausdruck seiner
allgemeinen Achtung für Individualität überhaupt. Ich
habe ihn einst einen jungen Mann, der ihn bei jedem
Anlaß mit voller Hingebung in seine Autorität um Rath
fragte, dringend auffordern gehört, lieber seinen eigenen
Ansichten zu folgen. „Jeder Mensch," sagte Herder zu ihm,
„hat seinen eigenen Schritt für das Leben; wenn er den
geht, so kommt er leicht und mit Sicherheit aus der Stelle.
Wer immer fremden Rath sucht, bemüht sich, den Schritt
eines Anderen einzulernen, arbeitet sich ab und stolpert
jeden Augenblick. Ich würde in Ihrer Lage das und das
thun; aber ich rathe Ihnen nicht dazu." Als im Jahre
1799 der berühmte David Friedländer zu Berlin Teller in
einem gedruckten Sendschreiben öffentlich aufgefordert hatte,

seine Meinung über den moralischen Werth der Judentaufe zu sagen, bat er mich, auch Herder zu bewegen, daß er darüber etwas schreiben möge. Herder antwortete mir, ich möchte Friedländer für das übersandte Exemplar des Send=schreibens danken und, wenn ich eine höfliche Wendung dazu fände, hinzufügen, er wisse keine andere Antwort als den Zuruf Voltaire's: „Puisque vous êtes juifs, soyez — le donc!“ —

Meine Anstalten zur Reise waren bald getroffen. Ein Umstand aber setzte mich und — die Weimarische Regierungs=behörde in Verlegenheit. Da ich Deutschland verlassen wollte, glaubte ich eines Passes zu bedürfen. Ich bat darum; aber Jeder, mit dem ich darüber sprach, auch auf der Be=hörde, sah mich verwundert an, doch ohne meine Ansicht zu widerlegen. Es schien, als wäre ein Paß etwas so Uner=hörtes, daß man gar nicht wisse, wie ein solcher einzurichten sei. Endlich fand man einen alten gedruckten Schein über gesunde Luft und Abwesenheit ansteckender Krankheiten in Weimar, unterzeichnete und besiegelte ihn. Lachend legte ich ihn zu meinem alten russischen Passe und meinen aka=demischen Matrikeln und brauchte sie alle nicht auf der Reise. Als ich zwanzig Jahre später Deutschland durchreiste, forderte man mir überall, wo ich ein paar Tage verweilen wollte, meinen Paß ab, verwahrte ihn auf der Polizei und gab mir für ansehnliche Gebühr einen Aufenthaltsschein. Da gerade der Buchhändler Sander in Weimar war, fuhr ich mit ihm bis Halle, wo ich an einem Tage eine Reihe interessanter Bekanntschaften machte. Sander führte mich zu Niemeyer, seinem Universitätsfreunde, der schon längst berühmt war. Mir schien der Mann bei großer Freund=lichkeit in Haltung und Benehmen etwas steif. Desto leb=

9 *

hafter war seine Gattin, eine reizende und geistvolle Blon=
dine. Bei ihm fand ich seinen Schwiegervater, Hofrath
Köpke, den Dichter sehr artiger, gemüthlicher Liederchen,
und Morgenstern, dessen Freundschaft mich seitdem nun 42
Jahre erfreut. Er führte mich zu Falk, seit Kurzem durch
einige satyrische Gedichte berühmt, die Wieland mit hoher
Wärme gepriesen hatte.

Ich fand einen jungen, schönen Mann von großer Leb=
haftigkeit, der mir aber von seinem literarischen Glücke ganz
trunken schien. Er sprach in einem viel höheren Tone, mit
sehr viel größerem Selbstgefühl als Wieland, dem er seinen
Ruf größtentheils verdankte. Im Laufe des Gespräches
theilte er mir seinen Lebensplan mit; er glaubte seinen
Beruf ausgefunden zu haben; er wollte sich ausschließend
nicht sowohl der Literatur als der Satyre widmen, heirathen
und nach Weimar ziehen, um dort seinem Fache in ein=
samer Stille ganz zu leben. Mir war, als träumte ich.
Ein junger, rüstiger Mann ohne Vermögen, der es zu seinem
ernsten Lebensgeschäfte machen wollte, beißende Scherze zu
versificiren, der die Satyre wie ein bürgerliches Gewerbe
betrachtete, auf daß er heirathen könne, und der gleichwohl
sich in eine halb ländliche Einsamkeit zurückziehen, das heißt,
so viel als möglich allem Stoffe, an dem er sein Talent
üben konnte, aus dem Wege gehen wollte!!!

Zu Mittag aß ich mit Sander bei Lafontaine, der in
einiger Entfernung von Halle in einem sehr artigen Garten
wohnte. Wie Falk durch einen raschen Entschluß aus einem
Friseur zum Literaten und Satyriker, war Lafontaine aus
einem Feldprediger Roman=Dichter geworden; aber mit
dauernderem Glücke als Falk. Er blieb bekanntlich länger
als zwei Jahrzehnte der Lieblings=Schriftsteller eines großen

Publicums und verdiente es. Der erste Blick auf ihn
nahm mich ein. Es ist nicht leicht, offene, empfängliche
Gutmüthigkeit unverkennbarer darzustellen, als sein Blick
und sein ganzes Wesen sie ausdrückten; seine ungeheuere
Corpulenz widersprach ihnen eben nicht. Wir geriethen bald
in einen vertrauteren Ton. Ich bezeugte ihm meine Ver=
wunderung über seine Fruchtbarkeit. „Das Schreiben,“
sagte er, „macht mir keine Mühe. Den Plan zu einem
Romane ersinne ich in einer Viertelstunde, und wenn ich mich
ans Pult setze, sind ein paar Druckbogen geschrieben, ehe ich
aufstehen mag.“ — Aber die Feile? — Nach einigem Stocken
gestand er mir, daß er selten zu überlesen pflege, was er
geschrieben. Er verlasse sich wegen der Richtigkeit auf seinen
Freund Sander in Berlin. In der That gehört diesem das
Verdienst des reinen Stils, vielleicht sogar oft des Zusammen=
hanges mancher Lafontaine'schen Romane. — Ich machte
ihm mein Compliment über die Zartheit und Tiefe des
Gefühls in vielen seiner Schriften; seine Frau versicherte
mich lächelnd, er weine selbst oft herzlich beim Schreiben.
Ein Schalk erzählte mir später, sie habe ihren Gatten ein=
mal, da sie ihn in Thränen gefunden, mitleidig um die
Ursache derselben gefragt. Er schildert ihr die rührende
Lage, in welche er so eben seine liebenden Helden versetzt
hat. Auch sie wird erweicht, auch sie bricht in Thränen
aus und fleht ihn an: „Gieb sie ihm doch!“ „Ach,“ antwortete
er schluchzend, „das geht nicht an! ich bin ja noch beim
ersten Bande.“ — Es ist leichter, über die Reizbarkeit dieses
wirklich genialischen Kopfes zu spotten, als mit ihm zu
wetteifern.

Am selben Abend führte mich Morgenstern in den Pro=
fessoren=Club. Der ganze lange Tisch war ausschließlich mit

literarischen Namen besetzt, unter denen manche mit Recht
berühmt waren. Neben mir saß ein ältlicher Mann, dessen
starke Gesichtszüge und rasches Benehmen mir auffielen,
noch mehr aber die entschiedene Weise, mit welcher er die
sonderbarsten Dinge erzählte. Ich erkundigte mich leise nach
seinem Namen. Es war Reinhold Forster, der mit Cook
die Reise um die Welt gemacht und Friedrich dem Zweiten
das bekannte Compliment gesagt hatte, er habe fünf wilde
und zwei zahme Könige kennen gelernt, aber Friedrich sei
der größte.*)

Mitten in seinem Vortrage, den er größtentheils an
mich richtete, wahrscheinlich weil er von mir, als einem
Fremden, den meisten Glauben erwartete, unterbrach ihn
von der anderen Seite des Tisches her eine noch rauhere
Stimme als die seinige mit den Worten: „Herr Schwiegervater! Lügen Sie doch nicht so entsetzlich! Das ist ja rein
unmöglich, was Sie sagen." Ich erinnere mich nicht, was
Forster antwortete; aber seine Antwort gehörte zu den
zahmen. Ich erkundigte mich nach dem Zurechtweisenden
und hörte wieder einen berühmten Namen — Sprengel.

Meine nächste Station war Hamburg. Der Brief der

---

*) Der König soll, erzählte man mir zu Potsdam, diese Artigkeit
lächelnd mit der Frage erwidert haben, ob ihm die Neuseeländer nicht
das Indigenat ertheilt hätten? — Weniger bekannt scheint mir folgender
Vorgang: Als Forster aus England nach Deutschland zurückkehrte, lud
ihn ein reicher Kaufmann in Hamburg, an den er eine Adresse hatte,
zu einem Gastmahle, das er für ihn anstellte. Als Forster die Einladung erhielt, ging er zu dem Kaufmanne und ersuchte ihn um einen
Geldvorschuß. Der Kaufmann lehnte es ab. „So hab' ich auch den
Teufel von Ihrer Fresserei!" rief Forster und ging fort, soll sich indeß,
wie man sehr unwahrscheinlich behauptete, dennoch zu Tische eingefunden
haben.

Gräfin hatte bestimmt, daß ich dorthin gehen möge, wo ich im dänischen Post = Comptoir weitere Instructionen finden würde. Ich reiste hin; ich ging zum dänischen Postmeister, um meine Instructionen zu holen. Sie bestanden in der Aufforderung, in Ploen den Kammerherrn von Hennings, einen vertrauten Universitätsfreund des Grafen Schimmel= mann, in Tremsbüttel die Gräfin Stolberg, die Gemahlin des älteren der dichterischen Brüder, in Knoop die Gräfin Baudissin, die Schwester des Grafen Schimmelmann, zu besuchen und dann mit dem Packetboote von Kiel nach Kopenhagen zu kommen. Zu den Kosten dieser Nebenreise hatte der Postmeister Befehl, mir eine nicht unbedeutende Summe auszuzahlen. Ich stand erstaunt da. Ich war also, ohne es zu wissen oder zu wollen, ein Damen= Schützling! Ich sollte eine Schaureise machen, nämlich beschaut zu werden! Und zwar von gelehrten Damen! Das wird nicht gut gehen, dachte ich. — Der Postmeister, der meine Ueberraschung bemerkte, sagte lächelnd: „Die Damen protegiren Sie. Sie werden Glück machen." Ich schüttelte den Kopf. — Er fuhr fort: „Bei dem schönen Wetter werden Sie eine angenehme Reise haben, durch einige der reizendsten Gegenden von Holstein." — Mir fiel Herder's Bemerkung ein. Ich erklärte, ich würde am folgenden Morgen abreisen, und bat ihn nur noch um Rathschläge, wie ich das am besten einrichtete, zugleich aber, wann ich dem Bruder des Grafen, der dänischer Resident in Ham= burg war, mein Compliment machen könnte? — „Ich rathe Ihnen nicht, zu ihm zu gehen," sagte der Postmeister. — Ich merkte also wohl, daß der Bruder nicht gut mit den Damen stehe.

Hamburg kennen zu lernen, ja nur flüchtig zu besehen, hatte ich dieses Mal keine Zeit.

Am folgenden Morgen trat ich meine officielle Lust= reise durch das an reizenden Gegenden reiche Holstein an. Zuerst besuchte ich Herrn von Hennings. Als Amtmann der Landschaft Ploen bewohnte er das Ploener Schloß, das zwischen zwei Seen romantisch auf einem Berge liegt. Ich besah erst das Städtchen und die reizende Gegend eine Stunde lang, ehe ich zu ihm hinaufging. Ich fand einen einfachen, sehr verständigen und lebhaft theilnehmenden Mann in ihm, dessen Charakter mir hohe Achtung einflößte. Auf Weimar sah er nicht mit Vorliebe hin; er war in den Xenien mißhandelt worden. Ueber Goethe mochte er sich in seinem „Genius der Zeit" einmal zu kaltblütig geäußert haben, und Schiller — wußte wahrscheinlich nicht, wieviel Hennings dazu mitgewirkt hatte, daß ihm die Pension von 1000 Thalern ausgesetzt wurde, die er sechs Jahre, glaube ich, von einigen vornehmen dänischen Damen erhielt, die ich nun auch kennen lernen sollte.

Ich fuhr nach Tremsbüttel, wo der ältere Graf Stol= berg Amtmann war. Daß er Gedichte geschrieben, wußte ich, aber ich kannte sie nicht; sie konnten mir nicht Stoff zu einer Artigkeit geben. Er war sehr einsilbig. In seiner Gemahlin dagegen fand ich eine Frau von lebhafter und geistvoller Unterhaltung. Sie erzählte beim Theetische und Abendessen viel von Rom, wo sie ziemlich lange gewesen war. Ich — war ein aufmerksamer Zuhörer.

Die Gräfin Baudissin zu Knoop, der ich zunächst meine Aufwartung machte, war in bekannter Heimlichkeit gefühl= volle Dichterin, wovon ich aber nichts wußte. Ich fand sie corpulent und empfindsam, und Beides gefiel mir nicht, besonders durch seine Verbindung, und ich bin gewiß, daß ich ihr auch nicht gefallen habe. Ihr schöner Park am Kieler Kanal ergötzte mich mehr als ihr Gespräch.

Besser erging es mir in Kiel. Wieland hatte mir einen Brief an seinen Schwiegersohn, Professor Reinhold, geschickt, Böttiger ein paar Billete an Andere mitgegeben. Ich wurde von Allen freundlich aufgenommen. Daß ich als Secretär des allvermögenden Ministers nach Kopenhagen ging, gab mir einen Anschein von Wichtigkeit, und selbst der alte Staatsrath Professor Hegewisch besuchte mich im Wirthshause, ohne daß ich bei ihm gewesen war.

Ich fand in Reinhold einen einfachen, frohen Mann, an dem nichts den Grübler verrieth, der die kritische Philo= sophie, nachdem sie ein Jahrzehnt fast nur ein todter Schatz gewesen, in kurzer Zeit zum Hauptthema der Uni= versitäten und bald aller Gelehrten machte. Doch freilich — wäre er tiefer Grübler gewesen, er hätte das nicht ver= mocht. Eben weil er sie ohne tiefe Grübelei mit Gewandt heit behandelte, erhob er sie zum allgemeinen Gegenstande, dem sich Jeder gewachsen glaubte. Seine Frau machte keine Ansprüche als die, gute Hausfrau und aufmerksame Wirthin zu sein. Die ganze Familie des großen Dichters, seinen ältesten Sohn ausgenommen, war fast allzu einfach. Die Professorin lud eine Gesellschaft zum Mittagsessen für mich; sie ordnete eine Lustfahrt nach Tische an. Am Abende be= gleiteten mich ein paar jüngere Männer, die ich bei ihm kennen gelernt, aufs Packetboot. Der Capitän hatte die Gefälligkeit, für meine Rechnung eine Bowle Punsch zu bereiten, — die mich viel kostete. Wir tranken und schwatzten nämlich, bis der Anker etwas spät gelichtet wurde, und ich verschlief nun eine herrliche Mondscheinnacht und den malerischen

Anblick der meisten Inseln, zwischen und an denen vorüber
die Fahrt hin ging. Diese war glücklich und schnell. Schon
gegen Abend des anderen Tages stiegen die Thürme Kopen=
hagens, dann die Außenwerke des Hafens vor unseren Augen
allmälig aus dem Meere empor, dann die Stadt selbst.
Der Anblick war sehr schön. Der Eindruck, den er machte,
wurde noch erhöht, als ich durch die breiten Straßen hin=
ging, deren hohe Häuserreihen oft durch Paläste und palast=
ähnliche Gebäude unterbrochen wurde. Alles fand ich hier
großartig in der Handelsstadt zwischen zwei Meeren, die
zugleich Haupt= und Residenzstadt war.

Der Premier=Minister Graf Schimmelmann.

Ich trat in einem Gasthofe ab und sandte die Nach=
richt von meiner Ankunft am anderen Morgen ins Palais
des Grafen mit der Anfrage, wann ich ihm meine Auf=
wartung machen könne. Der Haushofmeister des Grafen
sandte mir die Antwort, ich möge meine Sachen ins Palais
bringen lassen, wo Zimmer für mich bereit wären. Der
Graf und die Gräfin wären auf ihr Gut Seelust hinaus=
gefahren und hätten für den Fall meines Eintreffens be=
fohlen, daß ich so bald als möglich hinauskommen solle.
Ein Fahrzeug dazu würde bereit sein.

Ehe ich mein erstes Auftreten bei dem Grafen erzähle,
glaube ich mittheilen zu müssen, was ich in Deutschland
und Kopenhagen selbst von Wohlunterrichteten über ihn
und seine Laufbahn erfuhr. Der edle Mann in seiner stillen
Größe scheint mir außerhalb Dänemark so wenig gekannt,
als er dort häufig sehr verkannt wurde. —

Der Vater des Grafen, ein Magdeburger Kaufmann

oder Schiffs-Eigenthümer, erwarb im siebenjährigen Kriege durch glückliche Speculationen ein Paar Millionen, zog mit seinem Schatze nach Dänemark, ließ sich für Geld zum Grafen und zum Geheimrath machen, kaufte Güter in Holstein und eine wichtige Plantage in Westindien, baute ein großes Palais in Kopenhagen und nahm, bei seinem Reichthume und seiner Klugheit, bald mit voller Aner= kennung einen Platz unter den dänischen Großen ein. Bei seinem Tode verwandelte er zwei Millionen in einen Familien= Fidei=Commiß und vertheilte unter seine drei Kinder den Ueberschuß.

Der älteste Sohn, der Minister, schloß in seinen Jüng= lingsjahren, vorzüglich auf der Universität, eine enge Freund= schaft mit den jungen Grafen Bernstorff, Reventlow und Ranzau. In ihren vertrauten Gesprächen war ein immer wiederkehrendes Thema das Bedauern des Schicksals ihres Vaterlandes. Dänemark wurde damals von dem Ministerium verwaltet, das die Stiefmutter des Königs, Juliane Maria, nach Struensee's Katastrophe aus ihren bürgerlichen An= hängern gebildet hatte, und an dessen Spitze ein ehemaliger Conrector, Guldberg, stand. Dänemark wurde, sagte man, unter diesen Ministern im Innern tyrannisch und unklug regiert, und nach außenhin versank es in Unbedeutendheit. Gewiß ist es, daß der hohe Adel in Holstein und Dänemark sich unter diesem Cabinet, an dessen Spitze ein Schullehrer stand, in den Hoffnungen getäuscht sah, mit denen er den Sturz des früheren, dessen Haupt ein Arzt gewesen war, angesehen, vielleicht mit bewirkt hatte. Es bildete sich unter den jüngeren Adligen ein Bund; Haupt des Bundes war der erfahrenere Graf Bernstorff, der schon einmal vor Struensee Minister gewesen, Neffe jenes Ministers Bernstorff,

der den Beinamen „der Große" führte und einst Klopstock's
Freund und Beschützer gewesen war. Man unterlegte den
gemachten Plan dem sechzehnjährigen Kronprinzen. Längst
unzufrieden mit der Regentschaft seiner Stiefgroßmutter,
billigte er ihn.

Als der Tag der Volljährigkeit des Prinzen herange=
kommen, wurde eine feierliche Minister=Versammlung ver=
anstaltet. Der König selbst mußte darin präsidiren, was
sonst selten oder nie geschah. Das bisherige Cabinet hatte
sich zu der bevorstehenden Erweiterung durch ein neues
Mitglied verstärken zu müssen geglaubt und einen Herrn
Steemann zum Minister ernannt, aber es gab nur Anlaß
zu Scherzen. Man fand, daß sein Ministerium seinem
Namen Stehmann vollkommen entspräche, und lobte, daß
er sich während desselben nicht einmal gesetzt habe.
Das konnte er nämlich nicht vor Eröffnung der Conferenz,
der Prinz aber hielt sogleich beim Eintreten stehend eine
Anrede an seinen königlichen Vater, worin er demselben für
die Anerkennung seines Rechtes, an der Regierung Theil zu
haben, dankte, doch zugleich erklärte, er könne davon nicht
Gebrauch machen, so lange die bisherigen Minister im Amte
blieben. Um das Geschäft ihrer Entfernung abzukürzen,
habe er die fertige Acte ihrer Entlassung mitgebracht und
lege sie Sr. Majestät zur Unterschrift vor. — Der König
hatte bei der unglücklichen, ihm angekünstelten Krankheit,
die seinen Geist zerrüttete, doch seinen Sinn für komische
Lagen und bitteren Witz behalten. Er sah die Männer,
die ihn so lange nach dem Willen der Stiefmutter despotisirt
und gekränkt haben mochten, mit schadenfrohem Lächeln an,
unterschrieb die Schrift schnell und rief ihnen zu: „Glück=
liche Reise!" Sie traten ab und wurden sogleich von einigen

Offizieren in Empfang genommen, zu bereit stehenden Wagen und in diesen nach einer kleinen Stadt geführt. Nach ihrer Entfernung legte der Kronprinz dem Könige eine andere Schrift vor, in welcher die Regentschaft dem Prinzen über= tragen und ein neues Cabinet ernannt wurde, an dessen Spitze die Grafen Bernstorff und Schimmelmann standen. Sie waren schon in der Nähe und traten sogleich ein. Die Entlassenen wurden gut versorgt in untergeordneten, aber einträglichen Posten. Noch im Jahre 1797 war Guldberg Stiftsamtmann, das heißt, was der Graf Stolberg und Hr. v. Hennings waren — Verwalter einer Provinz. Wirklich ließ sich diesen Männern wenig Schlimmeres vor= werfen als Unfähigkeit. Die alte Königin hatte in ihnen nur fügsame Werkzeuge ihrer Pläne gewollt und gefunden.

Den schwierigsten Auftrag bei diesem so leicht und schnell durchgeführten Staatsstreiche hatte Graf Schimmel= mann. Er sollte verhindern, daß die bisherige Regentin, die Königin Juliane Maria, der Conferenz beiwohne. Bei der Scheu, die der kranke König vor seiner Stiefmutter hatte, die ihn oft mit unwürdiger Härte behandelt haben soll, hätte ihre Einmischung Alles hintertreiben können. Ihr Verbot hätte den König wahrscheinlich abgehalten, zu unterschreiben, und somit hätte die Hauptform zur Aus= führung des Planes gefehlt, der sich dann vielleicht nur durch Gewalt hätte realisiren lassen. Vielleicht wäre die ganze Residenz mit Tumult erfüllt worden. Mochte die Königin nun durch die Aufstellung des Regiments des Kron= prinzen im Schloßhofe beunruhigt worden sein, mochte sie ohnehin ihre Gegenwart bei der Conferenz nöthig gehalten haben — sie kam wirklich eilenden Schrittes aus ihren Zimmern, um sich in die Versammlung zu begeben. Im

Vorsaale trat ihr indeß Graf Schimmelmann, der sich für
diesen Tag als dienstthuender Kammerherr eingefunden hatte,
entgegen und theilte ihr in tiefster Ehrerbietigkeit den
Wunsch Sr. Majestät des Königs mit, Ihre Majestät möge
vor Beendigung der Conferenz nicht Höchstdero Appartements
verlassen. Es nicht beachtend, wollte sie spöttisch lachend
ihren Weg fortsetzen, aber Schimmelmann warf sich vor
der Saalthüre aufs Knie, breitete beide Arme aus, um die
Thüre zu füllen, und rief aus: „Unterthänigst flehe ich Ew.
Majestät um Verzeihung an. Ich muß Sr. Majestät des
Königs Befehl vollziehen." — Die Königin sah sich im Vorsaale um; es war Niemand gegenwärtig als einige Offiziere
des Kronprinzen, die neben dem Grafen standen. Sie
stampfte mit dem Fuße und stürzte zornig in ihre Appartements zurück. Indeß sie hier ungestüm auf und ab ging
und vergeblich auf einen Ausweg dachte, wurde Alles vollendet, und sie sah ihre Minister abreisen. Als sie noch
einmal in den Vorsaal zurückkehrte, war der Graf Schimmelmann schon abgerufen, um seinen neuen Ministerposten an-
zutreten, die Offiziere hatten sich entfernt, und nur ihre
Dienerschaft war wieder eingetreten, um ehrfurchtsvoll ihre
Befehle zu empfangen. Ihre ganze Situation als Königin-
Mutter wurde keinen Augenblick weiter gestört; sie regierte
nur nicht mehr und bestimmte nicht mehr die Behandlung
des unglücklichen Königs. Ihre Anhänger bei Hofe und in
der Stadt zogen sich zurück, und sie — konnte sich einem
ruhigen, beschaulichen Leben überlassen, bei dem sie sich indeß
nicht glücklich gefühlt haben soll. —

So erzählte man mir im Jahre 1797 die merkwürdige
Begebenheit des Jahres 1784. Als Urheber des Planes
nannte man den Grafen Schimmelmann. Ihm auch schrieb

man es zu, daß die jetzt eintretende Regierung sehr einsichts-
volle Maßregeln ergriff und trotz des herrischen, sich oft
hart äußernden Sinnes des jüngeren Grafen Bernstorff nie
den Charakter schonender Humanität und Vorsicht verleugnete,
wenigstens immer wieder zu ihm zurückkehrte. Selbst in den
Verhältnissen zu anderen Staaten soll der stürmische Minister
des Auswärtigen den ruhigen, weisen Rathschlägen seines
Freundes, des Finanzministers, gefolgt sein. Nur Schimmelmann soll beim Anbruche der französischen Revolution
Bernstorff abgehalten haben, der Neutralität zu entsagen.

Gleiche Humanität, wie bei dem Ausgange des Minister-
wechsels, und gleich ruhige Weisheit, wie bei der Beurtheilung der politischen Verhältnisse, bewies er in der Verwaltung des Innern. In jedem Zweige derselben war
seine Stimme die entscheidende, der die anderen Minister
meistentheils folgten, besonders seit Bernstorff's Tode. Alle
Theile des Staatshaushaltes waren blühend, und wer das
anerkannte, nannte immer dankbar Schimmelmann als den
wohlthätigen Stifter davon. So hatte ich es in Holstein
überall gefunden, so war es auf dem Packetboote, so auch
in den vierundzwanzig Stunden, die ich in Kopenhagen zugebracht hatte, ehe ich nach Seelust hinausfuhr. Ich
entwarf mir darnach ein sehr vortheilhaftes Bild von seiner
Persönlichkeit„ von dem geistvollen Benehmen des Ver-
ehrten. —

Als ich in dem verhältnißmäßig einfachen Landhause
ankam, führte man mich in ein Zimmer, wo ein Mann von
unvortheilhaftem Aeußeren einsam um ein Billard wandelte;
sein Gesicht war völlig ausdruckslos, seine Miene trüb, ernst;
sein röthliches Haar stand fast struppig empor, und dabei
schielte er ein wenig. Die Haltung seines mageren Körpers

von Mittelgröße war fast nachlässig und seine Kleidung
einfach. Er sprach leise und langsam und stockte oft, als
suche er Worte; als ich ihn näher beobachten konnte, schien
es mir, als käme dies Stocken mehr auf Rechnung der
Gedankenfülle, als des Mangels an Worten. Ich glaubte
zu bemerken, daß sich ihm im Sprechen immer Neben=
gedanken und Rücksichten aufdrängten. Nicht selten ließ er
eine Phrase unvollendet. Nur ein einziges Mal habe ich ihn
fließend und mit Wärme, aber auch dann noch mit halb=
lauter Stimme sprechen gehört, bei einem Abendbesuche, den
ihm der Staatssecretär Bernstorff machte, der Sohn, glaube
ich, seines verstorbenen Freundes und Collegen und sein
Zögling in der Politik.

Dies war der Minister Schimmelmann, wie ich ihn
fand. Er nahm mich gütig auf und richtete mancherlei un=
bedeutende Fragen über meine Reise an mich); nach einer Viertel=
stunde etwa reichte er mir die offene Hand mit den Worten:
„Ihren Handschlag auf Treue und Verschwiegenheit!" Ich
legte meine Hand in die seinige. „Nun gehören Sie zu uns!"
sagte er. Nach einigen kurzen Reden, die wir noch wechselten,
forderte er mich auf, Billard zu spielen. Er spielte zerstreut,
ich schlecht; bald führte er mich durch ein paar Zimmer zu
seiner Gemahlin.

Er hatte früh mit großer Liebe geheirathet, aber seine
Gemahlin war nach wenigen Jahren gestorben, ohne ihm
Kinder nachzulassen. Man erzählte mir, daß ihr Tod ihn
in eine lange trostlose Betrübniß gestürzt habe. Noch jetzt
sah ich ihn zuweilen, wenn er in dem Garten spazierte, der
sich auf Seelust zwischen dem Hause und dem Strande des
Sundes hinzog, einige Minuten bei einem Denkmale sinnend
und sich die Augen trocknend verweilen, das er ihr hatte

errichten lassen. Es war ein einfacher Obelisk aus Nor-
wegischem Marmor, worauf ihr Namen und ihr Lebensalter
mit einer gefühlvollen Sentenz stand. Im Fußgestelle war
dicht an dem Boden eine Oeffnung, wie ein Auge gestaltet,
und eine kleine Quelle rieselte durch sie ins Gras. Das
ewig thränende Auge war nicht geschmackvoll, aber ich gestehe,
daß es mich rührte. — Einen Tag, nachdem wir nach
Kopenhagen in den Palast gezogen waren, sah ich einen
zweiten Beweis, wie tief dieser Staatsmann fühlte. Im
Vorsaale, zwischen seinen Gemächern und denen seiner Gemahlin, stand auf einem Marmortische eine Büste von
Bronze. Die Härte in ihren Zügen fiel mir auf, und ich
blieb vor ihr stehen. (Später sah ich denselben Kopf in
weißem Marmor ausgeführt und bemerkte jene Härte nicht,
nur hohen Ernst. Sie war also wohl die Wirkung der
Bronzefarbe.) — Der Minister kam eben heraus, um zur
Conferenz zu fahren, aber er blieb einen Augenblick neben
mir vor der Büste stehen mit einem Ausdrucke des Gesichts,
der mir auffiel. Ich sah die Büste an, dann ihn, und mein
Blick muß fragend gewesen sein. „Es ist Bernstorff," sagte
er, indem er sich zum Fortgehen wandte und sich mit dem
Finger eine Thräne aus dem Auge wischte. —

Als Minister konnte er nicht unvermählt bleiben, schon
damit eine Dame die Honneurs bei seinen officiellen Gast-
mählern mache, aber auch wegen der Lenkung seines Haus-
wesens, um das sich zu bekümmern, er weder Zeit noch
Neigung besaß. Er hatte ein armes, nicht ganz junges
Fräulein gewählt. Man versicherte mich, daß sie dem
Range, den ihr Gemahl ihr verlieh, durch die gemessene
Würde ihres Benehmens entsprach, — und dem Berufe der
Hausregentin mit etwas mehr Strenge, als gerade noth-

wendig war. Zu dieser Dame, meiner noch ungekannten
Mäcenatin, kam ich jetzt.

Ich fand eine Frau mit einem vollen, wohlgebildeten
Gesicht, aber gebieterischem Ausdrucke in Blick und Miene,
etwa vierzigjährig, hinter dem reichbesetzten Theetische. Sie
war allein; nur ein etwa zehnjähriges, munteres Mädchen
tändelte im Saale umher. Sie fragte mich nach ihren
Freundinnen, zu denen sie mich geschickt hatte. Die Er=
innerung an diese Schaureise verstimmte mich. Ich ant=
wortete kurz und gleichgültig. Lebhafter sprach ich, als sie
sich nach Weimar erkundigte, aber von Schiller hatte ich
nichts zu berichten, und es schien, daß sie von ihm etwas
durch mich erwartet hatte; denn sie war eine der Gönnerinnen,
die ihm die Pension ausgesetzt hatten. Sie war sehr er=
giebig an Lobsprüchen auf Weimar, wie sie es sich dachte,
fand es beneidenswerth, daß dort selbst fast alle hohen Beamten
Dichter wären, und nannte Weimar deshalb einmal über
das andere das Deutsche Athen, eine Benennung, die
damals neu und Mode war. Ich wagte die Bemerkung,
daß zu Athen die Archonten keine Verse gemacht und die
Athenienser ihre Dichter nicht zu Archonten ernannt hätten.
Das schien ihr auf unangenehme Weise überraschend. Sie
hatte mich enthusiastisch für Weimar gehalten. Der Mi=
nister ging indessen, nachdem er eine Tasse getrunken hatte,
wieder gedankenvoll im Saale auf und ab und mischte sich
nur selten in unser bald ermattendes Gespräch durch wenige
hingeworfene Worte.

Um dem Gespräche eine angenehme Wendung zu geben,
lobte ich die liebenswürdige Lebhaftigkeit der kleinen Com=
tesse; doch die Gräfin berichtigte sogleich, das kleine Mädchen
sei die Tochter des verstorbenen Capellmeisters Schulz; sie

mache sich nur ein Vergnügen daraus, sie zu erziehen und ausbilden zu lassen. Sie tanze schon sehr artig, zeichne und spreche Französisch. „Lebt die Mutter noch?" fragte ich. „Ja," erwiderte die Gräfin, „sie arbeitet in unserer Küche als Scheuermagd." — Nur mühsam unterdrückte ich einen Ein= wurf gegen die Inconsequenz dieses Verfahrens und die Frage, was die hohe Bildung der Tochter in vornehmen Zirkeln machen solle und könne, indeß die Mutter in ihrer Nähe als Scheuermagd diene. —

Ich blieb drei Wochen auf Seelust, während deren ich nur zwei= oder dreimal auf wenige Stunden die Gräfin nach Kopenhagen begleitete, ohne die kurze Zeit in der fremden Stadt benutzen zu können. Am Tage streifte ich in dem königlichen Thiergarten herum, der an den Garten zu Seelust stößt, oder schrieb oder las Dänisches. Zu Mittage hörte ich die Nachrichten an, die der Graf aus der Stadt mitgebracht und für unverfänglich genug hielt, sie mitzutheilen; aber für mich Fremden hatten sie kein Inter= esse. Am Abende las ich der Gräfin zuweilen vor. Zu meinem Befremden fanden sich nur selten Besuche ein. Zwar kam einmal die verwittwete Königin Juliane Maria zum Thee heraus, und die Ankunft von Schildkröten aus der Plantage in Westindien wurde durch ein splendides Diner gefeiert; außerdem aber stellten sich nur einzeln und selten deutsche Gelehrte ein, auch wohl deutsche Studenten, die dem Schutze des Grafen empfohlen waren. Sie wurden jedesmal zur Tafel behalten und mit Achtung behandelt. Am merkwürdigsten war mir unter ihnen ein Geistlicher, Namens Chr., durch die neuen Beweise, die seine Behandlung mir von der großen Humanität des Grafen gab. Der Mann war in einer kleinen Stadt oder auf dem

10*

Lande Prediger gewesen, hatte sich aber so viele Neuerungen in der Liturgie und in seinen Lehren erlaubt, daß die Gemeinde und die benachbarten Prediger selbst ihn verklagten. Man mußte ihre Beschwerden für gerecht erkennen, und um ihnen abzuhelfen, — berief man ihn als zweiten deutschen Hofprediger nach Kopenhagen. Zu fungiren hatte er hier wenig; er legte also eine Unterrichtsanstalt an und erhielt viele Pensionäre. Nach Seeluft kam er, den Grafen um Mittheilungen aus den Archiven zu einer Biographie des vor Kurzem verstorbenen Bernstorff zu bitten. Der Graf überlegte das etwas bedenkliche Ansinnen. Um den Entschluß desselben zu beschleunigen, fuhr Chr. unbesonnen mit dem Versprechen heraus, die Biographie des Grafen dereinst mit noch höherer Vorliebe zu schreiben. Der Graf sah ihn fest an und fragte dann: „Wie alt sind Sie?" Chr. sagte es. „Ich," erwiderte Schimmelmann lächelnd, „ich bin also zwei Jahre jünger als Sie und befinde mich wohl." — Man denke sich die Bestürzung des Mannes, der jetzt erst die lächerliche Abgeschmacktheit fühlte, die er begangen. Diese hinderte indeß nicht, daß nicht nur er, sondern auch der jüdische Pensionär, den er mitgebracht, zur Tafel gezogen wurden, wo er nicht unterließ, lebhaft zu peroriren.

Endlich, da der Herbst unfreundlich wurde, zogen wir in die Stadt, zu meiner großen Freude; denn die auf dem Lande verbrachte Zeit betrachtete ich mit Recht als verloren. Sehr viel besser fühlte ich mich indessen doch nicht situirt. Zwar machte ich jetzt fast täglich an der Tafel des Ministers irgend eine neue Bekanntschaft und oft eine sehr interessante, aber ich konnte sie, durch meine Verhältnisse im Hause des Grafen behindert, wenig benutzen. Bei den Besuchen, die ich machte, fand ich zwar in. den deutschen Häusern und

Zirkeln, z. B. in dem reichen Hause der Dichterin Brun, bei dem berühmten Münter, bei Marezoll, freundliche Auf= nahme; aber bei den dänischen Gelehrten eine so förmliche, zurückhaltende, daß es mich schmerzte. Ich klagte es Mare= zoll, und er antwortete: „Sie wohnen im Palaste eines Ministers, und Minister, besonders deutsche, lieben die Dänen jetzt nicht." Das zuerst machte mich auf den öffent= lichen Geist aufmerksam, von dem ich weiterhin sprechen werde.

Dieser Umstand trug dazu bei, mir meine Lage noch drückender zu machen, als sie ohnehin war. Man erinnere sich meines Aergers über die Reise, auf welche mich die Gräfin in Holstein herumgeschickt hatte. Der erste Abend schon in Seelust hatte meine Empfindlichkeit gegen sie in Widerwillen verwandelt. Frauen täuschen sich über der= gleichen Gefühle nie, und so erwiderte sie das meinige sehr bald, und diese Stimmung wurde täglich dadurch noch herber gemacht, daß ich, als einmal gütig aufgenommener Haus= genosse, mich bestreben mußte, jeden Anlaß zur Aeußerung des Mißfallens zu vermeiden, und wir uns täglich sahen. Ich bin überzeugt, daß sie bald anfing, mich zu hassen, und mir war der Aufenthalt im Palaste eine Marter.

Der Graf blieb immer gleich wohlwollend gegen mich, ja, seine Güte schien noch dadurch gesteigert zu werden, daß er meine trübe Stimmung bemerkte.

Die große Güte des Ministers beschämte mich indeß fast noch mehr, als sie mich erfreute. Ich fühlte, daß ich nichts thun konnte, um sie zu verdienen. Von geschickten und eingeübten Männern, die er zum Theil selbst gebildet hatte, umgeben, bedurfte er meiner Dienste nirgends in allen den Departements der inneren Verwaltung. Mich, den

Fremden, dem Departement der ausländischen Angelegen=
heiten zuzuweisen, war der Minister zu klug; aber in seinem
Hauszirkel abzuwarten, daß ich mich gleichsam naturalisirt
hätte, schien mir bei der Stimmung der Gräfin gegen mich
unleidlich.

In einer Stunde aufwallenden Mißmuthes äußerte ich
diesen gegen einen Vertrauten des Grafen mit dem Wunsche,
nach Weimar zurückzukehren. Er suchte mir zwar Muth
einzusprechen, erzählte aber dem Grafen, was ich gesagt.
Bei dem letzten Gespräche, das ich mit diesem hatte, sagte
er, man habe die Absicht, in Leipzig einen Consul anzustellen;
ob dieser Posten mir wünschenswerth schiene? Ich gestand
offen, daß ich mich dazu untauglich fühle und es vorzöge,
zu den Verhältnissen einer unabhängigen literarischen Thätig=
keit zurückzukehren. Ganz unerwartet ließ er mir am
folgenden Tage eine bedeutende Summe als Entschädigung
für die Reise und vierteljähriges Gehalt auszahlen. Ich
verließ den Palast sechs Wochen nach meiner Ankunft und
bezog einen Gasthof mit dem Vorsatze, noch vier Wochen
in Kopenhagen zu verweilen, um es nun wirklich kennen
zu lernen.

Kopenhagen.

Die öffentliche Stimmung fand ich zu meiner Ueber=
raschung in Kopenhagen sehr gereizt und unruhig. Schwerlich
irgendwo in Deutschland, vielleicht selbst in manchen Städten
Frankreichs nicht, wurde über die Französische Revolution
in allen ihren Phasen so eifrig debattirt als hier. In den
öffentlichen Gesellschaften nahm Jeder Partei darüber, stritt,
citirte aus dem Moniteur, prophezeite. Mancher wußte
die ganze Geschichte jedes Mannes auswendig, der in der

Revolution einmal eine Rolle gespielt hatte und zufällig genannt wurde. Diese Stimmung mußte wohl bald auf die einheimischen Verhältnisse übertragen werden, und die Heftigkeit, mit der man rücksichtslos über diese sprach, er= klärte mir die trübe Stimmung, die ich fast immer den Grafen Schimmelmann beherrschen sah. Ihn klagte die öffentliche Stimme in keiner Rücksicht an, aber er stand zwischen zwei Parteien als erzwungener Vermittler da, zwischen den Herrschsüchtigen, die jede Aeußerung des Miß= vergnügens mit Härte ersticken und strafen wollten, was wahrscheinlich sehr wilde Scenen herbeigeführt hätte, und dem Volke, das sich unruhig bewegte, ohne bestimmt zu wissen, was es erlangen wollte, aber doch häufig Anlaß hatte, mit Recht sich verletzt zu fühlen.

In der That schien es beim ersten Blicke sonderbar, daß Mißvergnügen herrschen konnte. Der Bauernstand in den dänischen Provinzen noch mehr, als in den deutschen, war im Ganzen wohlhabend. Die Industrie und der Handel hatten freie Hand nicht nur, sondern wurden von der Regierung aufgemuntert und unterstützt. Die Gelehrten wurden geschätzt und durch Anstellungen und Auszeichnungen versorgt und gehoben. Der Adel war meistentheils reich und konnte seinen Reichthum ungehindert genießen. Woher denn die allgemeine Unzufriedenheit? —

Man weiß, daß im Jahre 1660 in der allgemeinen Ständeversammlung der Bürgerstand und die Geistlichkeit, um dem Drucke des Adels zu entgehen, den König für völlig unumschränkt erklärten, und daß der Adelsstand endlich sich gezwungen sah, diesem Beschlusse beizutreten, der die Existenz aller Privilegien und Rechte von der Stimmung des Mon= archen abhängig machte. Jetzt, da die französische Revolution

Freiheit und Volksrechte so unaufhaltsam predigte, fühlten
viele Dänen aller Stände sich schon von dem bloßen Ge=
danken empört, daß sie, wenigstens dem Grundgesetze nach,
sich schrankenlos, ganz ohne Rechte, der Willkür des Re=
genten preisgegeben sahen. Ferner: die unumschränkte mon=
archische Gewalt kann in den Händen eines wohlwollenden,
weisen und kräftigen Monarchen unendlich viel Gutes stiften;
aber Dänemark hatte nun schon seit dreißig Jahren einen
wahnsinnigen König, der selbst unter persönlicher Obhut
stand, und ohne dessen Willen vier Cabinetsrevolutionen
die Regierung in andere Hände gelegt hatten. Diese mußte
wohl in eine Bureaukratie ausarten, die im Allgemeinen
mild herrschte, um nicht verhaßt zu werden, in einzelnen
Fällen aber, wie man behauptete, auf die Vollgewalt des
Königs gestützt, tyrannisirte, ohne daß der noch junge, unter
ihr erwachsene Kronprinz ihr wehren konnte. Er hatte nur
Theil an der Regentschaft und folgte den Beschlüssen
der Minister. Jeder von diesen war in seinem Departement
fast souverän, ohne von seinen Collegen, die gleiche Gewalt
forderten, beschränkt zu werden. Man kann hinzusetzen:
Jeder mag nur zu oft selber durch den Einfluß von Unter=
gebenen gelenkt worden sein. Hinter allen diesen Gruppen
von Regenten und jedem Einzelnen aber denke man sich die
ohne Souveränitäts=Erklärung überall mitherrschende Frauen=
welt! — Die Dänen mögen zuweilen wohl Ursachen zu Be=
schwerden gehabt haben, ob ich gleich keine sah.

Als auf ein Gegengewicht gegen jene Uebel der Ver=
waltung berief die Ministerial=Partei sich auf die Preß=
freiheit. Leider wurde diese gerade damals von jungen,
vorlauten Brauseköpfen durch Mißbrauch gefährdet. Einer
von diesen ließ drucken: „Wir wollen frei werden, trotz des

Gesetzes von 1660." Die Regierung ließ sich bisher durch
nichts bewegen, die Preßfreiheit zu beschränken, und nahm
von ähnlichen Ausbrüchen keine Notiz. Diese Kampfver=
kündigung gegen die Verfassung schien indeß doch zu stark.
Der General = Procureur denuncirte sie, und der Verfasser
sollte verhaftet werden. Er wurde in der Stille benach=
richtigt, entfloh auf die jetzt schwedische Insel Hven, die
im Sunde liegt, vielleicht drei Meilen von Kopenhagen.
Dort brachte er sechs Wochen zu und wurde dann, auf die
dringende Verwendung des Grafen Schimmelmann, be=
gnadigt. „Wenn wir nicht Nachsicht mit der feurigen Un=
besonnenheit der Jugend haben," sagte der Graf, „so zer=
schellen sich die besten Köpfe der Nation an dem Fuße des
Thrones." Der junge Mann kam zum Grafen, ihm zu
danken, und dieser entließ ihn mit Vorstellungen in wahr=
haft väterlichem Geiste. Der Reuige versprach, wie es
schien aufrichtig, sich nicht mehr in die Politik zu mischen,
versprach, was zu halten seiner Aufregung unmöglich war.
Kurz darauf erklärte ein nicht viel älterer Beamter der
Kammer in einer Flugschrift: „Als Schriftsteller sei Niemand
an den Eid gebunden, den er dem Könige als Beamter ge=
leistet habe." Das war allerdings in einem Staate wie
Dänemark eine sehr kecke Behauptung, aber doch immer
nur eine Hypothese, welche eine Widerlegung, höchstens eine
officielle, ernste Zurechtweisung hätte veranlassen sollen;
doch bei dieser Gelegenheit zeigte es sich, daß die Klagen
des Volkes über Willkür der Beamten nicht grundlos waren.
Der Ober = Procureur denuncirte bei dem Collegium, unter
dem der Assessor C. angestellt war; dieses fragte bei der
dänischen Canzlei, der Oberbehörde für Bestallungssachen,
Privilegien u. s. w. an, was ein Beamter verdiene, der so

etwas habe drucken lassen? Die Antwort war: Absetzung,
— und diese wurde, ohne Verhör, ohne abgeforderte Erklärung, dem Assessor C. angekündigt. Der Vorgang empörte alle Gemüther, besonders da C. ein paar Wochen
vorher geheirathet hatte und kein Vermögen besaß. In den
Clubs, an der Börse, auf den Gassen declamirte man dagegen. Der vor Kurzem begnadigte junge Feuerkopf aber
griff wieder zur Feder und schrieb in Verbindung mit einem
Freunde eine Flugschrift, die alles Frühere an Heftigkeit
überbot. Sie hieß: „Tria juncta in uno,“ und enthielt unter
Anderm den Ausruf: „Wenn Gründe nicht mehr bei den
Ministern helfen, so muß man mit Kugeln und Dolchen
sprechen!“ Der Drucker wurde vor Gericht gefordert und
übergab ein schriftliches Zeugniß des Dichters Malthe
Brun, der sich als Verfasser bekannte, Dänemark aber
bereits verlassen hatte. — Er wurde bald eine der ge-
schätztesten gelehrten Autoritäten einer fremden Literatur,
und zwar der Französischen. Den Namen des abge-
setzten Assessors, Collat, eines Norwegers, trug bei den
ersten Versammlungen des Storthings der hohe Beamte,
der, mit dem vollen Vertrauen des Königs beehrt, dort die
Rechte der Krone vertrat, und der literarische Waffengenosse
von Malthe Brun hieß Kjerulf, wie der Ober-Präsident
von Kopenhagen, der Christian den Achten im Namen der
Stadt complimentirte. In gewissen kleinen Staaten hätten
diese drei ausgezeichneten Köpfe für ihre jugendlichen Ueber-
eilungen vielleicht die Jahre ihrer größten Tauglichkeit in
irgend einer Festung vertrauern müssen, wären vielleicht
wahnsinnig geworden. — Schimmelmann und der griechische
Dichter Alexis hatten Recht:

„Der junge Wein, der junge Mensch muß gähren, ist

herb, stößt Hefen aus — dann setzt er sich, wird klar und
süß und bleibt auf immer so." Darum, alte Menschen,
habt Nachsicht für junge Menschen. —

Diese Vorgänge veranlaßten eine heiße Debatte im
Ministerrathe und den Vorschlag, die Preßfreiheit aufzu=
heben, die den Freunden der Willkür immer wie überall
tödtlich verhaßt war. Jetzt regte sich aber Alles, und selbst
alte, sonst ruhig zusehende Männer griffen zur Feder.

Rückkehr nach Weimar.

Mitte December reiste ich in Gesellschaft eines Lands=
mannes von Kopenhagen ab. Die Witterung wurde bald
schlecht; die öffentlichen Reiseanstalten waren in Dänemark
ebenso elend als damals in Deutschland, die Wege ab=
scheulich, das Uebersetzen über die beiden Velte war lang=
während und zu dieser Jahreszeit sogar gefährlich. Warum
reisten wir denn nur jetzt? Was meinen Reisegefährten
antrieb, wußte ich; aber ich?! — Die Wahrheit zu
sagen — hätte ein Anderer mich um Rath gefragt, ich
hätte Alles wohl erwogen und ihm dringend angerathen,
den Frühling und das Fahren des Packetbootes zu er=
warten; aber für mich selbst — es ist ein Naturfehler! —
pflegte ich Alles sehr leicht zu nehmen. Ich hatte eine Art
Heimweh nach Weimar, der einzigen Stadt des Auslandes,
wo ich erprobte Freunde und viele Bekannte hatte, und so
trat ich, ohne lange Erwägung, die äußerst beschwerliche

und sehr kostbare Reise an, und da das einmal geschehen
war, führte ich sie auch so schnell als möglich durch. Ich
begleitete meinen Reisegefährten nach Kiel, lehnte es ab, dort
die Weihnachtsferien zuzubringen, und fuhr schon am folgenden Morgen mit Extrapost weiter.

Am Sylvestertage ziemlich spät stieg ich zu Weimar
in dem Quartiere ab, das Böttiger mir besorgt hatte. Ich
hörte, es sei soeben alle Welt auf einer Maskerade. Ich
ließ mir Larve und Domino holen und ging auch hin.
Meine überraschten Freunde begrüßten mich mit Herzlichkeit;
Fremden war ich für den Abend eine Merkwürdigkeit.
Recht hübsch! Aber einer solchen eilenden Reise vom
Sunde her, in der widerwärtigsten Jahreszeit, war es nicht
werth.

Weimar erschien mir im Winter ganz anders, als ich
es im August verlassen hatte. Es waren mancherlei Veranstaltungen zu Belustigungen getroffen, und fast jede, die
der Hof machte, beschäftigte die ganze gebildete Bevölkerung;
denn mit großer Humanität war immer dafür gesorgt, daß
sie daran Theil nehmen konnte. So war z. B. das
Abonnement zum Theater so gering, daß im Parterre der
genußreichste Abend nur drei Groschen kostete, und unter
Goethe's Direction hatten die Leistungen der Bühne oft
großen Kunstwerth, wenn sie auch nicht so hoch standen,
als damals schon im „Journal des Luxus und der Moden"
von ihnen gepriesen wurde. Ich erinnere mich nur eines
einzigen Mitgliedes derselben, dessen Spiel durchaus unausstehlich war, und das war ein Sänger mit einer schönen
Stimme.

Am meisten wurde Weimar im Winter dadurch belebt,
daß adelige Familien aus dem Lande, selbst auch aus

anstoßenden Ländchen, herzogen, um hier die traurige Jahres=
zeit froher zu verbringen. Jede bedeutende neue Erscheinung
auf der Bühne und jede Lustbarkeit, die merkwürdig schien,
führte Viele aus allen anderen benachbarten Städten zu=
sammen. Weimar gewann für mich ein eigenes, neues
Interesse dadurch, daß die Weimaraner mich seit meiner
Rückkehr aus so großer Ferne als einen Einheimischen be=
handelten. Ich nahm es mit Dank an, und in der That
wurde mir die Stadt bald so lieb, daß ich sie gern zu
meinem bleibenden Wohnsitze gewählt haben würde,
hätte es nur in irgend einer Weise zu dem Lebensplane
gepaßt, den ich mir endlich mit Bestimmtheit entwerfen
mußte.

Mein erster Besuch am Morgen nach meiner Ankunft
war bei Böttiger. Dann ging ich zu Herder. Als ich in
die Thüre trat, rief er aus: „Da ist er ja wieder, der
Freiheitsvogel! Habe ich's nicht gesagt, er paßt in keinen
Amtskäfig." Auch seine Gattin begrüßte mich mit mütter=
licher Freude; aber später im Laufe des Gesprächs schüttelte
sie doch den Kopf und sagte: „Sie haben eine schöne
Carrière versäumt. Sie hätten fügsamer sein sollen." Ich
antwortete ganz aufrichtig: „Ich hätte es selbst gern ge=
macht; ich konnte es aber nicht." — „So ist's, er konnte
nicht anders!" rief Herder; „er gehört nun einmal zu denen,
die wie die Frauen nicht durch das gelten, was sie thun,
sondern durch das, was sie sind." Ich verstand ihn nicht
und sah ihn betroffen an. Er bemerkte es und fuhr fort:
„Sie sind aus Ihrer Einsamkeit mit ganz fertigem Geist
und Charakter hervorgetreten. Es ist, als wenn Sie als
Erwachsener geboren wären. Sie sind in sich abgeschlossen.
Sie können Fortschritte machen, aber nie werden Sie sich

verändern. Sie können eine Laufbahn verfolgen, aber die wird immer eine eigenthümliche sein, und Sie werden immer allein stehen."

Die freundliche Theilnahme des Herder'schen Ehepaares war keine Ehre, die ich ausschließend genoß. Die edlen Menschen schenkten sie Mehreren, die ihnen einmal nahe standen. Man weiß aus gedruckten Briefen, wie Herder's Frau sich sogar dafür interessirte, daß und wie Jean Paul sich verheirathete; und zwar, nachdem er von ihrer eigenen Tochter, einem trefflichen, gebildeten, aber nicht empfindelnden Mädchen, einen Korb erhalten hatte, — nach dem stillen Wunsch der Eltern.

Unter den neuen Bekanntschaften, die ich jetzt in Weimar machte, war auch die des erwähnten ehemaligen französischen Volksvertreters bemerkenswerth. Mounier war ein Mann von Kopf und reichen Kenntnissen und von so bestimmtem Blick und Benehmen, daß man ihm einen durchaus uner=schütterlichen Charakter zutrauen mußte. Sonderbarer Weise schien sein Lebensgang gerade das Gegentheil darzuthun. Vor der Revolution war er Mitglied eines Parlaments im südlichen Frankreich gewesen, wurde dann Mitglied der Nationalversammlung und wieder des Nationalconvents, in dem er für die Errichtung der Republik gestimmt hatte, ob auch für den Tod des Königs, weiß ich nicht. Er war strenger Republicaner: gleichwohl emigrirte er; gleichwohl siedelte er sich in der Residenz und unter dem Schutz eines deutschen Fürsten an und stiftete er eine Bildungsanstalt für junge Edelleute und Engländer. Wieder im Gegensatze dazu suchte er jetzt die Erlaubniß nach, in die Republik zurückkehren zu können. Selbst in der Art, wie er sich darüber gegen mich äußerte, war ein Widerspruch. Als ich

nämlich im folgenden Jahre aus Berlin zurückgekehrt war, und
er, ich weiß nicht wie, von meiner Bekanntschaft mit Sieyes
gehört hatte, kam er zu mir und bat mich, ich möchte diesem
seinen Wunsch, nach Frankreich zurückzukehren, mittheilen
u. s. w. Ich sagte ihm, daß mein Umgang mit Sieyes
nur kurz und flüchtig gewesen, und daß ich in keiner wei=
teren Verbindung mit ihm stände. „Aber," setzte ich hinzu,
„warum wollen Sie nicht geradezu selbst an ihn schreiben?
Ich müßte ihn durchaus verkannt haben, wenn er nicht mit
Vergnügen darein willigen sollte, der Republik einen Mann,
wie Sie sind, wiederzugewinnen." „Ach," rief er aus:
„C'est un brutal!" und nun erzählte er mir, er habe in
einer lebhaften Debatte im Convente Sieyes widersprochen,
sei aber im Hinausgehen zu ihm getreten, um sich mit ihm
zu verständigen; Sieyes habe ihn zwar angehört, aber ihn
plötzlich verlassen mit den Worten: „Nous ne sommes pas
faits pour nous entendre!" Das hatte er sehr übelgenommen
und war noch böse darüber, gleichwohl. — Unter der Con=
sularregierung ging Monnier wirklich wieder nach Frankreich,
und ich habe seinen Namen oder den seines Sohnes, der
bei ihm in Weimar war, sowohl unter den kaiserlichen
Beamten als denen der Restauration gefunden.

Das damalige Weimar hatte Alles, was eine Haupt=
stadt bietet, aber Alles nach dem kleinsten Maßstabe und
fast einzeln. Sein kleines, aber schon viel berühmtes Theater
mit einem Orchester, das zugleich Hofcapelle war, und seine
freilich nur seltenen Hoffêten zogen den Adel der Nachbar=
schaft dorthin, d. h. acht oder zehn Familien; seine lite=
rarischen Celebritäten, vier oder fünf allgemein anerkannte,
und ebensoviel wissenschaftliche Jenensische, seine Bibliothek,
seine und Jena's Zeitschriften verbreiteten weithin einen

hohen Glanz, aber die celeberen Männer — Herder, der wie ein Einsiedler lebte, ausgenommen — litten im Leben mehr oder weniger an Kleinstädterei oder Kleinhöfelei, die ihren geistigen Werth wie eine Kruste umgab. Die Bibliothek wurde wenig benutzt, die Zeitschriften sammelten ihren Inhalt aus ganz Deutschland und durch Böttiger aus England und Frankreich, vorzüglich aus dem Tagesleben und der Literatur fremder Städte; von Weimar selbst konnten sie fast nichts berichten, ohne daß es als eine Klatscherei betrachtet wurde, Händel oder Spott veranlaßte. Das Letztere war mit den Lobreden nur zu oft der Fall, durch die Böttiger Hof machen wollte. Las man seine Berichte, so schien Weimars Glanz selbst Engländer und Franzosen fest zu halten: die Engländer bestanden damals aus einem ehemaligen Kaufmann, der aus seinem Handel so viel gerettet hatte, daß er nicht in England, wohl aber in einer kleinen Stadt Deutschlands, mit seiner Familie behaglich leben konnte, und aus einem schottischen Gelehrten, der seinen reichen Vetter als Hofmeister begleitete, mit ihm in Weimar gutes Deutsch und die deutsche Literatur kennen lernen wollte und um Böttiger's willen dort, wie ich glaube, ein Jahr verweilte. Die Franzosen aber waren ein paar Emigranten in bedrängten Umständen. Weimar hatte nur einen Buchladen, der gewöhnlich mit dem Neuesten sehr spärlich versehen war, und einen buchhändlerischen Speculanten, Bertuch, der aber außer seinen Zeitschriften nur wenig verlegte; einen Maler, der eine Zeichenschule hielt, und einen zweiten, der Goethe's Hausgenosse war und für ihn mehr als gelehrter Kunstkenner schrieb denn malte; ferner einen Bildhauer, der aber fast nur Thonfiguren verfertigte und brannte, was Böttiger als „keramisches"

Institut ankündigte; einen Confiturier, der zugleich Sar=
dellensalate verfertigte und Früchte, Austern und Wein ver=
kaufte; nur einen Gastwirth mit einem Stammgaste und
zwei Wirthshäuser, in deren einem man auch essen konnte,
dessen Tisch aber, wie jener des Gastwirths, nur an solchen
Abenden besetzt war, an denen ein neues Theaterstück
Jenaer Studenten herübergelockt hatte.

Trotz des dünnen Gespinnstes allen Glanzes in Weimar,
den Jemand einmal mit einem kurzen, zierlichen Frack
ohne Unterfutter verglich, war es damals doch der Geltung
nach die Hauptstadt Thüringens. Der großsinnige Geist
des Herzogs und seine zuweilen bis zum Naiven gehende,
durchaus natürliche Humanität, der Ruhm der drei großen
Dichter, die dort lebten, und des nahen Schiller, endlich
Böttiger's polygraphische Thätigkeit, die an zwanzig Orten
anonym über Weimar berichtete, hatten die kleine Stadt
zu der in literarischer Hinsicht fast am meisten beachteten und
besprochenen Stadt in Deutschland gemacht; besonders da
Wöllner und Consorten Berlin in dichte Wolken gehüllt
und seinen geistigen Fortschritt gehemmt hatten.

Aus dem großen, prachtvollen Kopenhagen zurück=
gekehrt, fand ich Weimar zwar anfangs sehr beengend; aber
ich richtete mich ein und befand mich bald sehr wohl. Im
Herbst trat ich meine Reise an, um die Hansestädte kennen
zu lernen, brachte den Winter in Lübeck, Hamburg und
Bremen zu, ging mit dem Ende des Winters nach Berlin,
von dort nach einigen Wochen über Leipzig nach Weimar
zurück. Nachdem ich hier den Sommer verbracht, reiste ich
nach Berlin, — um nicht wieder zurückzukehren.

Friedrich Richter (Jean Paul)*).

Als Jean Paul im Jahre 1800 in Berlin war, gab man ihm unter Anderem ein Gastmahl in einem öffentlichen Garten. Ich hatte so viel Spaßhaftes von dem Enthusiasmus gehört, mit dem die Damen, die eigentlich das Fest veran=laßt hatten, ihn behandelten, daß ich mir nicht versagen mochte, einen Spaziergang durch den Garten zu machen, in der Hoffnung, etwas Ergötzliches zu sehen. Indem ich wieder hinausgehen wollte, begegnete ich Richter selbst, der eben erst kam. Er drang mich, ich solle mit ihm zur Gesellschaft kommen, der er mich als seinen Mitgast vor=stellen wolle. Ich antwortete: „Lieber Richter! Ich schmeichle mir wirklich, zu viel Substanz zu haben, um Ihren Schatten zu spielen." So ließ ich ihn stehen, und das waren die letzten Worte, die wir mit einander wechselten. — Doch nein! Ich sprach ihn noch einmal bei Sander, aber nur wenige Worte wechselten wir. Ich ging, weil er gekommen war. Bei jenem Gartenfeste war es, daß seine Heirath eingeleitet wurde auf eine drollig=sentimentale Weise. Sein nachmaliger Schwiegervater, ein Kriegsrath Maier, hatte drei literarisch gebildete Töchter, die auch alle drei an Schriftsteller verheirathet wurden: an Spazier, Mahlmann und Jean Paul. Jean Paul hatte bei Tisch stark getrunken und legte sich nachher in einem Nebenzimmer auf ein Sopha,

---

*) Von diesem Abschnitt der Merkel'schen Aufzeichnungen hat sich nur die Ueberschrift erhalten. Auf den Inhalt dessen, was Merkel über Jean Paul zu sagen hatte, läßt das nachstehende, in der „Rigaischen Zeitung" veröffentlichte Fragment aus einer Notizensammlung des Verfassers schließen.

um seinen Rausch zu verschlummern. Die Damen vermißten ihn und durchstreiften alle Zimmer, um ihn zu finden. Endlich sehen sie ihn schlafen, und Demoiselle Maier tritt hinzu und drückt dem Endymion einen Kuß auf den Mund. Er erwachte davon und, entzückt von dieser förmlichen Liebeserklärung, war er überzeugt, sein Glück in ihr gefunden zu haben.

Einen widrigen Eindruck hat es immer auf mich gemacht, daß Jean Paul so gern an den kleinen Höfen in Deutschland herumschlich, wo man ihn als eine komische Person behandelte, und daß er oft um Pensionen petitionirte. Er war dann freilich überhaupt nicht delicat im Annehmen von Geschenken. In Berlin galt ein Herr von Ahlefeld für seinen intimsten Freund, und wirklich war dieser es eigentlich, der ihn überall herumführte und für ihn Bekanntschaften anknüpfte. Ahlefeld war Bräutigam einer geschiedenen Gräfin Schlaberndorf, und sie hatte ihm als Braut einen schönen Pelz, in Deutschland ein seltener und theurer Putz, geschenkt. Es entstand indeß ein Zwist zwischen dem Paare, und Ahlefeld schickte ihr den Pelz zurück. Voll Zorn bot sie ihn Jean Paul an, und — er — nahm — ihn an und stolzirte heute in dem Putze, den sein Freund gestern getragen hatte, der nun neben ihm im bloßen Ueberrocke gehen mochte.

Die Frau von Kalb in Weimar, die, nach Herrn Laube, Jean Paul heirathen wollte, nennt Herr Laube eine „schöne, bedeutende Frau von phantasievollem Schwunge". Sie mag ehemals schön gewesen sein und damals, von ihrem Manne geschieden, auch heirathslustig. Ich fand, als Böttiger mich einmal, halb wider meinen Willen, zu ihr führte, eine dicke Frau, die nach meiner Schätzung gegen vierzig Jahr alt war,

11*

und ihre geziert=gelehrte Unterhaltung scheuchte mich auf
immer von ihr zurück.

Johannes Falk.

Wie ich Falk's Bekanntschaft auf einer Durchreise in
Halle machte, habe ich bereits erzählt und ebenso, daß er
während meines Aufenthaltes in Kopenhagen geheirathet
hatte und nach Weimar gezogen war. Neugier, wie er hier
lebe, und was er für eine Frau gewählt, trieb mich bald
zu ihm. Ich fand ihn mit einem abgetragenen Flausrocke
und Filzschuhen, ganz mit dem Wesen eines Handwerkers
in häuslicher Bequemlichkeit, an einem hohen Pulte Boileau's
und andere Satyren excerpirend, seine Frau aber war zartes
Fleisch mit einem niedlichen Gesichtchen, hinter dem nicht
besonders viel Verstand wohnte.

Falk war bekanntlich der Sohn eines Perrückenmachers
zu Danzig, und nachdem er nothdürftig zur Schule gehalten
worden, erlernte er das Handwerk seines Vaters, doch mit
Widerwillen. Da er sich in der Schule durch glückliches
Gedächtniß und Lebhaftigkeit des Geistes ausgezeichnet hatte,
hielt er das für Beruf zum schönen Geiste und Ge=
lehrten, und da ihn einst ein Kunde seines Vaters beim
Frisiren mit kaltem Patrizierhochmuth verächtlich behandelt
hatte, warf er zu Hause den Puderbeutel zur Erde und er=
klärte heftig und entschlossen, wenn sein Vater ihn nicht
studiren lasse, wolle er Soldat werden. Das untere Militär
war in dem kriegerisch geformten Preußen und besonders
in der noch vor Kurzem republicanischen Handelsstadt ver=
achtet und gehaßt. Aus erzwungenen Cantonisten und aus=
ländischen Taugenichtsen zusammengerafft, die auch bei der

besten Aufführung als Nichtadlige nicht Officiere werden konnten, wurde die Armee schlecht bezahlt und hart behandelt. der Soldat entschloß sich leicht zu manchen Bübereien, um etwas zu gewinnen. Ich erinnere mich, daß noch 1806 zu Berlin ein Gauner- und ein Soldatenstreich für ziemlich gleichbedeutend galten. Falk's Vater machte es also aus Besorgniß möglich, dem Jünglinge einigen Privatunterricht in den alten Sprachen ertheilen und ihn dann nach Halle ziehen zu lassen.

Falk studirte sehr fleißig, hatte viel jugendliche Vorliebe für Schöngeisterei und mochte schon oft unbedeutende Verseleien gemacht haben, als ihn gerade beim Studiren des Juvenal ein mit Fieber verbundenes Blutspeien befiel. In der fieberhaften Exaltation dieser Krankheit — ich folge hier seiner eigenen Mittheilung —, bei der er das Studium unterbrechen mußte, faßte er den Gedanken, Satyren zu dichten. Er schrieb wirklich zwei von ausgezeichneter Gelungenheit: „Die Gräber zu Rom" und „Die Gebete". Er sandte sie Wieland zu. Der leicht aufgeregte, gutmüthige Greis, der hier wirklich ein glänzendes Genie glaubte aufgehen zu sehen, führte sie mit ganz übertriebenen Lobeserhebungen durch den „Mercur" beim Publicum ein. Ein Buchhändler bezahlte ein gutes Honorar. Es erschien eine zweite Auflage, und Falk hielt sich nun seines Berufes zum Satyriker gewiß. Er schloß mit dem Buchhändler einen Contract, nach dem er ihm jährlich ein satyrisches Taschenbuch liefern und dafür 600 Thaler erhalten sollte. Hierdurch glaubt er seine bürgerliche Existenz gesichert und heirathete. Glücklicher Weise besaß das Frauenzimmer, das er heirathete einige Tausend Thaler. Falk zog nun nach Weimar, um seinem literarischen Beschützer nahe zu sein und sich den

dortigen Größen anzuschließen. Doch Herder und Goethe
behandelten ihn kalt.

Sein Plan, die Satyre wie ein bürgerliches Gewerbe
zu betreiben, war abenteuerlich, besonders in einem Lande,
wo eine Menge souveräner Fürsten nach Belieben Cabinets=
Justiz übten, sobald es ihnen beliebte; wo daher Liscow,
wohl der geistreichste Satyriker, den Deutschland gehabt,
im Kerker starb, Huber und Schubart ein paar beißende
Einfälle durch vieljährigen Festungsarrest büßten. Aber
dem armen Falk war noch ein anderes Unglück widerfahren.
Mit seiner Krankheit waren auch sein Witz und sein Dichter=
talent verschwunden. Ich wenigstens entsinne mich keines
recht glücklichen Einfalls und keines gelungenen Gedichtes
von ihm nach seiner Genesung. Statt des Witzes war ihm
nur Malice und vom Dichtertalent nur die Kunst des Vers=
machens geblieben. So begann er denn bald die älteren
Satyriker auszubeuten, und statt der großen Gegenstände,
der Laster und öffentlichen Thorheiten, die der edlere Satyriker
bekriegt, nach kleinen Schwächen umherzuhorchen, selbst
seinen Bekannten dergleichen abzulauschen, auch wohl ihnen
Fallen zu stellen, um sie lächerlich zu finden und dann auch
wohl zu machen. Mir selbst, so warme Freundschaft er
mir zeigte, versuchte er einige Male solche Streiche zu
spielen.

Ungeachtet seiner schleichenden Schadenfreude, von der
ich mich bald überzeugte, blieben wir in recht freundschaft=
lichem Tone, und bei einer schlimmen Verlegenheit, in die
er sich durch ungeschicktes Satyrisiren gesetzt, hatte er so viel
Vertrauen zu mir, daß er mich bat, ihn herauszuziehen,
und ich Gutmüthigkeit genug, es zu thun und seinen Feind
auch zu dem meinigen zu machen. Ich weiß nicht, was es

in meinem Charakter oder dem meiner Schriften war oder
ist, was mir mehr als hundertmal von Bekannten oder
Unbekannten solche Anmuthungen zuzog oder vielmehr erwarb.
Falk war den Sommer vor seiner Hochzeit in Berlin gewesen,
um Stoff zu seinem ersten satyrischen Taschenbuch zu suchen,
hatte aber nicht viel gesammelt, theils weil die Stadt in
dieser Jahreszeit nur halbes Leben hat, theils weil man
ihn errieth und den Mann floh, der sich als Satyriker an=
kündigte; theils auch weil — ihm wirklich das Talent der
Auffassung komischer Züge ziemlich fehlte. Er hatte indeß
die Charité und die Veterinär=Anstalt besucht und erzählte
nun in seinem Taschenbuche, die Kranken in der Ersteren
würden mit Fleisch voll Würmern und faulen Fischen ge=
speist, die Pferde in der Letzteren aber bekämen häufig
Chocolade. Die Anklage machte große Sensation, ob sie
gleich sehr witzlos vorgetragen und auch für ein Taschen=
buch, das durch Scherze gefallen sollte, zu ernst und un=
passend war. Der bekannte Gelehrte Biester, königlicher
Bibliothekar, war Hausfreund und wöchentlicher Tischfreund
des auf einem glänzenden Fuß lebenden Oeconomie=Directors
der Charité und glaubte sich durch sein köstliches Couvert
verpflichtet, für seinen Mäcen zu kämpfen. Er galt für
einen witzigen Kopf, doch gegen Falk getraute er sich nicht
als solcher aufzutreten, sondern erklärte in mehreren schmä=
henden Artikeln in den Berliner Blättern alle Angaben
Falk's für unwahr, für verleumderisch und drohte mit
einem Injurienproceß und Auftreten des Fiscals. Falk
verlor den Muth und forderte nun den Prediger der Charité,
Prahmer, einen jungen, sehr rechtlichen, aber talentlosen
Mann auf, Zeugniß für ihn abzulegen. Der brave Mann,
obgleich mit seiner ganzen Lage abhängig von dem Mächtigen,

auf den die Anschuldigung fiel, erklärte dennoch muthig Falk's Angaben für wahr, fügte sogar noch neue hinzu. Aber die Schrift des wackeren Predigers war schlecht ge= schrieben, und Biester fiel über alle Schwächen derselben mit dem beißendsten Hohn her und suchte die ganze Sache lächerlich zu machen. Jetzt wandte sich Falk in einem fast angstvollen Briefe an mich nach Hamburg, wo ich damals war, schickte mir sein Taschenbuch, Biester's und Prahmer's Aufsätze und forderte meinen Beistand. Das war eigentlich ein sonderbares Ansinnen. Auch schrieb ich Falk, er mache es, wie man vom Hirsche erzählt, der, wenn ihn die Jagd zu nahe bedrängt, einen Kameraden aus dem Lager treibt, statt seiner die Flucht fortzusetzen. Den bissigen Kläffer, der ihn verfolgte, wollte ich indeß wohl „auf die Hörner nehmen".

Ich war noch nie in Berlin gewesen; ich hatte selbst den Namen der Charité eigentlich erst aus diesen Schriften kennen gelernt, und der Gegner, den ich auf mich ziehen wollte, zeigte schon in den vorliegenden Aufsätzen ganz den giftigen Charakter, um dessen willen witzige Damen zu Berlin ihn, wie ich dort erfuhr, nicht Biester, sondern den Dr. „Beißler" zu nennen pflegten. Mußte ich nicht bei meiner Unkenntniß des Gegenstandes Blößen geben, und wie würde er sie benutzen!

Wer eine Bedenklichkeit, vor der er steht, mit unbefangenem Nachdenken fest ins Auge faßt, findet meistentheils einen Ausweg, sie zu umgehen. Auch ich fand ihn, und zwar darin, durchaus nicht m e h r zu thun, als ich als Unbetheiligter an der Sache selbst ohne Widerspruch thun konnte, das aber mit aller Kraft. Ich habe den Aufsatz nicht mehr, aber ich glaube mich seines Inhalts genau zu erinnern. In einer

kurzen Einleitung, worin ich daran erinnerte, daß die Opfer,
die der Staat bringe, zur Erleichterung des Elends seiner
leidenden Bürger bestimmt seien, berichtete ich kalt und
einfach über den Inhalt der Angaben Falk's und Prahmer's,
ohne sie für wahr zu erklären; dann aber ebenso kalt, aber
unwillkürlich mit Bitterkeit über Biester's Entgegnungen,
indem ich auseinandersetzte, daß sie bloße Ableugnung, keine
Widerlegung enthielten, und schloß mit der Frage, ob Herr
Biester als Menschenfreund, als patriotischer Staatsbürger,
ja, schon als redlicher Mann, es nicht zeitlebens mit Scham=
röthe bereuen würde, wenn seine grundlosen, giftigen In=
vectiven bewirkten, daß die Verwaltung der Charité nicht
officiell untersucht, also den gerügten, empörenden Uebel=
ständen, falls sie existirten, auch nicht abgeholfen würde? —
Ich sandte den Aufsatz dem Kammerherrn von Hennings
für den „Genius der Zeit".

Mehrere Monate hörte ich nichts über die Angelegenheit,
denn Biester — schwieg. Als ich indessen im folgenden
Frühlinge nach Berlin gegangen war, fand sich bald nach
meiner Ankunft der Prediger Prahmer bei mir ein, dankte
mir sehr warm für meine Verwendung und meldete mir,
daß die Untersuchung, die ich als nothwendig aufgestellt,
wirklich angestellt worden. Ueber das Resultat derselben
verlautete nichts öffentlich, aber die gerügten Mißbräuche
und andere, die sich gezeigt, wären und würden abgeschafft.
Nur für sich selbst hatte der brave Mann noch Besorgnisse,
da er in seiner ärmlichen Stellung sehr abhängig war von
dem Director der Anstalt. In der That wurde er bald
nachher aus ihr entfernt, aber nur indem man ihm eine
Pfarre außerhalb Berlins gab. Auch Falk schrieb mir
Ende Februar für meine Verwendung im December einen

Danksagungsbrief, zu dem er offenbar nur durch neue An=
sprüche bewogen wurde, die er auf meine Gefälligkeit
machen wollte. Falk gehörte zu den schwachen, unedlen,
dünkelvollen Charakteren, die leicht hochmüthig werden,
wenn es ihnen wohl geht, und die, wenn man ihnen einen
Dienst leistet, darin nicht einen Anlaß zur Dankbarkeit
sehen, sondern eine Anerkennung ihrer Superiorität. Eine
solche glaubte er wirklich über mich zu haben, aber seine
Meinung wurde sehr bald gestört.

Er setzte seinen Almanach 1799 und 1800 fort, ohne
viel Anderes als Indignation zu erregen. Der Absatz
stockte, der Verleger wollte nicht mehr ein bedeutendes
Honorar bezahlen; für 1801 glaubte Falk etwas recht Aus=
zeichnendes, etwas recht Kräftiges zu liefern. Er wählte
dazu vorzüglich Peter Pindar's sehr witzige, aber sehr ekel=
hafte — Lausiade, die noch dazu für Deutsche alles Pikante
der Personalsatyre des boshaften Originals ermangeln
mußte. Freilich hatte Falk dies durch Ausfälle auf deutsche
Schriftsteller zu ersetzen gesucht und recht fließende Verse
gemacht; aber die politische Satyre, die in England großen
Eindruck gemacht hatte, war für das gegen die Politik sehr
gleichgültige Publicum und blieb in Falk's Bearbeitung immer
nur ein — Pasquill über einen ekelhaften Gegenstand.
Vorzüglich trug ein karikirender Kupferstich, den er einem
Originalartikel, der neue Jahrmarkt zu Plundersweilern,
beigefügt hatte, den pasquillischen Charakter. Er enthielt
eine Menge, zum Theil nicht übel gedachter Gruppen; aber
im Vordergrunde trug eine hohe weibliche Figur in ihrem
Strickkorbe einen kleinen Buckligen, den seine Kleidung als
Geistlichen bezeichnete, und aus dessen Tasche ein Buch
heraussah mit dem Titel: „Reden über die Religion".

So hieß eine Schrift von Schleiermacher, der bekanntlich
verwachsen und klein war. Die colossale weibliche Figur,
von der eine Linie zu der Unterschrift „Judenweiber"
führte, bedeutete die Gattin des jüdischen Arztes Marcus
Herz, die wirklich ihren junonisch schönen und geistvollen
Kopf auf einem sehr hohen Körper trug. Falk war in
ihrem Hause, sagte man, recht gut aufgenommen worden
und hatte dort bemerkt, daß Schleiermacher in demselben
sehr bekannt war, aber auch eine Aeußerung der Frau
erlauscht, die ihm mißfiel. Die Perfidie und die Gemeinheit
seines Angriffes empörte mich, obgleich ich mit den Ver=
letzten in keiner Verbindung stand. Daher, nachdem ich im
zehnten meiner „Briefe an ein Frauenzimmer" unbefangen
so viel Gutes, als sich von dem Taschenbuche allenfalls
sagen ließ, gesagt, schloß ich in Beziehung auf jene Gruppe:
„Ich bitte Falk, um seiner Ehre willen, den erniedrigenden
Verdacht von sich abzuwälzen, als habe er wegen irgend
eines Privaturtheils über ihn eine hochachtungswürdige
Frau öffentlich dem Hohngelächter preisgeben wollen; —
das höre auf, Satyre zu sein; das wäre Pasquill; — oder
er habe sich so weit herabwürdigen können, über die Miß=
gestalt eines Menschen zu spotten. Die schiefen Köpfe seien
ihm preisgegeben: sie treiben Unfug; aber die schiefen Rücken
zu verhöhnen, überlasse er der lieben Jugend. Das Unglück,
sagt ein ehrwürdiger Sittenspruch, das Unglück ist heilig.
— Kann Falk sich rechtfertigen, so wird er für meine Auf=
forderung Dank wissen. Wo nicht — ich schätze ihn zu
sehr, um den harten Namen herzusetzen, den man seinem
Verfahren geben müßte."

Er schwieg, aber schimpfte gelegentlich auf mich. Unser
Verhältniß war aufgelöst, ohne daß ich es bedauerte. So

viel ich mich erinnere, war dies Taschenbuch sein letztes.
Er versuchte sich in mancher anderen Weise, unter Anderem
auch als Kritiker in einer Zeitung, die er „Elysium und
Tartarus" nannte, in der er alle Schriftsteller, die er lobte,
ins Elysium versetzte und die Getadelten in den Tartarus.
Diese dünkelvolle Plattheit wurde vom Publicum gar nicht
beachtet. — Im Jahre 1807 leistete er bei Gelegenheit der
französischen Invasion den Einwohnern Weimars als Unter=
händler dankenswerthe Dienste, und als er seine vier Kinder
verloren hatte, stiftete er eine Besserungsanstalt für Straßen=
buben, die Gutes bewirkt haben soll. Er hätte nicht aus
der bürgerlichen Sphäre heraustreten sollen.

Dritter Abschnitt.

Berlin in den Jahren 1805 und 1806.

Während des Jahres 1805 herrschte im ganzen preußischen Staate der lebendigste Enthusiasmus. Der schändliche Druck, unter welchem schon ein großer Theil Deutschlands ächzte, und der dem übrigen dasselbe Loos androhte; die Insolenz, mit welcher die französischen Beamten und Generale die preußischen in Westphalen und an der Grenze behandelten oder doch zu behandeln versuchten; die scham= und maßlose Insolenz der officiellen und nicht offi= ciellen Zeitungen in Paris gegen Deutschland, seine Fürsten und Völker; zuletzt noch der höhnende, verachtungsvolle Durchmarsch ohne Anfrage, den das französische Heer zuerst durch Hessen, das ein Alliirter Preußens war, dann durch die preußischen Provinzen Ansbach und Baireuth gemacht, hatten alle Gemüther empört. Der persönliche Freundschafts= bund zwischen Kaiser Alexander und dem Könige erweckte die lebendigsten Hoffnungen, und als nun die preußische Armee wirklich mobil gemacht wurde, flammte freudige Hoffnung in allen Ständen auf. Die einzelnen Provinzen erboten sich zu unentgeltlichen Lieferungen von so hohem Belange, daß der väterliche Sinn des Monarchen sie zum Theil ablehnte. Beurlaubte Soldaten strömten, ohne den

Termin der Zurückberufung zu erwarten, zu ihren Fahnen,
ja, ein Unterofficier von einem in Königsberg in Preußen
stehenden Regimente, der auf drei Monate beurlaubt worden,
um am Rhein eine für ihn wichtige Erbschaft zu ordnen,
ließ diese im Stich, als die ersten französischen Truppen
sich Norddeutschland näherten, nahm nur das nöthige
Reisegeld davon und eilte nach Königsberg. Auch in den
Städten, vorzüglich in Berlin, brach frohe Begeisterung auf
jede Weise aus, vorzüglich vor der Bühne. Nur die fran=
zösische Colonie machte ernste Gesichter, und die jüdische
lauschte und flüsterte noch: nicht Beweis von Verrath,
sondern von Fremdheit mit dem Staatsinteresse. Um diese
Zeit verfaßte auch ein Officier den Festgesang: „Heil
unserm König, Heil!", der immer noch gesungen wird. Er
erschien zuerst in meinem Freimüthigen. Da alle publicistischen
Stimmen in Deutschland verstummten, glaubte ich, da
meine Stimme in Norddeutschland die geltendste war, ein=
treten zu müssen. Ich erklärte, der Freimüthige solle künftig
auch politischen Aufsätzen gewidmet sein, und erhielt sogleich
mehrere dergleichen, zuerst von Böttiger in Dresden. Ich
selbst machte mir es zum Geschäfte, die Rodomontaden und
Impertinenzen des Journal de l'Empire, des Journal de
Paris etc. zurückzuweisen und zu persifliren. Um aber nicht
nur durch gelegentliche Entgegnung, sondern in offenem
Kampf der niedrigen Anmaßung des französischen Cabinets
und dem Halloh seiner publicistischen Schreier ihr Recht
widerfahren lassen zu können, machte ich den Plan zu einem
Blatte, das ausschließlich diese Bestimmung haben und unter
dem Titel „Der Zuschauer" erscheinen sollte. Ich lud Johannes
von Müller ein, sich mit mir dazu zu verbinden, nicht weil
ich etwas Populäres und überhaupt zu meinem Zwecke recht

Taugliches von ihm erwartete, sondern weil er in den Hof-
und Gelehrten-Zirkeln viel galt, und Viele, die meine
Feinde waren, sich seinem berühmten Namen angeschlossen
hätten. Er schlug ein, und ich legte nun den Plan dem
Cabinete vor mit der Bitte, mich bei der Ausführung durch
Nachrichten und Weisungen zu unterstützen. Hierauf antwortete Cabinetsrath Beyme:

„Potsdam, 20. November 1805.

Sowohl der Zweck, den Ew. Wohlgeboren bei Ihrer
neuen Zeitschrift sich vorgesetzt haben, als der dazu ent-
worfene Plan verdienen den Beifall eines jeden Patrioten.
Ihre eigenen Talente und die Talente Ihrer Mitarbeiter lassen etwas nicht Gemeines hoffen. Darum
danke ich Ihnen nicht allein für meine Person, sondern ich
kann Ihnen auch die Versicherung von dem Beifall Sr.
Majestät des Königs geben; so daß Sie sich bei der Ausführung des Beistandes der Regierung versichert halten
dürfen. Wenn die Ausführung, wie ich nicht zweifle, der
Erwartung entspricht, so wird die Regierung Ihnen auch
gern thätige Beweise ihres Beifalls geben, und ich werde
mir es zur angenehmsten Pflicht machen, Ihnen auf alle
Weise dankbar und nützlich zu sein. Zwar kann die
preußische Regierung es mehr als irgend eine andere ent-
behren, die öffentliche Meinung durch öffentliche Blätter zu
stimmen, weil ihr ganzes Thun in einer Reihe von Maßregeln nach einer unverrückten, weisen Maxime laut und
wahr genug zu ihren Unterthanen spricht. Aber in einer
Periode, wie die jetzige, wo die Entschlossenheit der Regierung durch ungewöhnliche Anstrengung der Unterthanen

unterstützt werden muß, kann eine solche Zeitschrift dazu
dienen, den Enthusiasmus zu beleben und zu erhalten, vor=
züglich aber dem Auslande zu beweisen, daß, wer den König
angreift, es mit der ganzen Macht der Unterthanen zu thun
bekommt. Schon haben die Unterthanen dem Könige sehr
sprechende und rührende Beweise davon gegeben. Es liegt
in dem Charakter unserer Regierung nicht, viel zu sprechen,
sondern zu handeln. Aber die Unterthanen erkennen aus
den Handlungen der Regierung ihre Absicht oder errathen
solche vielmehr. Der König rüstet seine Armee und läßt
solche zum Schutze seines Reiches ausrücken, während er
rastlos daran arbeitet, den allgemeinen Frieden in Europa
herzustellen, und darin den Frieden für sein eigenes Reich
und zugleich Genugthuung, die schönste, die sich denken läßt,
für widerfahrenes Unrecht zu suchen. Wir haben noch keinen
Krieg, noch keinen erklärten Feind, und die Schritte der
Regierung sind so wenig mit Glanz umstrahlt, daß sie
überall, außer in den preußischen Staaten, eher das Gegen=
theil als die Aeußerungen des Patriotismus zu wecken ge=
eignet schienen. Dennoch haben die Stände in den Marken,
in Pommern und in Magdeburg bei der ersten Nachricht
von der Ausrüstung der Armee sogleich ohne alle Veran=
lassung beschlossen, das zur Verpflegung der Armee erforderliche
Getreide und Mehl dem Könige unentgeltlich zu liefern.
Bürger und Bauern und alle Classen von Unterthanen haben
sich an die Stände eng angeschlossen und dadurch den
übrigen Provinzen das Beispiel gegeben, so daß die Pro=
vinzen mit einander wetteifern, die Lasten der Ausrüstung
der Armee zu tragen. Die ganze Reinheit dieses edeln
Wettstreites äußerte sich darin, daß keine ihr patriotisches

Opfer zuerst darbringen, sondern alle gemeinschaftlich es dem Könige zu Füßen legen wollten. Jede aber ging in ihren Anstrengungen weiter, als es das Bedürfniß erforderte und als ihre Kräfte es verstatteten. So hatte die Kurmark allein dem Könige ein Geschenk von 10000 Wispel Roggen notirt. Und dies Alles geschah in einem Jahre, wo man nur eben, durch die größten Aufopferungen der Regierung, einer Hungersnoth entgangen war, so daß der König ins Mittel treten, das Opfer sich verbitten und, damit keine Provinz über ihre Kräfte angestrengt würde, die Lieferungen für angemessene Mittelpreise verhältnißmäßig auf das ganze Land vertheilen mußte. Wo hat man je ein so schönes Einverständniß zwischen Herrn und Volk gesehen? Wo anders als in Preußen kann man so etwas erwarten? In Preußen allein, dessen Völker den siebenjährigen Kampf gegen ganz Europa ruhmvoll bestanden und nicht verzweifelten, als die Hauptstadt zweimal in die Hände der Feinde gerieth, als, nach den unglücklichen Schlachten bei Collin und Kunersdorf, fast alle Provinzen vom Feinde überwältigt waren, und der Staat nur in den Lagern der zusammengeschmolzenen Heere des großen und einzigen Königs zu suchen war.

„Lange habe ich angestanden, ob ich auch nur einmal diese Thatsache bekannt werden lassen sollte. Der Gedanke, daß das Verschweigen derselben eine Ungerechtigkeit gegen die heldenmüthige Nation sein würde, wozu Ew. Wohlgeboren Plan mir Veranlassung gab, siegte endlich, und ich bitte Sie daher, den Vorgang ohne alle Schminke, die ihn nur entstellen würde, im „Freimüthigen" zu erzählen und hiernächst in die Zeitungen übergehen zu lassen. Ich komme in einigen Tagen nach Berlin, und da soll es mir

sehr angenehm sein, mit Ihnen über Ihren Plan mehr zu
sprechen.

21. November 1805.   Beyme.

N. S. Ich komme heute schon nach Berlin und werde
mich freuen, wenn Ew. Wohlgeboren mich morgen gegen
1 Uhr besuchen wollen."

Dieser Brief, so sehr er meinen Plan begünstigte, machte
einen trüben Eindruck auf mich. Von Beyme hatte ich
größere, umfassendere Ansichten und Ideen erwartet, —
wenn er einmal für gut fand, sich umständlicher gegen mich
zu erklären. Dieses Trotzen auf die Theilnahme des Volkes
an dem Könige durch dargebrachte Getreide = Massen, von
Seiten des Adels bewiesen, beklemmte mir die Brust. Mir
schien, hier hätte nur die Rede davon sein sollen, daß das Volk
sein eigenes Wohl, nicht durch 10000 Wispel Roggen,
sondern durch Bereitwilligkeit und Vorbereitung zum Mit=
kämpfen vertheidigen werde. Doch man scheute noch die
Vorstellung von Wehrhaftigkeit des Volkes. Erst Spaniens
und Rußlands Beispiel ermuthigte dazu. Endlich die ab=
gebrauchte Parade mit dem siebenjährigen Kriege. Sie war
längst zur Floskel geworden, die nichts wirkte, und jetzt,
da es darauf ankam, die deutschen Völker zu gewinnen, sie
für das gemeinschaftliche Interesse zu vereinigen, hätte jener
Krieg gar nicht genannt werden sollen. Denn gegen wen
war er eigentlich geführt worden, als gegen das übrige
Deutschland?

Ich ging am folgenden Tage zu Beyme; es wurden
noch einige Abreden genommen, und die Ankündigung des
Blattes zum Anfang des Jahres erfolgte. Bald nachher

fiel die unglückseligste der Schlachten für Deutschland, die
bei Austerlitz, vor. — Ich besuchte Beyme wieder, um zu
fragen, ob nach diesem Ereignisse die Erscheinung des Blattes
nicht beschleunigt werden solle? „Wenn Sie jetzt noch den
Muth haben, es zu schreiben," sagte er fragend. — „Jetzt
gerade scheint es mir am nothwendigsten, da die Hauptrolle
des Handelns an Preußen gekommen ist." — „Nicht doch!
Unsere Truppen sind auf dem Rückmarsche." — „Ohne
Ansbach und Baireuth wieder genommen zu haben?" —
„Man unterhandelt darüber. Haugwitz ist in Wien." —
„Haugwitz!" wiederholte ich bang und faltete die Hände un=
willkürlich. Beyme bemerkte es und sagte: „Haugwitz ist
ein sehr gewandter Unterhändler und hat bestimmte In=
structionen." (Von Lombard! dachte ich seufzend.) „Und
wen hätten wir sonst schicken können?" Ich war im Begriff,
Hardenberg's Namen auszusprechen, aber mir fiel ein, daß
— durch Lombard's Ränke, sagte das Publicum — Beyme
und Hardenberg Todfeinde waren. — Das Erscheinen des
Blattes wurde bis zu Ende Februar verschoben und sodann
ganz aufgegeben.

Daß die Befürchtungen des Publicums, das heißt, des
Theils desselben, mit dem ich lebte, — daß diese Be=
fürchtungen gegründet gewesen, bewies der Erfolg sehr schnell.
Das Vertrauen des hochgesinnten, edeln Monarchen wurde
aufs vollkommenste getäuscht, und das Unglück des folgenden
Jahres planmäßig eingeleitet. Haugwitz schloß einen Tractat,
der den höchsten Unwillen des Königs erregte, der sich aber
den Umständen nach nicht mehr umstoßen ließ, da der
Frieden in Preßburg zu Stande gekommen war. Preußen
wurde durch das ihm aufgedrungene Hannover mit England
vereinigt, und das Mißtrauen gegen seine Politik, das

12*

heißt Lombard's Ränke, erhöht. Das Heer kehrte unmuthig zurück und zeigte sogar Spuren von Indisciplin bei dem unverdienten Spott des Volkes über seine erzwungene Unthätigkeit. Der Enthusiasmus war bald so ganz erloschen bei allen Ständen, daß, als sie im folgenden Jahre aufgefordert wurden, Winterkleider fürs Heer zu liefern, es strenger Verordnungen dazu bedurfte, und die Lieferung doch sehr saumselig geschah. Ja, auch diese Stimmung schien die Partei des Verderbens durch eigene Maßregeln zu befördern.

Eines der arglistigsten Mittel, das Bonaparte damals ergriff, war, daß er die Juden in Deutschland an sich zog, die durch ihren Reichthum an den meisten Orten und ihre Einmischung in die politischen Geschäfte und Verhältnisse ihm jedes Geheimniß verrathen und die Maßregeln der einzelnen Regierungen lähmen konnten. Der Bischof Gregoire, ein redlicher, wohlmeinender Mann und ein vorzüglicher Gelehrter, aber ein leicht zu bethörender Geist, hatte ein Buch zu Gunsten der Juden geschrieben, das diese mit Enthusiasmus lasen. Ihn also schickte Napoleon im Sommer 1805 nach Norddeutschland ab, um Verbindungen anzuknüpfen. Der Vorwand dieser Reise war, Gregoire solle die Schuleinrichtungen und Erziehungsanstalten Deutschlands kennen lernen. Das erfreute dann die deutschen Schulmänner gar sehr; aber der Freimüthige (1806. Nr. 185) bewies durch ein Billet von Gregoire's Hand, daß der Herr Senateur sich um die Schulen wenig oder gar nicht bekümmerte, es sogar ablehnte, die Schule der jüdischen Colonie in Berlin zu besuchen. Was wollte er denn in Deutschland? Dasselbe Blatt führt das Geständniß des angesehensten Mitgliedes der Colonie an, Gregoire wolle

„die Lage der jüdischen Gemeinden" kennen lernen; das heißt, den Einfluß der Eltern, nicht den Unterricht der Kinder.

Am längsten, einige Wochen, hielt er sich zu Braun= schweig auf, bei dem Rabbi und — Hofagenten Israel Jacobsohn. Dieser hatte in letzter Qualität, da alle Gelder des Herzogs, der Regierung und großentheils des ganzen Herzogthums durch seine Hände gingen, ungeheuren Reichthum erworben und wandte ihn mit viel Klugheit und Wohl= meinen zum Besten seines Volkes an. Man behauptete, seine Verwendung, das heißt sein Geld, habe die Juden in mehreren deutschen Staaten von dem schmählichen Leibzoll befreit. In Seesen, einem kleinen braunschweigischen Orte, stiftete er eine Schule für die jüdische Jugend, in die aber — auch Christenkinder aufgenommen werden sollten. Eifrig lud Jacobsohn christliche Gelehrte ein, ihre Einrichtung zu prüfen und durch kluge Rathschläge zu verbessern. Bei diesem, wie gesagt, hielt Gregoire sich einige Wochen auf und kehrte dann nach Paris zurück. Die Früchte dieser Reise zeigten sich bald. Von dem Reichthum und dem Einflusse der Juden in Norddeutschland unterrichtet, berief Napoleon einen Sanhedrin, der ihre Verfassung und ihre Verhältnisse als Nation erwägen und Vorschläge zu deren Verbesserung machen sollte. Die Juden in den Provinzen von Frankreich wurden darüber besorgt. Sie fürchteten, der Convent werde ihnen Abänderungen ihrer Religion nach den politischen Absichten Napoleon's aufdringen, ihre Söhne würden zur Conscription gezogen werden und so weiter, in Deutschland aber wirkte die Maßregel sehr aufregend. Dies war offenbar ihr Zweck, und ihn zu befördern, ließ Jacobsohn Napoleon eine Bittschrift überreichen, des Inhalts:

„Um die deutſchen Juden glücklich zu machen, müſſe
„ein ſouveräner jüdiſcher Rath, mit einem Patriarchen
„an der Spitze, in Frankreich niedergeſetzt werden; müſſe
„die ganze jüdiſche Gemeine (communauté, hier ſo viel als
„Nation) in Diſtricte eingetheilt werden, von denen jeder
„ſeinen eigenen Synod beſäße, der unter Aufſicht der
„franzöſiſchen Regierung und des ſouveränen
„jüdiſchen Rathes in allen gottesdienſtlichen Angelegen-
„heiten entſcheide und die Rabbiner ernenne; müſſe der
„ſouveräne Rath (in Frankreich) die Gewalt
„haben, jedem Juden die nöthige Autoriſation (les dis-
„penſes) zu ertheilen, um in allen Ländern die
„Bürgerpflichten zu erfüllen", folglich die Bürger-
rechte zu genießen. (Der Freimüthige Nr. 164, nach dem
Journal de Paris vom 5. Auguſt.)

Dieſe Bittſchrift wurde franzöſiſch und deutſch gedruckt
und in vielen tauſend Exemplaren gratis vertheilt, und der
Hof- und Kammer-Agent, der für die — freilich im Ganzen
gerechte — Sache ſeines Volkes dieſen für Deutſchland hoch-
verrätheriſchen Plan ausgebrütet hatte und ihn ſo frech
unter Napoleon's Autorität bekannt machte, blieb Hofagent
und in der nächſten Umgebung eines regierenden Fürſten,
der anti-franzöſiſchen Partei, des deſignirten Oberfeldherrn
des preußiſchen Heeres, für den ſchon entſcheidend feſt-
geſetzten Krieg!

Man überdenke, was die Ausführung dieſes Planes
zuerſt in Nord-Deutſchland, allmälig aber auch in allen
andern Ländern geſtiftet hätte. Einen jüdiſchen Staat in
jedem chriſtlichen Staate, und das Oberhaupt des Inteſtinal-
Staates wäre der Beherrſcher Frankreichs geweſen; ein
förmliches Seitenſtück zu dem, was einſt die katholiſche

Geistlichkeit mit ihrem Oberhaupte zu Rom war, und gewiß mit noch verderblicheren Folgen. Es wäre die erste gesetzliche Grundlage zur Anerkennung der französischen Universal-Monarchie gewesen.

Glücklicher Weise wohl hielt sich Napoleon dieser nach der Schlacht bei Jena durch seine Unbesiegbarkeit zu sicher, als daß er die Juden dazu anzuwenden brauchte. So versammelte sich zwar der Judenconvent und wurde mit Feierlichkeit eröffnet, ließ auch seine Verhandlungen drucken, die denn ein jüdischer Buchhändler zu Hamburg, Bran, eiligst in deutscher Uebersetzung verbreitete, aber nach der Besiegung Preußens wurde der Convent, nach unendlichem Gezänke der Glieder, auseinandergeschickt, und Napoleon begnügte sich, aus eigener Machtvollkommenheit für und über die Juden zu decretiren, was er seinen Plänen zuträglich fand.

In fast ganz Teutschland regte sich dagegen unerwartet eine Stimmung, die ihm bedenklich sein mochte. Man weiß, wie gesagt, ein Volkskrieg war ihm furchtbar. Das erste öffentliche Symptom, daß ein solcher durch die allgemeine Stimmung sich bilden könne, war die Schrift „Teutschland in seiner tiefsten Erniedrigung", die der Buchhändler Palm zu Nürnberg drucken ließ. Er wurde auf Napoleon's Befehl erschossen, aber das bewirkte, wie dergleichen pflegt, nicht Furcht, sondern Erbitterung. Jetzt begriff Jedermann, wie wahr jene Schrift gesprochen. In der Septembernummer der „Minerva" von Archenholz erschien ein rührender Bericht über Palm's Benehmen und Tod, der im mehr verbreiteten Freimüthigen wiederholt wurde. Dieser Bericht war aus München selbst eingesandt worden, trotz dem Vasallenverhältniß, in welchem Baiern zu Frankreich stand. Er erzählte, die Stadt Nürnberg habe ihrem Bürger Palm bei seiner Abführung einen

Consulenten zur juristischen Vertheidigung mitgegeben, den das Blutgericht indeß gar nicht zugelassen. Noch auf dem Richtplatze habe man Palm Begnadigung angeboten, wenn er den Verfasser der Schrift nenne, aber er habe „heldenmüthig" den Tod dem Verrathe vorgezogen. Die Schüsse der Soldaten hätten ihn nicht getödtet; er habe noch lange im Todeskampf gelitten, bis ihm ein mitleidiger Soldat sein Gewehr vor der Stirne losgebrannt „und so die Leiden dieses edlen Opfers deutschen Patriotismus geendigt habe." So wagte man schon in München zu schreiben und in Hamburg zu drucken; aber der Bericht erzählte noch Merkwürdigeres. Die Franzosen hatten angefangen, in mehreren süddeutschen Städten Männer zu verhaften, die eine patriotische Schrift gelesen und weitergegeben hatten, — und Fürsten des Rheinbundes hatten sich dem widersetzt. Davoust hatte einen Bürger zu Heilbronn mit Gewalt aus dem bürgerlichen Gewahrsam reißen und nach Braunau schleppen lassen, doch der König von Württemberg hatte darüber an Berthier einen so starksprechenden Brief geschrieben, daß dieser für gut fand, ihm seinen Unterthanen auszuliefern. Zwei Andere ließ der König den Händen der Franzosen entreißen und zu ihrer Sicherheit auf die Festung Hohenasperg bringen. Als zu Würzburg der französische Gesandte die Auslieferung des Buchhändlers Stahel forderte, sandte der damalige Kurfürst von Würzburg, ein österreichischer Prinz, den Präsidenten seiner Regierung zu dem Bedrohten, ließ ihm seine Gefahr melden, aber zugleich Muth einsprechen und ihn auffordern, sich mit dem Präsidenten in die Versammlung der Regierung zu begeben. „Wir wollen doch sehen," hatte der Erzherzog-Kurfürst gesagt, „ob man ihn aus unserer Mitte fortführen wird." Das wagten die Franzosen wirklich nicht: die Schergen

zogen mit leeren Händen ab, und Stahel war gerettet. —
Jener Bericht aus Süddeutschland schließt so: „Den
Deutschen wird es einleuchtend sein, daß wir wirklich dahin
gekommen sind, als Rebellen erschossen zu werden, wenn
wir zur Rettung für unser gemeinsames Vaterland die
Stimme erheben und unsern Schmerz in Schriften aus=
weinen. Welch' eine Aussicht, wenn das so fortgehen
sollte! Sodann dürfte ein jeder Preuße, Hesse, Sachse, kurz
ein jeder Deutsche, der mit dem Schwerte in der Hand
sein Vaterland vertheidigen wird, als Rebell schmählich hin=
gerichtet werden."

Im Jahre 1806, sobald in Deutschland der Krieg
zwischen Preußen und Frankreich unausbleiblich schien, er=
wachte jener Gedanke um so lebhafter, da man Preußen
längst für die letzte Schutzwehr der Existenz Deutschlands
ansah und seiner Unentschlossenheit die Uebel zuschrieb, die
dieses erlitt; aber zugleich vollkommen begriff, daß Preußens
Macht der Napoleon's, wenigstens auf die Dauer, nicht ge=
wachsen war. Diesmal boten die preußischen Provinzen
nicht ihren Kornvorrath dar, sondern mehrere derselben
fragten um Erlaubniß an, neue Regimenter auf ihre
Kosten errichten und die Einwohner der Grafschaft Mark,
Wesel, überrumpeln zu dürfen. In Schlesien erklärten
mehrere noch dazu kleine Städte, Grüneberg, Sagan,
Sprottau, bei dem Ausmarsch ihrer Garnisonen den Sol=
daten, sie bei ihrer Rückkehr belohnen und ihre Wittwen
und Waisen versorgen zu wollen, wozu auch sogleich
Subscriptionen eröffnet wurden. In Sachsen selbst,
bei dessen Einwohnern gegen Preußen seit dem sieben=
jährigen Kriege nachbarliche Abneigung herrschte, zeigten
sich in diesem Jahre bei dem Militär dieselben Zeichen

patriotischer Kriegslust, wie voriges Jahr im preußischen Heere. Ein Artikel aus Leipzig vom Ende September sagte: „Auch in unserem Lande ist der Enthusiasmus, für Heimath und Sicherheit zu kämpfen, heilig und allgemein. — Es glüht ein schönes Feuer in dem Herzen der deutschen Völker, — nur daß so viel geschehen mußte, es zu wecken! Der Muth des Militärs ist unbeschränkt, und unser Heer wird zeigen, daß die Sachsen nicht aufgehört haben, Deutsche zu sein und ihr Vaterland zu lieben. Nur einige Züge lassen Sie sich erzählen! Zwölf Gemeine aus dem Erzgebirge stellten sich unaufgefordert von ihrem Urlaub beim Regimente ein mit der Aeußerung, sie hätten gehört, daß es ins Feld und gegen die Franzosen ginge, und wollten deßhalb nicht die Letzten sein. — — Die Officiere von dem Bataillon, das hier zurückbleiben soll, haben sich an den Kurfürsten gewandt: Sie würden es für eine Gnade halten, wenn er ihnen erlaubte, an diesem so ehrenvollen Feldzuge Theil zu nehmen. — Warum ist das kein Krieg der ganzen Nation, und Jeder, selbst die Vornehmsten, nähmen Theil und ließen Alles zurück, um ein Kleinod zu erringen, bei dessen Verlust wir und Alles, was uns theuer ist, gefährdet werden."

Eine andere Nachricht von dort meldete, daß viele Studenten die Universität verließen, um sich als Freiwillige dem Heere anzuschließen. Einen schönen Beweis von dem tiefen und feurigen Gefühl, das die Jünglinge jener Zeit erfüllte, gibt ein patriotisches Gedicht, das mir der mit so großem und vielseitigem Rechte berühmte Gelehrte Hofrath Fr. Thiersch, auch damals in Leipzig Student, zusandte mit einem Briefe, in dem er Abschied nahm, weil

auch er fürs Vaterland zu kämpfen ginge. Hermann's Geist
wird darin getröstet:

> Schon tönt der Botschaft frohe Verkündigung:
> Dein Volk erhebt sich, schreitet mit Heeresmacht
> Einher, es zeucht der Enkel Friedrich's
> Zürnend voran, und in Myriaden
> Stehn kampfentzündet über dem Vaterland
> Zahllos der Heerschaar Helden; es glüht die Brust,
> Hinweg der Heimath Schmerz zu tilgen,
> Niederzuschmettern den Hohn des Fremdlings ꝛc.

> Wohl auf! Die Rache waltet im Schlachtenruf,
> Und hingesunken flehet mit stiller Angst
> Euch Euer Volk: Kämpft um der Rettung
> Köstlichen Preis und erlöst die Heimath.*)

Das Angeführte reicht hin, zu zeigen, daß die heroischen
Gefühle, welche die deutschen Völker in den Jahren 1813
und 1814 so herrlich entwickelten, auch 1806 schon erwacht
waren und nur der Ermunterung und Benutzung be=
durften, um Napoleon's Siege zu erschweren oder fruchtlos
zu machen.

Als Kern einer allgemeinen Volksbewaffnung hätte das
preußische Heer eine Furchtbarkeit haben müssen, die Napoleon
wahrscheinlich abgehalten hätte, auch nach einem Siege weit
und ungestüm vorzudringen. Die russischen Hilfsheere
hätten ihn noch in Deutschland gefunden, und wie hätte
ihre Unterstützung einen Volkskrieg furchtbar machen können!

---

*) Leider war der Tag, an dem dies Gedicht im „Freimüthigen"
erschien, derselbe, an dem die Schlacht bei Jena verloren wurde.

Warum jene Stimmung nicht benutzt wurde? Mir scheint es, der Gedanke, die Völker selbst wehrhaft zu sehen, hatte für Minister und Generale etwas sehr Schreckendes. Die Ersteren konnten ihn nicht von dem einer Revolution trennen, und die Anderen sahen darin eine begonnene Vernichtung der Vorzüge, deren das Militär vor den unbewehrten Bürgerclassen genoß. Jener weise Plan der allgemeinen militärischen Dienstpflichtigkeit aller Stände, wodurch jeder Kampffähige in der Nation eigentlich dem Heere einverleibt wird, ohne daß dieses an Geltung verlöre, konnte für Deutschland erst durch die späteren Ereignisse reifen. Immer waren indeß die Wünsche des Jahres 1806 eine fruchtbare Vorbereitung der Thaten von 1813. Die meisten Heldenjünglinge dieses Jahres konnten in jenem freilich wenig mehr als Knaben sein, aber auch so hatten sie doch schon warme Empfänglichkeit für die Idee der Vertheidigung des Vaterlandes durch die Anstrengung jedes seiner Bürger und reiften mit ihr heran, den Bemühungen des Tugendbundes für dieselbe Idee entgegen.

Es ist mir sehr theuer zu stehen gekommen, aber es erfreut mich noch, daß mein „Freimüthiger" — mein „Freimüthiger", denn seit ich im Herbste 1803 eingewilligt hatte, meine Zeitschrift „Ernst und Scherz" mit dem Freimüthigen zu verbinden, hatte ich auch die ganze Redaction des Doppel=Blattes an mich genommen, und sie trug bis zum October 1806 meinen Charakter, daß mein „Freimüthiger" die Haupt= und nach Palm's Ermordung die einzige Quelle war, aus der jener Gedanke und die Ermuthigung, gegen den Druck der französischen Herrschsucht aufzustehen, mit jedem Posttage in neuer Gestalt verbreitet wurde. Dies Blatt, das damals Beiträge lieferte von

A. v. Humboldt, J. v. Müller, Böttiger und beinahe von Allen in Deutschland, Ungarn, Dänemark, Holland und Livland, die gelehrten oder sonst literarischen Ruf besaßen, genoß einer Verbreitung und eines Einflusses, wie kein anderes. In Amsterdam wurde eine Zeitlang jede Nummer desselben gleich nach der Ankunft ins Holländische übersetzt und so gedruckt. Ich wandte seine ganze Geltung und meine sehr verbreitete Correspondenz jetzt mit heißem Eifer auf für Preußens politisches Interesse und vorzüglich für die Empfehlung der Volksbewaffnung. Ich kann mir dreist das Zeugniß geben, ich hatte schon damals den schweigenden, aber wachsamen Groll der französischen Gewalthaber ver= dient, mit dem ich im Jahre 1811 von einem Elsässer gewarnt wurde, bei dem bevorstehenden Kriege mit Rußland nicht eine ähnliche Rolle zu spielen, — und mit dem im Sommer 1812 zweimal von einem vorgeschobenen Piquet meine Auf= hebung in meinem Landhause versucht wurde; — aber auch die schöne Belohnung, daß Ihre Majestät die Königin Luise nach geschlossenem Frieden durch den damaligen Obristen von Maltzahn von Königsberg aus mir, als „der letzten Stimme Deutschlands", schriftlich danken ließ.

Während des Sommers 1806 wurden der Regierung mehrere Pläne zur allgemeinen Volksrüstung und zur Ver= theidigung von Berlin übergeben. Man sprach von den Anerbietungen mehrerer Provinzen, Freicorps zu errichten. Die Regierung, im Mittelpunkte des ganzen Staates, mußte natürlich die Räthlichkeit derselben am besten beurtheilen können und fand nicht für gut, sie auszuführen. Ihre freundliche Ablehnung wurde indeß vom Volke mißverstanden, das größtentheils darin nur Mißtrauen, Geringschätzung und die Erklärung sah, daß es sich um die Sache, die es

bereit war, mit Gut und Leben auszufechten, nicht zu be=
kümmern habe. Mich dünkt, dies erklärt hinlänglich, wie
der Enthusiasmus sich späterhin in so bittere Gleichgültigkeit
verwandeln konnte. Es erklärt, wie jene Gleichgültigkeit
hier und dort sogar in noch verwerflichere Empfindungen
übergehen konnte, als der Versuch, die Sache durch das
Heer allein auszufechten, so sehr mißlang, und nun das
Volk die Folgen trug, zu deren Abwendung es so gerne
mitgewirkt hätte.

In Berlin erhielt sich die Theilnahme am längsten;
sie verwandelte sich sogar wieder in Enthusiasmus, als die
Armeen sich nun einander näherten; aber auch dieser ging
wieder in Aerger über, als nach Entfernung des Hofes
durchaus keine Nachrichten mehr nach Berlin gesandt oder
doch nicht bekannt gemacht wurden. „Man hält es nicht
der Mühe werth, uns etwas erfahren zu lassen," hörte man
häufig sagen, selten ohne eine beigefügte Verwünschung gegen
den Cabinetsrath Lombard, der sich einmal Haß und Arg=
wohn beim Publicum zugezogen hatte.

In trüber, unruhiger Erwartung schmachtete man vom
Morgen bis zum Abend und wieder vom Abend bis zum
Morgen Nachrichten entgegen, die nicht einliefen. Schon
ganz früh eilten Viele von einem Bekannten zum anderen,
um nachzufragen, oder warfen sich beim Anbruch der Nacht
noch einmal in die Kleider, um wieder nachzuforschen.
Der einfache Umstand, den ein Reisender erzählte, er habe
den König in Weimar sehr heiter spazieren reiten sehen,
erheiterte und beschäftigte die ganze große Residenz einen
Tag lang.

Endlich verbreitete sich das preußische Kriegsmanifest.
Man hatte sich so sehr darnach gesehnt, die Regierung

über diese Angelegenheiten sprechen zu hören, daß man es mit Entzücken las, es für ein Meisterstück der Beredsamkeit erklärte. — Wieder eine peinliche Stille. Am 13. October lief eine Nachricht ein, aber nur durch einen Privatbrief. Der Fürst von Hohenlohe hatte einer Prinzessin geschrieben: General Tauenzien habe sich glücklich bis Orlamünde zurückgezogen und werde Tags darauf zu ihm stoßen. — Tausend Abschriften liefen von dieser unbedeutenden Nachricht umher, und Tauenzien war der gefeierte Held des Tages: er hatte doch Etwas gethan; man wußte doch Etwas von ihm.

Diese Freude wurde schon am folgenden Tage durch die Nachricht von der Niederlage und dem Tode des Prinzen Louis Ferdinand hundertfach verbittert. Anfangs wollte Niemand daran glauben. Auf Märkten und Gassen, in den Clubs und Caffeehäusern sah man große Haufen stehen, und wer in ihnen zu Worte kommen konnte, bewies die Unmöglichkeit des Ereignisses. Mit immer wachsender Ueberzeugung hörte man ihn an, bis etwa Jemand hinzutrat, der noch einen Umstand des Vorganges zu dem schon Bekannten hinzufügte, der alle Beweise vom Gegentheil zu Boden schlug. Traurig und schweigend schlich dann die Versammlung auseinander. — Als die Gewißheit von dem Tode des Prinzen sich nicht bestreiten ließ, brach eine allgemeine Trauer aus: er galt für ein Nationalunglück. Alte Frauen, die den Prinzen nie mochten gesehen haben, zerrauften auf offener Gasse ihr graues Haar darüber; und ernste, feste Männer, die mit dem Prinzen in keiner Verbindung gestanden, sprachen mit Händeringen von seinem Verlust.

Die Vaterlandsliebe, die durchaus nicht fürchten wollte, kämpfte auch diese Erschütterung nieder. Man überlegte die Umstände der Niederlage; bald zürnte man mit dem Prinzen, daß er die erhaltene Ordre übertreten, und hätte man Zeit gehabt, man wäre vielleicht zu Verwünschungen gegen ihn gekommen.

Aus Potsdam meldete man, dort werde ein sehr entfernter Kanonendonner gehört. Bald erfuhr man, auch in einer Gegend von Berlin höre man ihn. Geisterbleich strömte die Menge hinaus, ihn zu hören, und auf den Gassen sah man häufig Menschen langsam gehen und leise auftreten und dabei nach dem Boden lauschen, ob nicht auch unter ihren Füßen die furchtbaren Bebungen, wie unvernehmliche Geisterstimmen, vom Heil oder Untergang verkündeten. — Endlich lief die Nachricht ein, der Kanonendonner entferne sich. „Also Sieg!" schloß man, „die Feinde fliehen!" — Es scheint das Gefecht bei Halle gewesen zu sein, das man hörte; denn auch von dorther kam, ungeachtet der Nähe von Halle, keine Nachricht nach Berlin.

Auch ich gehörte zu den immer wieder Ermuthigten, die aus Grundsatz hofften. Ruhig lag ich früh an einem der schönsten Herbstmorgen — ich glaube, es war am 17. October — im Fenster und sann auf einen recht kräftigen Schluß für einen Aufsatz, der an demselben Tage gedruckt werden sollte. Am Abend vorher waren dunkle Gerüchte von einer verlorenen Schlacht umgelaufen. „Desto gewisser," dachte ich, „kommt es jetzt zu einem Aufruf an das Volk, der dem Kriege eine andere Gestalt und zum Eintreffen fremder Hülfe Zeit schaffen muß." Indem sah ich einen Courier langsam die Friedrichstraße herauffahren. Ein langsamer Courier konnte kein Freudenbote sein. Ich kleidete mich

schnell an und ging zu dem Geheimrath I — r. Er war
schon seit zwei Stunden bei dem Gouverneur, Minister
Schulenburg. Ich folgte ihm dahin. Vor dem Hause
stand ein dichtes Gedränge von Menschen; aber ein Gor=
gonenhaupt schien darin zu walten: jeden Augenblick
gingen Menschen mit lebhaft gespannten Gesichtern hinein,
und Andere kamen gesenkten Hauptes mit erloschenem
Blick wieder heraus. Der Vorsaal war mit Beamten
gefüllt. I — r war unter ihnen. Er sagte mir mit er=
zwungener Fassung: „Wir haben eine Schlacht verloren!"
und reichte mir eine Bekanntmachung. Ich nahm sie mit
der festen Ueberzeugung, sie sei ein Aufruf zu den Waffen,
und las — die so famös gewordenen Worte: „Ruhe ist
die erste Bürgerpflicht!" Die Hände sanken mir, und ich
las nicht weiter. Erst auf der Straße wurde ich hernach
auf den ferneren Inhalt aufmerksam, als ein alter Mann
seiner Frau vorlas, alle Prinzen seien wohl, und sie ihm
antwortete: „Aber was macht denn unser Jacob?" —

Ich fragte nach dem Minister, und I — r flüsterte mir
zu, er sei ausgegangen, um selbst Anstalten zur Räumung
von Berlin zu treffen. Ich zog mich in eine Fensterblende
zurück, um meine Lage zu überdenken. Während des
Sommers hatte ich wegen meiner Aufsätze gegen Frankreich
anonyme Warnungen und endlich gar Drohungen erhalten,
die mich immer bewogen, nur noch heftiger zu schreiben.
Mit den Pariser Zeitungen war ich längst darüber in offenem
Kampf, denn ich hatte härtere Sachen gegen sie und ihr
Treiben drucken lassen, als der unglückliche Palm, den
Bonaparte vor acht Wochen in Freundes = Land arretiren
und erschießen ließ. Zudem war ich ein Fremder, ein
Russe, und konnte keine Autorisation vom Preußischen

Hofe anzeigen. Man hätte mich für einen Emissär erklärt, und das gelindeste Loos *), das ich erwarten durfte, war, in harter Gefangenschaft nach Frankreich geschleppt zu werden.

Eben trat der Minister herein. Ich bat ihn um einen Paß. „Ja," sagte er, „Ihnen ist wohl zu rathen, daß Sie sich entfernen. Aber eilen Sie. Ich werde bald verbieten, Pferde hinaus zu lassen.

Betäubt von dem Vorgange, den schnell unterzeichneten Paß in der Tasche, gehe ich fort. Aus einer Seitengasse tönt Gesang. Ich lausche hin. Die Currende = Schule steht vor einem Hause und singt aus meinem Schlachtliede:

> Auf Jüngling, auf! und Greis und Mann!
> Kühn unserm Recht vertraut!
> Zu Kampf und Sieg heran!
>
> Für Preußens Thron und alten Ruhm!
> Für Weib und Kind und Eigenthum!
> Der Bräut'gam für die Braut!
>
> Die Trommel ruft! Die Fahne weht!
> Es gilt fürs Vaterland!
> Heran zur Schlacht fürs Vaterland!

Ich eilte zu dem Verleger meines Freimüthigen, um ihn zu bitten, da er besser darin Bescheid wissen mußte, als ich, die Anstalten zu meiner Abreise zu treffen. Ich fand den armen Mann ganz außer sich und selbst zur

---

*) Noch sechs Jahre nachher war einer der Punkte, über welchen der verhaftete Rath Becker sich vor der Französischen Commission zu Magdeburg vertheidigen mußte, ein alter Brief, in dem mein Name genannt war. Siehe „Becker's Leiden und Freuden ꝛc. S. 53."

Flucht entschlossen. Wir wurden bald einig, gemeinschaftlich zu reisen. Ein Freund versah ihn mit einem schon be= spannten Wagen biß zur nächsten Station; aber er war so eilig, daß er mir nicht einmal Zeit ließ, meinen Koffer zu packen. Ich ließ ein kleines Bündel von Kleidern und Wäsche in den Wagen werfen, und wir traten die Reise an. Die öffentlichen Plätze waren schon mit Wehklagenden gefüllt. Wir sahen viele Bekannte darunter; aber der einzige Gruß, den wir erhielten oder gaben, bestand im Aufheben der Hände und in traurigem Achselzucken. „Wie so ganz anders," dachte ich, „wäre die Physiognomie dieser Stadt gegenwärtig, wenn statt der Ermahnung zur Ruhe ein zündender Aufruf zu den Waffen erlassen worden wäre!"

Der Weg zum Thore führte uns durch eine abgelegene Stadtgegend. Hier war die Schreckens = Botschaft noch nicht hergelangt, und das Alltagsleben zeigte noch überall sein ruhiges, nichtssagendes Gesicht. Mir, der den heran= brausenden Orkan schon hörte, der dies Alles zusammen= werfen würde, war auch die gewöhnlichste Scene anziehend. Nicht bloß die Mutter, die, vor der Thür sitzend, auf ihren Säugling herablächelte, auch die Buben, die sich haschten und rauften, selbst ein Jude und ein Hausknecht, die um eine alte Jacke feilschten, schienen mir idyllische Gruppen.

Vielleicht eine halbe Stunde vor Berlin senkt sich der Weg einen Hügel hinab. Hier, glaubte ich, müsse man die Ansicht der Stadt verlieren, der Stadt, die ich mir als lebenslängliche Heimath gedacht, die ich als eine solche lieb= gewonnen, die ich jetzt so schnell und vielleicht auf ewig verlassen hatte, und die ein so trauriges Schicksal wenigstens bedrohte. Ich ließ den Wagen halten und stand auf, um noch einmal auf Berlin zurückzusehen. Die Bewegung, die

13*

mich ergriff, wurde, ich gestehe es gern, durch die Betrachtung dessen, was für mich auf dem Spiele stand, erhöht. Ich hatte ein unabhängiges jährliches Einkommen von dreitausend Thalern besessen, eine ansehnliche Büchersammlung u. s. w. Alles das hatte ich vielleicht geopfert; hundert Friedrichsd'or, die ich zufällig in der Kasse gehabt, waren jetzt meine ganze Habe.

Ich weiß nicht mehr bestimmt, warum wir den Um= weg nach Stettin, der über Freienwalde und Stargard führt, einschlugen. Auf diesem gelangten wir am folgenden Tage zu einem Rittergute, das einem Bekannten meines Gefährten gehörte. Hier ergriff ich eine Gelegenheit, mich von ihm zu trennen. —

Während meiner ziemlich langsamen Weiterreise hatte ich Gelegenheit zu bemerken, daß eine Menge Juden herum= streifte und das Landvolk eifrig von dem Unfalle der Armee in Kenntniß setzte. Ebenso auffallend war mir die Weise, wie diese Nachricht vom Volke aufgenommen wurde. Es sah meistentheils darin nur eine Demüthigung der ihm ver= haßten Armee. Eine pommersche Bauernfrau unter andern rief aus: „Nun werde es dieser und jener Prahlhans (sie meinte Soldaten von ihrer Bekanntschaft) wohl kleiner zu= geben." — An einem Sonntag=Nachmittag traf ich in Stargard ein, ruhte bis zum folgenden Morgen und fuhr dann nach Stettin.

Schon indem ich durch die Gassen fuhr, bemerkte ich viele Bekannte, die ich in Berlin zurückgelassen, und die sich hier mit großem, eben nicht traurigem Lärm herumbewegten. Man sagte mir nochmals, sobald es in Berlin bekannt ge= worden, daß die Königin nach Stettin gegangen, sei es guter Ton geworden, auch dahin zu fliehen. Wenigstens sah ich Viele hier, die auch nicht die entfernteste Ursache zur Flucht hatten.

Da die Kürze der Reise und die Lebendigkeit auf der Heerstraße die Flucht fast zur Lustpartie gemacht hatten, brachten die Personen höherer Stände noch alle ihre heimath= lichen Ansprüche zum Vorschein, aber es fehlte an Raum, sie geltend zu machen, und sie kamen jeden Augenblick in Collision mit den laut verkündeten Forderungen solcher Personen, die sich zu Hause zwar immer sehr untergeordnet fühlten, hier aber durch ihre Flucht selbst bewiesen zu haben glaubten, daß sie politische Wichtigkeit besäßen. Es ent= standen Auftritte, die reichen Stoff zu einem komischen Romane hätten geben können.

Einen ernsteren und edleren Anblick als die Berliner Flüchtlinge gewährten die Stettiner selbst. So drückend ihnen auch die Ueberfüllung der Stadt mit Flüchtlingen war, zu denen sich bald auch die Berliner Garnison gesellte, nahmen sie sie doch gastfrei auf. Der öffentliche Ton war dabei so patriotisch, daß ich überzeugt bin, es hätte nur einer Proclamation bedurft und eines thätigen Commandanten, um die Stettiner so gut, als späterhin die Kolberger thaten, die Vertheidigung ihrer Festung selbst übernehmen zu machen. Doch an so etwas dachte hier Niemand. Stündlich ver= größerte sich die Masse der kostbaren Vorräthe und Effecten, die hierher geflüchtet wurden; aber weder der Gouverneur, noch der Commandant, trafen sichtbare Anstalten zur Ver= theidigung, ohne daß gleichwohl die Rede davon war, die Berliner Garnison, ein Corps von sechstausend Mann, das dem Staate jetzt äußerst wichtig sein mußte, weiter mar= schiren zu lassen. Es ergab sich späterhin mit der Festung.

ohne daß, wie man versicherte, ein Kanonenschuß ge=
fallen wäre.

Bald liefen nun auch die Berlinischen Zeitungen ein,
angefüllt mit hochtönenden französischen Bulletins und mit
Schmähreden gegen die preußische Regierung. Diese Blätter,
denen man freien Anlauf ließ, die stündlich eingehenden
üblen Nachrichten von der zersprengten Armee, endlich die
sichtbare Unentschlossenheit der Commandirenden verwandelten
die Stimmung der Stettiner binnen vierundzwanzig Stunden.
Bald erinnerte man sich mit Bitterkeit einer Menge wirk=
licher oder vermeintlicher Kränkungen, welche der Stettiner
Handel vorzüglich durch den Minister Haugwitz erlitten habe.
— Die feindselige Stimmung wurde immer heftiger, je
mehr die moralische Person „Regierung" vor den Augen
der Einwohner in eine Reihe von Beamten zerfiel, die sie
persönlich gar nicht liebenswürdig fanden. Endlich hörte
ich in eben dem Stettin, dessen patriotischer Sinn mich vor
wenig Tagen so erfreut hatte, einen Mann laut im Schau=
spiele sagen: „Wir Bürger leiden es nicht, daß Stettin ver=
theidigt wird." —

Die Völker sind einmal so sonderbare Instrumente,
daß sie sich selbst spielen, wenn der Meister es nicht thut;
aber dann gerade nicht immer das Stück, das er wünscht. —

Bei diesen Erscheinungen schien es höchst nothwendig,
daß zu dem Volke gesprochen werde. Ich ging zu dem
Minister Schulenburg, erzählte ihm, was ich bemerkt hatte,
und bot ihm meine Feder zu einer Proclamation oder
einem fliegenden Blatte an. Er antwortete: „Hier bin ich
nur der ausgewanderte Gouverneur von Berlin. Ich habe
meine Pflicht gethan," beliebte ihm zu sagen, „indem ich
die Garnison von Berlin unverletzt hierher geführt habe.

Ich kann Sie hier zu nichts autorisiren; aber da Ihre Ansicht wichtig ist, so rathe ich Ihnen, sich nach Graudenz an den König zu wenden." Ich stellte ihm vor, daß es am nothwendigsten sei, hier in Stettin zu wirken. Mit einem kaum merklichen Lächeln sagte er: „Sind Sie beim Gouverneur und beim Commandanten gewesen?" „Nein," erwiderte ich. „Sprechen Sie doch ja erst mit diesen Beiden und kommen Sie dann wieder zu mir." Ich that, was er sagte, und lernte nun sein Lächeln verstehen. Beide waren alte, abgelebte Männer, die sich selbst in ihren Zimmern nur mit Beschwerde bewegen zu können schienen, und von denen mir der Eine sagte: „Wenn die Franzosen näher kämen, würden sich wohl alle Fremde aus der Stadt ent= fernen müssen." Als Antwort darauf reichte ich ihm meinen Paß zur Unterschrift.

„Nun?" sagte Schulenburg, als ich wieder zu ihm kam: „Sind Sie da gewesen? Was meinen Sie jetzt?" „Ich glaube nichts Besseres thun zu können," sagte ich, „als Ew. Excellenz um einen Befehl an alle Postmeister zu bitten, daß man mir auf der Reise nach Königsberg ohne Schwierigkeit Pferde giebt."

Er schlug mir vor, statt dessen mir eine Cajüte auf einem Schiffe anweisen zu lassen, das mit dem königlichen Schatz nach Danzig gehen sollte, zwei Schiffer, doppelte Be= mannung und keine Passagiere hatte, als ein paar königliche Beamte, die den Schatz begleiteten. Ich nahm es mit Dank an, und Schulenburg ließ dem Schiffer befehlen, „mir seine Cajüte zu vermiethen."

Die Reise dauerte sehr lange. Wir fuhren am Mittage von Stettin ab und warfen schon am Abende beim Ein= gange des eigentlichen Haffs Anker, weil der Lootse „bei

der schlechten Besorgung der Signale," sagte er, nicht weiter
zu fahren wagte. Am folgenden Morgen wurde der Anker
gelichtet, aber es trat bald Windstille ein, und wir lagen
beinahe den ganzen Tag unbeweglich auf dem Haff. Eine
freundliche Situation, da wir in der Ferne schon eine
Kanonade hörten, und es sich von selbst verstand, daß die
Franzosen bei ihrer Ankunft in dieser Gegend zuerst den
Schatzschiffen nacheilen würden. Gegen Abend wurde der
Wind günstig; wir trafen mit Einbruch der Nacht bei
Swinemünde ein und — warfen wieder Anker, denn bei
Nacht ließ sich die Durchfahrt durch die sehr enge Mündung,
die außerhalb noch durch eine Sandbank halb maskirt wird,
nicht wagen. Einer der Schiffer ging ans Land, blieb bis
Mitternacht und brachte, außer einem tüchtigen Rausche, die
Nachricht mit, den ganzen Tag hindurch seien schon Flücht=
linge über die Peene gegangen. Die Brücke bei Anklam
sei abgebrochen, und die Bauern hätten sich geweigert, die
flüchtigen Soldaten ohne hohe Bezahlung überzusetzen. Endlich
brach der Morgen an: unfreundlich, stürmisch, und zwar
wehte der Wind aus einer solchen Gegend her, daß er die Aus=
fahrt erschwerte. Sie mußte indeß erzwungen werden, denn
schon wieder donnerte eine Kanonade, viel näher als gestern.
Man spannte Boote vor das Schiff, und wir wurden durch
die hohe Brandung hinaus bugsirt.

Endlich waren wir denn so glücklich, von den grauen,
wild im Sturme brausenden Meereswogen geschaukelt zu
werden und uns von der gefährlichen Küste zu entfernen.
Am folgenden Morgen hatten wir Hela erreicht; aber hier
begann erst der wahrhaft furchtbare Theil unserer Reise.
Der Wind war ungünstig zum Einsegeln, und unter be=
ständigen Klagen der Schiffer über Vernachlässigung der

Baaken lavirten wir drei Tage und Nächte bei Hela
auf und ab, indeß das Schiff bald von Schnee, bald von
Glatteis bedeckt wurde. Endlich glückte es uns, hinein zu
schlüpfen; endlich erreichten wir die Rhede von Danzig.
Da liegt es vor uns in seiner Stattlichkeit. Der Schiffer
wirft Anker; giebt sein Signal. Bald hüpft eine Schaluppe
auf den hoch rollenden Wogen heran. Mit Vergnügen
macht der eine Schiffer die Bemerkung, der Lootsencapitän
selbst komme. So war es in der That; aber der andere
Schiffer erklärte, jeder andere Lootse wäre ihm lieber gewesen.

„Der Mann sei zu — neu in seiner Kunst; er verdanke
seine Stelle nur dem Umstande, daß er früher Kammerdiener
bei Haugwitz gewesen."

Wir kamen nicht in den Fall, eine Probe von seiner
Geschicklichkeit zu erhalten. Aus der Ferne rief er uns
durchs Sprachrohr zu: „Königlicher Befehl! die Tresor=
schiffe, ohne einzulaufen, nach Königsberg." Ich wollte ihn
anflehen, wenigstens mich ans Land zu bringen, aber schon
war die Schaluppe wieder weit entfernt. Wir von Müh=
seligkeit Erschöpften sahen uns stumm an und schlichen in
die traurige Cajüte zurück.

Noch mehr! das Absegeln war durchaus unmöglich,
denn ein starker Wind wehte gerade auf die Stadt. So
blieben wir denn wieder drei Nächte und zwei Tage während
eines nur selten von Sonnenblicken unterbrochenen Schnee=
gestöbers und Glatteises auf der Rhede, mit der dumpfen
Ergebung einer völligen Niedergeschlagenheit.

Eines Morgens, da ich spät erwachte, sehe ich den
einen Capitän ruhig schlafen. Ich bemerkte eine regel=
mäßige Bewegung des Schiffes und hörte auf dem Verdeck
Nichts als das wohlbekannte, breitbeinige Auf= und Ab=

traben der Wachhabenden während des Segelns. Fast
athemlos vor Erwartung eile ich hinauf. Richtig! Kein
Land ist mehr zu sehen, und wir segeln mit frischem Winde.
Ein Steuermann war am Ruder, der andere, ein alter
Däne, schritt munter auf und ab. Er grüßte mich freundlich
und erzählte mir, daß wir mit dem frühesten Morgen die
Rhede verlassen und daß er mich schon lange erwartet habe.
Wirklich zog er auch sogleich das geschriebene Lehrbuch hervor, das er in Holland, am Ende seines Unterrichts in
der Steuermannskunst, gegen Erlegung von hundert Gulden
erhalten hatte, — um die Erklärungen fortzusetzen, die ich
mir während unseres Lavirens vor Hela von ihm hatte
geben lassen. Fröhlich, daß wir nun wieder im Freien
waren, erfreute ich ihn dadurch, daß ich mich zu ihm auf
einen Tauhaufen setzte und mich ein halbes Stündchen von
ihm belehren ließ.

Endlich, ich glaube am folgenden Tage, erblickten wir
Pillau, ein Schauspiel, das uns gar nicht wieder vom Ver-
decke ließ. — Am folgenden Tage eilte ich nach Königsberg.
Was ich hier fand, war im Ganzen die Wiederholung der
Scenen, die ich zu Stettin zurückgelassen hatte, nur in
größerem Stil und anders nüancirt. Die Berliner Beamten
waren während meiner Seereise zu Lande hier eingetroffen,
und zu ihnen hatte sich eine Menge anderer aus ganz
Brandenburg und den anderen besetzten Provinzen gesellt.
Die übrigen Berliner Flüchtlinge waren aus Stettin mit
leicht erlangten Pässen größtentheils heimgekehrt. Statt
der Stettiner und Berliner Garnison, die schon in Gefangenschaft war, fand ich hier die Ueberbleibsel fast aller
Regimenter der zersprengten Armee. Unter diesen waren
mir besonders die älteren Officiere und Soldaten, die noch

in Preußens glanzvoller Periode gefochten hatten, mit ihrer
finsteren, aber festen Haltung und ihrem Schweigen, ein
Achtung einflößender Anblick. Die Jüngeren, die noch keine
erhebenden Erinnerungen hatten, sondern bei ihrem ersten
Auszuge nach Ruhm so viel Unglück gehabt, schienen
anfangs gedemüthigt, bald aber kehrte ihr leichterer Sinn
zurück; leider aber auch mit ihm der rauhe, harte Ton,
mit dem sie sonst die friedlichen Classen zu behandeln
gewohnt waren. Er fand jetzt häufig eben so rauhe Er=
widerung und erregte mehr Erbitterung als je. Diese
Stimmung theilten auch die Königsberger Beamten und
Einwohner gegen die Beamten aus Berlin, die hier in
hohem Tone zu ordnen und zu befehlen versuchten, weil
sie aus der Residenz kamen, aber oft auf eine kränkende
Weise daran erinnert wurden, daß sie sich hier in der
Hauptstadt des eigentlichen Königreiches Preußen befanden,
und zwar als unglückliche Gäste, die nur Theilnahme
fordern könnten.

Das Resultat der mannigfaltigen, einander entgegen=
gesetzten Ansprüche waren eben so widersprechende Anord=
nungen, und in den ersten Tagen eine Verwirrung, die ich
nicht besser glaubte charakterisiren zu können, als durch einen
Einfall des berühmten Gelehrten Kraus:

Ich hatte eine Wohnung in der Kneiphof'schen Langgasse
gemiethet. Bei einem Gegenbesuche, den er mir machte,
stand er am Fenster, indeß mich irgend ein Geschäft entfernt
hatte. Als ich zurückkam, sagte er: „Schade, daß Sie nicht
hier waren. Es zogen so eben einige Rotten Cavallerie
vorbei mit schönen Remonte=Pferden. Doch warten Sie
nur, sie werden wohl bald zurückkommen."

„Wie so?" fragte ich.

„Nun, eben weil sie dorthin zogen", sagte er, „glaube ich, daß sie da nicht hingehören." —

Alles dies änderte sich indeß, vorzüglich nach der An= kunft Sr. Majestät des Königs. Die Geschichte wird es mit Achtung aufbewahren, welch' ein kräftiger, wenn auch nicht glücklicher Widerstand aus den kleinen Ueberresten des preußischen Staates in kurzer Zeit organisirt wurde, und welchen standhaften Patriotismus die Einwohner Königsbergs und das Königreich Preußen sowohl bei ihren Leistungen, als bei ihren Leiden bewiesen haben. — —

Hier in der letzten, nicht großen Grenzprovinz des preußischen Staates, die genau genommen nicht einmal zu Deutschland gehörte, mußte ein Aufruf an die deutsche Nation, sich zu bewaffnen, Vielen hoffnungslos erscheinen. Mir nicht! Je weiter Napoleon vorgedrungen war, desto gefährlicher konnte ihm eine Volksbewaffnung in seinem Rücken sein, der sich gewiß bald viel Militär angeschlossen hätte. Ich war überzeugt, daß er dann nicht nach dem Königreich Preußen zu kommen wagen würde, besonders da das russische Heer in schnellem Anmarsch war und mit dem wieder organisirten Ueberrest der preußischen Armee ihn zugleich von vorne bedroht hätte. Wie es mir in Berlin mündlich gelungen war, besonders einen alten Grafen Wartensleben, einen ehemals von Friedrich dem Zweiten persönlich geachteten Militär, nunmehrigen königlichen Schloß= hauptmann, so für den Gedanken zu enthusiasmiren, daß er erklärte, selbst die Volksscharen im Gebrauch der Waffen einzuüben, gewann ich auch in Königsberg Viele für meinen Plan; nur nicht Diejenigen, die über seine Ausführung zu entscheiden hatten. Ich beschloß, weiter zu reisen. Indem ich in den Wagen stieg, kam Herr Reimann, der Erzieher des Prinzen Louis, mit freudeglühendem Gesicht, mir zu melden, nun sei der Aufruf beschlossen. Jetzt zweifelte ich und erklärte, ich wolle ihn in Memel erwarten. Ich machte wirklich dort mehrere Tage Halt deshalb. Endlich kam ein Aufruf an, der Studenten und Bürger aufforderte, — ins Militär zu treten, mit dem Versprechen, während des Krieges sollten auch Bürgerliche Officiere werden können. Ich setzte meine Reise fort. —

Inhalt.

Pierer'sche Hofbuchdruckerei. Stephan Geibel & Ce. in Altenburg.

www.ingramcontent.com/pod-product-compliance
Lightning Source LLC
Chambersburg PA
CBHW020617030726
47497CB00007B/2285